Françoise Dolto

Psychanalyse et pédiatrie

Les grandes notions de
la psychanalyse
Seize observations d'enfants

Éditions du Seuil

ISBN 2-02-004348-3

Préface de la présente édition

Malgré bien des lacunes, je pense que, tel quel, ce livre permet aux médecins, aux parents et aux éducateurs une compréhension des rapports de la psychanalyse avec le développement intellectuel et caractériel ; et qu'il permet de comprendre ce qu'il en est de la santé générale des êtres humains, face à l'évolution de la sexualité. Depuis trente ans, les études psychanalytiques ont permis d'approfondir beaucoup de questions ici soulevées. L'interférence entre les troubles organiques, fonctionnels ou lésionnels, et le développement de la sexualité s'est imposée aux médecins, dont certains se spécialisent en médecine dite psychosomatique. La société dans son ensemble, depuis 1939, est en pleine transformation. La pédagogie, face à un nombre croissant d'enfants présentant des difficultés caractérielles et scolaires et des inadaptations de tous ordres, a affiné ses méthodes d'enseignement et de « rattrapage ». Des consultations médico-pédagogiques répondent un peu partout aux inquiétudes des parents concernant les difficultés de leurs enfants : difficultés pour l'élocution, pour l'écriture, la lecture, la motricité, la scolarité, l'adaptation à la loi. Pendant ce temps, les conditions de la vie citadine font que se trouvent comprimés le temps et l'espace pour vivre. La conscience de la responsabilité de soi s'éveille, d'un autre côté, chez des jeunes pour qui les parents ne savent ou ne peuvent plus être écoutés avec confiance. La famille, autrefois soutien et refuge, n'est plus qu'un lieu transitoire de croissance, où pénètrent par les yeux et les oreilles tous les échos du monde. Plus que jamais, chaque être humain, dont le corps est mis à l'abri des suites de tous incidents de santé, s'aperçoit que ses impuissances affectives et psychiques le mettent dans le danger de perdre son équilibre mental. Il lui faut assumer dans la réalité une sexualité qu'il sent bien être en son imagination la cause de ses angoisses, assumer une fécondité qu'il sent être le seul garant de sa mort. L'intelligence des hommes du XXe siècle s'est ouverte non seulement à l'énergie de la matière, et à la recherche de sa maîtrise, mais aussi à celle de la puissance inconsciente de la libido. Le sentiment de la responsabilité n'en est que plus grand.

Je dédie ce livre aux pédiatres.

Paris 1971

Introduction

On ne sait pas assez que Freud, loin d'être un philosophe aux vues originales et révolutionnaires, était, avant de devenir psychiatre, un homme de laboratoire. Il s'était formé à la discipline rigoureuse des expériences scientifiques et de l'exploration au microscope. Avec l'objectivité que cette première formation avait contribué à développer, Freud s'est appliqué à l'étude des phénomènes psychologiques. Ses théories n'étaient à ses yeux qu'hypothèses de travail, aussi longtemps que la suite de ses études cliniques n'en avait apporté confirmation. C'est la raison pour laquelle on a assisté à l'évolution de ses conceptions théoriques. Devant les problèmes dont il ne trouvait pas l'explication avec le jeu des premiers postulats, il se remettait à l'étude, se fondant toujours sur la thérapeutique pour confirmer ou infirmer la justesse de ses vues.

Freud allait ainsi élaborer progressivement et faire connaître au public, séduit ou réfractaire, une doctrine essentiellement originale.

Il était médecin avant tout. Il voulait soigner, il visait à guérir. De même qu'en chimie ses premières recherches avaient un but pratique — et la découverte ultérieure de la cocaïne devait les couronner — de même ses recherches patientes dans le domaine psychologique étaient conduites par un souci de médecin désireux de guérir les maladies mentales, et que la thérapeutique habituelle laissait désarmé.

Nous avons souvent entendu des confrères de bonne foi nier aux théories psychanalytiques tout fondement réel, traiter la sexualité infantile de pure invention, ses manifestations sinon inconvenantes, du moins inintéressantes à approfondir. Il n'est pas jusqu'au complexe d'Œdipe que certains n'accusent d'être une vue de l'esprit ou un conflit monstrueux réservé à certains individus anormaux.

Pour ceux qui vivent au contact permanent des enfants, s'ils ont la sincérité d'enregistrer ce qu'ils voient, ils apportent maintes observations à l'appui des découvertes de la psychanalyse.

Or, s'il n'était question que de la joie toute spéculative de voir se confirmer des hypothèses, on pourrait admettre que la question laisse indifférents ceux que leur rôle social éloigne pratiquement de leur table de travail, à savoir, les éducateurs et les médecins.

Mais on oublie quelquefois dans ces polémiques que, si la psychanalyse ouvre des voies d'étude nouvelles à l'historien, au sociologue, au psychologue, son intérêt le plus grand, auquel nul médecin ne peut rester indifférent, c'est que la méthode psychanalytique, partie de la clinique, a une fin thérapeutique.

Armés de nos systèmes scientifiques d'observation et d'un arsenal thérapeutique extraordinairement développé et nuancé, allant aujourd'hui jusqu'à la psycho-chimie, nous voyons de nombreux cas rebelles à nos soins. En présence d'insomnies, de dépressions physiques, d'asthénies, de spasmes, d'angoisses, à traductions digestives ou cardiaques, le médecin embarrassé met en jeu ses ressources médicamenteuses, mais le plus souvent sans succès autre que passager.

On admet les réactions physiologiques de la peur, du trac, de la souffrance morale, de l'inquiétude et tous les troubles fonctionnels à point de départ psychologique en rapport avec une cause objective connue et disparaissant avec elle ; mais pour des troubles du même ordre et dont la cause n'est pas objective, les malades — car ce sont des gens qui souffrent, qui demandent des soins — s'entendent dire : « Ce n'est rien — c'est nerveux ».

Que des conflits affectifs puissent entraîner des désordres

graves dans la santé générale, nous n'en donnerons pour preuve qu'un exemple.

C'est le cas d'une fillette de 3 ans et demi, Josette, amenée à la consultation de M. le docteur Darré, aux Enfants-Malades, pour un état général inquiétant : amaigrissement, pâleur, anorexie, indifférence aux jeux, nervosité, insomnie ou cauchemars au réveil desquels l'enfant était en proie à des crises de nerfs.

La mère faisait remonter les troubles à une quinzaine de jours ; à leurs débuts, elle n'y avait pas pris garde, mais devant leur aggravation et l'abattement de l'enfant en dehors de ses crises nerveuses, elle s'était décidée à consulter le médecin.

L'examen somatique était négatif, le médecin avait ordonné du gardénal et un stimulant de l'appétit.

Huit jours après, on ramène Josette ; le poids a encore diminué d'une livre en huit jours. Elle est toujours abattue, sans fièvre ; l'enfant, propre depuis plus d'un an, recommence à mouiller son lit.

Grâce à ce symptôme de l'énurésie, auquel on savait que je m'intéressais du point de vue psychologique, mon camarade m'appelle et me dit : « Elle relève peut-être de vos soins. » Je recommence l'interrogatoire de la mère en précisant les dates d'une façon serrée.

Nous apprenons que les cauchemars ont commencé il y a trois semaines. Le caractère de l'enfant s'est modifié en même temps ; de gaie et vivante, elle est devenue taciturne et indifférente. Les réveils nocturnes entraînaient la gronderie des parents, de véritables crises de nerfs s'ensuivaient et, devant l'état qui s'aggravait, on avait conduit Josette à l'hôpital.

Apparemment il n'y a rien eu dans l'entourage de l'enfant pour l'impressionner. Je demande où couche Josette. Dans la chambre de ses parents.

— Mais, ajoute la mère, nous trouvons, mon mari et moi, qu'elle est trop grande maintenant, et nous avons décidé, il y a quelque temps, d'acheter un divan pour la faire coucher à la salle à manger.

Je demande des précisions de dates.

— Il y a trois semaines environ que la décision a été prise, et

nous avons même acheté le divan, mais naturellement nous n'avons encore rien changé, j'attends qu'elle soit rétablie.

Je souligne la coïncidence des trois semaines.

— Pensez-vous, me répond la mère, elle est bien trop petite pour comprendre. Elle ne le savait même pas. Son père et moi ne lui en avons pas dit un mot à elle-même, et pour vous convaincre, figurez-vous, Docteur, qu'elle n'a même pas fait attention au nouveau divan qui est dans la salle à manger. C'est un vrai bébé.

Je voyais l'enfant qui sur les genoux de sa mère la regardait depuis le début de l'entretien d'un air un peu hébété ; elle se mit à me fixer attentivement dès que j'eus parlé de la coïncidence des troubles avec l'achat du divan.

Par ces symptômes, dont le mobile lui était inconscient, l'enfant exprimait un refus de quitter la chambre de ses parents, d'abandonner sa mère à son père.

Nous ne sommes pas entrés dans la détermination de chacun des symptômes : cauchemars, terreurs nocturnes, anorexie, énurésie, perte des intérêts de son âge. Tous traduisaient une angoisse entraînant des symptômes névrotiques régressifs.

Comprenant le conflit qui se jouait chez l'enfant, nous avons expliqué à la mère, et devant Josette, que son enfant souffrait moralement, qu'il fallait l'aider à supporter l'idée de se séparer de ses parents, à être traitée en grande fille, ce dont elle avait peur.

J'ai expliqué à Josette qu'elle voulait rester comme un bébé pour ne pas quitter maman. Peut-être croyait-elle qu'on l'aimait moins, que papa voulait se débarrasser d'elle ? La petite, très attentive, écoutait et pleurait silencieusement. Les parents ont supprimé les médicaments et ont suivi nos conseils.

Le soir même, papa et maman ont parlé à Josette du changement prochain. Papa a été plus câlin avec elle que d'habitude, il lui fit envisager un avenir nouveau, il lui décrivit la grande fille qu'elle allait devenir et dont il serait fier ; l'école où elle irait bientôt avec d'autres enfants.

Quatre jours après la mère revient, et me dit que l'enfant est plus calme. Sans gardénal elle a dormi, d'un sommeil léger, mais sans cauchemars, l'énurésie a persisté les deux premières nuits et on n'a pas grondé l'enfant. Depuis deux jours, l'incontinence nocturne a cessé, l'appétit est revenu et l'enfant est gaie dans la journée. Elle pose de nombreuses questions. (L'angoisse a disparu et l'enfant a reconquis son niveau affectif normal.)

Je propose qu'elle couche maintenant dans l'autre pièce et je l'explique à Josette qui acquiesce. Je conseille au père d'aller embrasser la petite au lit. Et j'ajoute que, sous aucun prétexte, les parents ne devront la reprendre dans leur chambre.

Huit jours plus tard, la mère revient avec une Josette rieuse et fière. Tout va bien. L'appétit, le sommeil et la gaieté sont revenus. L'enfant prend des airs de fillette et c'est elle-même qui a demandé à sa mère de venir dire à la doctoresse qu'elle était guérie[1].

Ceci n'est qu'un de ces cas, plus moraux que psychiques, devant lesquels la thérapeutique habituelle reste inefficace, et ce sont des cas que ne voit jamais le psychiatre, mais le médecin de médecine générale. Les symptômes organiques seuls alarment les parents. Mais l'interrogatoire poussé, guidé par la connaissance des mécanismes névrotiques, mène à leur origine : le traumatisme psychologique.

Or, de même que pour conduire l'anamnèse d'un cas somatique il faut prévoir ce qu'on cherche, tout en ayant l'oreille à ce que nous apprend le malade, de même, pour l'étude des troubles du comportement, il faut connaître le fonctionnement général du psychisme.

Et tous les médecins devraient avoir des notions précises sur les écueils que rencontre l'individu au cours de son développement psychologique; cela vaut principalement pour les médecins d'enfants à qui incombe, en collaboration avec les éducateurs, la prophylaxie des névroses; mais aussi pour tous les autres médecins qui devant certaines manifestations organiquement inexplicables se trouvent désarmés mais ne l'avouent pas au malade, le laissent lui-même se décourager, aller d'un médecin à l'autre, qui l'éconduisent plus ou moins nettement. Pourtant ce sont des gens qui souffrent et qu'un

1. Voir p. 147.

traitement psychanalytique pourrait améliorer, sinon guérir.

Privé de la connaissance de la physiologie mentale, le médecin fait penser à un chirurgien qui, devant un abcès chaud, tenterait de cacher la tuméfaction et l'enduirait de topiques analgésiques au lieu de vider l'abcès ; tels sont les « calmants nerveux », les « changements d'air ».

La nature, dira-t-on, peut faire elle-même le travail, d'où les « avec le temps », « prenez patience » qu'on dit aux malades fonctionnels. Oui, mais la suppuration sera longue et la cicatrice sera laide. L'abcès peut aussi s'enkyster et, jugulé en apparence, le foyer infectieux se réveillera à l'occasion d'un moment de moindre résistance générale ou d'un traumatisme au point sensible : angoisses, obsession, dépression, insomnies, troubles cardiaques ou digestifs, apparaissant brusquement chez un adulte à propos d'une émotion ou d'un événement malheureux auxquels il aurait pu réagir s'il n'y avait eu le foyer névrotique infantile prêt à se réveiller.

Il nous a donc paru intéressant d'attirer l'attention sur des cas de malades comme il en vient journellement aux médecins — et non aux psychiatres — et dont le diagnostic ainsi que le traitement ont relevé de la psychanalyse.

L'importance des traumatismes infantiles dans tous les ouvrages qui traitent de la psychanalyse étonne parfois. Pourtant, chacun sait que chez tous les individus les maladies les plus graves et les chocs les plus traumatisants sont ceux qui attaquent un organe en germe, un organe de moindre résistance ou un organe comportant une lésion ancienne dont la guérison n'est pas encore assurée. Ce qui est vrai dans le domaine physique l'est aussi dans le domaine psychique.

Les cas dont nous parlerons sont des plus simples, sans avoir été simplifiés artificiellement.

Quant aux cas pour lesquels le psychiatre est d'emblée consulté, nous n'y ferons que des allusions, car nous les avons à dessein éliminés de ce travail.

La symptomatologie des adultes est plus riche, les différentes réactions étant plus intriquées, mais en fait ce sont toujours, à la base, les mêmes mécanismes. Aussi, à part quelques généralités cliniques, les limites de ce travail[1] ne nous permettront pas d'exposer des observations d'adultes. Chez tout adulte, même s'il est psychiquement sain, on peut retrouver à l'occasion de certaines difficultés rencontrées au cours de l'existence, les traces du complexe de castration, tout au moins dans ce témoin de l'activité inconsciente qu'est le rêve.

C'est d'ailleurs par les psychanalyses, ne l'oublions pas, qu'on a pu établir l'universalité des conflits rencontrés au cours du développement humain, et surtout du conflit œdipien, qui marque définitivement un sujet suivant la manière dont il y a réagi.

1. Cf. Lagache, *la Psychanalyse*, P.U.F.; Berge, *Education sexuelle et affective*, Scarabée; Favez, *la Psychothérapie*, in C.P.M., Bourrelier.

Les chapitres I, II, III sont des exposés théoriques; le lecteur peut passer directement à la seconde partie (p. 133) assurément plus concrète et clinique, quitte à revenir aux chapitres qui précèdent, si quelque chose lui semble obscur dans la discussion des observations.

Première partie

I

Nomenclature

Nous essayerons d'exposer le plus brièvement et le plus clairement possible le sens de certaines expressions.

Quel est le sens de l'expression « complexe de castration » autour de quoi va s'articuler tout notre exposé ?

Un *complexe* est une liaison indissociable entre :

— d'une part des *pulsions,* à buts différents, parfois contradictoires, dont chacune prétend à gouverner,

— et d'autre part des *interdictions,* d'ordre culturel, s'opposant à la réalisation de certaines de ces pulsions.

Les *pulsions* (« poussée ») sont des élans premiers, de source physiologique, vers un but; elles demandent un assouvissement.

Certaines pulsions se heurtent à des *interdictions.*

Ces pulsions et ces interdictions étant inconscientes, leur liaison — le complexe — est inconsciente.

Mais les réactions engendrées par cette situation conflictuelle inconsciente se manifestent dans le comportement. Le sujet pense et agit alors suivant des mobiles découlant à son insu de déterminations inconscientes, tandis que son besoin de logique réussit toujours à le justifier à ses propres yeux. Il peut encore assister, tout aussi impuissant à les modifier, à des manifestations somatiques découlant elles aussi de déterminations inconscientes, le système nerveux végétatif servant de truchement pour extérioriser des états affectifs inconscients, comme il extériorise bien des états conscients, par exemple dans les larmes, la rougeur de la peau, la chair de poule.

Castration signifie, dans le langage courant, « destruction »

des glandes génitales, suppression des besoins sexuels et du comportement concomitant; mais pour Freud et les psychanalystes, le terme « sexuel » ne désigne pas uniquement les manifestations en rapport avec l'acte génital de la procréation; il englobe tout ce qui a trait à l'activité hédonique, c'est-à-dire tout ce qui a trait à la recherche du plaisir.

Castration, au sens psychanalytique, signifie alors « frustration de possibilités hédoniques », frustration de possibilités de recherche du plaisir.

Nous verrons que l'hédonisme n'est pas centré sur les mêmes zones corporelles aux différents stades du développement et c'est à l'exposé de cette évolution que sera consacré le chapitre II.

Le présent chapitre est consacré, à l'exposé, si l'on nous passe l'expression, du mécanisme et des rouages du psychisme adulte.

Malgré notre désir d'employer le moins de termes scientifiques possible, il en est que nous ne pouvons éviter, à moins d'alourdir notre texte jusqu'à le rendre incompréhensible en répétant continuellement des périphrases. J'ajoute que, personnellement, j'emploie souvent des expressions qui ne sont pas classiques, mais qui me semblent utiles pour compléter le sens des expressions habituelles, qu'elles éclairent sans les supprimer.

LES INSTANCES DE LA PERSONNALITÉ SELON LA PSYCHANALYSE FREUDIENNE.

Nous allons donner une brève description de la personnalité, mais n'oublions pas qu'il s'agit d'un schéma artificiel et commode pour l'étude, et gardons-nous de voir des compartiments étanches et des entités réelles.

On distingue le *Ça,* le *Moi* et le *Sur-Moi.*

— Le *Ça.* Source des pulsions, force libidinale aveugle

qui, à la manière d'un fleuve, doit trouver à s'écouler. La libido étant à la sexualité ce que la faim est à la nutrition.

— Le *Moi.* Siège des satisfactions et des malaises conscients. Noyau limité, organisé, cohérent et lucide de la personnalité. C'est par son intermédiaire que le Ça entre en contact avec le monde extérieur. Tampon entre le Ça et le monde extérieur d'abord, puis, à partir de 6-7 ans, entre le Ça et le Sur-Moi.

— Le *Sur-Moi.* Sorte de mentor formé par l'intégration des expériences, permises et défendues, comme elles ont été vécues dans les premières années. Siège d'une force inhibitrice qui joue aveuglément elle aussi, le Sur-Moi est incapable d'évoluer sensiblement de lui-même après 8 ans, même si les circonstances de la vie modifient totalement les exigences du monde extérieur.

Quand nous disons que le Ça et le Sur-Moi sont le siège de forces aveugles, nous voulons dire que leur fonctionnement est inconscient. Le Moi n'est d'ailleurs qu'en partie conscient [1].

CONSCIENT, INCONSCIENT, PRÉCONSCIENT.

L'ensemble des idées que nous nous représentons à un moment donné, constitue le *conscient.* De toutes celles qui sont à ce moment hors de notre champ conscient, on dit qu'elles sont *inconscientes.* Mais, dans ce lot, il faut distinguer celles que nous pourrons évoquer à volonté — *(préconscient)* — et d'autre part l'*inconscient* proprement dit, qui restera toujours pratiquement inconnu.

Mais l'inconscient n'est pas un réceptacle obscur de représentations psychiques inutiles et muettes.

Par l'étude du phénomène des actes post-hypnotiques observés chez Bernheim, Freud constatait qu'un acte ordonné

1. Répétons qu'il s'agit d'un schéma; ce qu'il est important de comprendre, c'est qu'en somme l'inconscient, source de la force affective, est très tôt « divisé contre lui-même » (Ça — et Sur-Moi).

sous hypnose s'imposait à la conscience, tandis que ni l'ordre reçu du médecin, ni le souvenir de l'hypnose ne revenaient à la mémoire. Et qui plus est, si on demandait au sujet qui exécutait un ordre absurde, la raison de son acte, il invoquait toujours une justification suffisante à ses yeux, alors qu'elle allait souvent contre toute logique[1] : *l'idée de l'acte à faire* est passée de l'inconscient dans le conscient, chargée de l'incitation à agir; mais *l'idée de l'ordre reçu* n'est pas passée dans le conscient, et c'est pourtant elle qui a été efficiente.

Un phénomène psychique peut donc être inconscient et efficient.

L'obsérvation des hystériques devait amener Freud à la conclusion que la suggestion extérieure de l'hypnotisme et la suggestion intérieure de l'hystérie sont des phénomènes à peu près identiques.

Dans les autres formes de névrose, et même dans la psychologie de l'homme sain, la psychanalyse montre le rôle prédominant des idées actives inconscientes; on nomme *rationalisations* les mobiles que l'individu allègue pour justifier les actes dont le véritable motif lui reste inconnu.

Cependant une différence est à remarquer : l'acte commandé sous hypnose, une fois réalisé, ne joue plus aucun rôle dans l'inconscient du sujet; alors que la poussée inconsciente émanant du sujet lui-même tend à se répéter indéfiniment, suivant un rythme variant avec chaque individu. C'est le motif pour lequel la névrose n'est pas extinguible spontanément.

Freud émet l'hypothèse
que tout phénomène psychique tend à devenir conscient.

Il ne s'arrête en chemin que s'il se heurte à des résistances, et ce n'est pas un jeu de passe-passe, c'est un *jeu de forces.*

1. Par exemple, un sujet ouvrant son parapluie en pleine réunion, suivant l'ordre qu'il en avait reçu sous hypnose, répondait aux questions de l'entourage : « Je veux voir si mon parapluie est en bon état. »

Mais le processus une fois déclenché, la charge affective qui le soutient doit trouver une utilisation; elle fait partie des manifestations d'une libido qui, pas plus que la « vie », ne peut s'escamoter. Nous pouvons modifier les manifestations de la vie; mais une fois déclenchée, la vie ne s'arrête que par la mort, c'est-à-dire par la destruction de l'intégrité du vivant. De même, la libido ne se laisse ni annuler ni amoindrir dans sa quantité dynamique.

S'il arrive que dès son apparition la poussée libidinale trouve des interdictions dans le monde extérieur, la représentation est réprimée; mais la charge affective qui la soutenait demeure; elle devient de *l'angoisse*.

L'angoisse, malaise ineffable, voit son intensité dépendre de deux facteurs : d'une part, l'importance de la charge affective détachée de son support originel; d'autre part le degré, plus ou moins total, plus ou moins catégorique, de l'entrave imposée à la pulsion.

Si la charge affective trouve à se greffer sur une autre idée, mieux tolérée par le monde extérieur, c'est la formation d'un *symptôme* : utilisation méconnaissable de la pulsion réprimée. Cette apparition du symptôme *délivre le sujet de son angoisse* et donne un sentiment immédiat de bien-être.

Mais ce n'est que dans les premières années de la vie que les pulsions se heurtent au monde extérieur; les interdictions auxquelles elles se heurteront au bout des premières expériences auront vite fait d'envahir la personnalité même du sujet (le Sur-Moi).

Une comparaison classique nous fera comprendre la formation du Sur-Moi. On met des poissons dans un bocal et l'on sépare un jour le bocal en deux par une plaque de verre transparente. Les poissons enfermés dans chacun des deux compartiments du bocal tentent vainement de traverser le mur transparent, et s'y heurtent, sans cesse; jusqu'au jour où ils agissent « comme s'ils n'avaient plus envie » de sortir du compartiment qui leur est réservé. Ils ne se heurtent jamais plus alors à la cloison de verre et si, au bout de quelques semaines, on retire la cloison, on constate que les poissons continuent à se comporter « comme si elle existait toujours »; l'interdiction est devenue « intérieure », elle fait partie de « la personnalité » de ces poissons.

C'est ainsi qu'agit le Sur-Moi. Il assimile les interdictions du monde extérieur, afin d'éviter les déconvenues; mais une fois formé, le Sur-Moi est rigide. Grâce à lui les pulsions sont entravées spontanément, avant même d'être conscientes, dès qu'elles suscitent une résonance associative de celles qui, lors des premières expériences de l'enfant, avaient entraîné de la part du monde extérieur une répression suivie d'angoisse. Voilà le mécanisme inhibiteur auquel on donne le nom de *refoulement*. On voit que c'est un processus *intérieur.*

Le refoulement ne porte que sur les idées.

Les charges affectives qui les soutenaient (et qui, nous l'avons dit, ne peuvent être détruites) provoquent dans le conscient, par accumulation de force nerveuse inassouvie, une angoisse dont le sujet souffre et dont il ignore la cause. On réserve le nom *d'angoisse primaire* à la souffrance résultant d'un conflit entre les pulsions libidinales et les interdictions extérieures au sujet. A celle qui résulte d'un conflit entre le Sur-Moi et le Ça à l'intérieur même de la personnalité du sujet, on donne le nom *d'angoisse secondaire*.

L'angoisse cherche à se libérer dans un *symptôme*, qui en permet la décharge affective (la charge affective se lie à une autre idée). Cette traduction peut être tolérée ou non par le monde extérieur ou la partie consciente du sujet. En cas de répression, l'apaisement instinctuel ne pourra aboutir, d'où nouvelle angoisse, déterminant un autre symptôme, toujours animé de la même charge libidinale déliée de la première idée refoulée. On peut ainsi arriver à une intrication menant le symptôme si loin de son point de départ originel qu'il faut un travail lent « d'analyse » pour en retrouver la cause.

Cela fait comprendre comment une psychothérapie psychanalytique peut agir chez l'enfant, dont le Sur-Moi, s'il commence à se former à 7-8 ans, n'atteint sa rigidité définitive qu'à la fin de la puberté, tandis qu'il sera nécessaire de recourir à la thérapeutique longue que représente une « vraie psychanalyse » dès qu'il s'agira d'un adulte, avec sa double difficulté d'un Sur-Moi plus rigide et d'une plus longue histoire.

Nous pouvons comparer la libido à l'eau d'une source. Elle doit s'écouler; qu'on l'empêche de sourdre à son émergence, elle fera irruption en un autre point.

A son apparition, l'eau s'appelle source; elle n'a pas fait quelques mètres qu'elle s'appelle ruisseau.

Si l'on veut arrêter le cours du ruisseau, on dresse un barrage; mais il doit être renforcé au fur et à mesure que la poussée augmente, et si vaste soit-il, si puissantes soient ses parois, il ne fera obstacle que pendant un certain temps, au-delà duquel il sera submergé, à moins que des brèches n'en laissent écouler le trop-plein ou qu'on n'y ait aménagé une issue par laquelle le réservoir se déversera en alimentant par exemple une usine électrique.

C'est le rôle du Sur-Moi de favoriser les « *sublimations* » : utilisations de la libido dans des activités sociales tolérées ou stimulées par le monde extérieur.

Mais si le débit d'écoulement n'est pas en rapport avec celui de la source, l'eau doit trouver des brèches supplémentaires : tel est le rôle des symptômes; et ces brèches se font aux points de moindre résistance.

Ainsi en va-t-il quand des pulsions qui ne peuvent atteindre le *conscient,* vont réveiller ou renforcer des manifestations correspondant à une période antérieure du développement, et qui à cette époque avaient été tolérées. La libido est tentée de reprendre un ancien chemin, de procéder à tel ou tel réinvestissement autour de « *points de fixation* » dépendant d'un ensemble de conditions qui avaient fait mettre un accent particulier sur telle ou telle manifestation, lors de son apparition normale.

Ainsi, pour reprendre la comparaison, sous la poussée d'une masse en crue, l'eau du réservoir enfoncera d'abord les écluses fermant l'accès à des plages où l'eau avait pu temporairement séjourner du temps où le barrage et l'usine électrique n'étaient pas encore achevés.

La grande différence, entre ce qui se passe pour l'eau à la surface de la terre et ce qui se passe pour la libido dans un individu, c'est que la force inhibitrice, qui s'oppose aux manifestations des pulsions, émane, en ce dernier cas, de l'individu lui-même.

L'élément dynamique du Ça, c'est la libido, et l'élément dynamique du Sur-Moi est encore la même libido.

Car grâce au Sur-Moi une extraordinaire économie de travail est procurée au Moi qui évite ainsi un fastidieux travail de choix et de renoncements constants. Les poissons rouges sont à l'aise dans le bocal qui au début les gênait.

Si les sublimations utilisent à plein le dynamisme des pulsions refoulées, et si le Sur-Moi laisse encore au Ça une marge assez grande pour des satisfactions directes, tout va bien, le refoulement est silencieux et sans angoisse.

Mais si les possibilités de sublimation sont insuffisantes, ou si le Ça est très violent, très riche, une tension s'ensuit; le Sur-Moi doit se montrer extrêmement sévère et on assiste à des formations réactionnelles soit en accord avec le Moi — perversions — soit sans son accord — névroses caractérisées.

D'autre part, si les poussées vitales du Ça accaparent en permanence une vigilance impérieuse du Sur-Moi, il peut en résulter un blocage plus ou moins total de la libido, utilisée contre elle-même. Cette force immobilisée alors dans des mécanismes inconscients, est autant de non-disponible pour le Moi, c'est-à-dire pour les activités conscientes du sujet.

On pourrait croire dès lors que le sujet serait soulagé si on lui restituait un peu de son énergie bloquée. On se tromperait. Une sorte de déviation métabolique conduirait l'énergie nouvellement libérée dans un tout autre sens que celui recherché[1]. Elle s'en retournerait en effet en partage égal

1. Un peu comme dans le jeu savant et apparemment paradoxal de certaines corrélations endocriniennes ou biochimiques.

Autrement dit, comme le notent Jury et Fraenkel, « si l'analyste évoque un refoulement pour amener le défoulement, il peut renforcer justement le refoulement visé ».

aux deux fractions antagonistes de l'*inconscient* (Ça et Sur-Moi), et ne ferait qu'aggraver l'état de conflit.

Et ce fut l'erreur des premières années de la méthode psychanalytique [1], où, naïvement, l'on croyait bien faire de communiquer tout bonnement aux malades le sens de leurs symptômes.

En effet, alors même que le Moi du sujet désire, de bonne foi, se soumettre au traitement et aider le médecin de sa meilleure volonté, dès que la psychanalyse tente de dissocier le couple des forces antagonistes, le sujet déploie inconsciemment une opposition sourde, *comme s'il organisait une défense.*

On donne à ce phénomène le nom de *résistance.*

Le même mécanisme qui avait produit le refoulement, entre en action dès que les interprétations analytiques laissent entrevoir une possible relaxation d'idées et de souvenirs refoulés; à ce signal, la vigilance du Sur-Moi se renforce de plus belle.

Ce mécanisme, si gênant soit-il au cours de nos traitements, et même pour la pénétration des idées psychanalytiques, a néanmoins son utilité : il conserve l'équilibre de la personnalité.

Il suffit de penser à la décharge de force libidinale qui se volatilise, par exemple, dans une crise de manie aiguë au registre de la motricité, pour comprendre l'utilité que les pulsions du Ça ne soient pas trop libéralement soustraites à la sévère gouverne du Sur-Moi.

CONSÉQUENCES POUR LA TECHNIQUE PSYCHANALYTIQUE.

Voilà pourquoi la méthode psychanalytique vise à circonvenir le *refoulant* et non le *refoulé.*

1. Et encore actuellement de ceux qui, armés de notions de psychanalyse, aiment à interpréter autour d'eux les symptômes et les rêves, ce qui peut avoir un intérêt anecdotique, mais aussi entraîner, vis-à-vis de sujets névrosés, des effets pénibles, néfastes et même dangereux.

Le traitement psychanalytique est fondé sur *l'analyse des résistances*[1]. Ce n'est pas une interprétation intellectuelle que le médecin donnerait à son malade comme la clef d'un rébus.

Le traitement se fait dans le « *transfert* », c'est-à-dire le déploiement de la part du malade d'une situation affective vis-à-vis du médecin; positive, négative, le plus souvent mixte.

Transfert il y a dans toute relation humaine; seulement, dans la vie courante, l'attitude réciproque de deux individus dépend de nombreux facteurs; comprendre avec juste précision ce qui revient à l'attitude subjective de chacun d'eux, aux circonstances extérieures, aux influences intercurrentes d'autres individus se mêlant à leur relation, est chose impossible.

L'originalité de la méthode psychanalytique c'est de permettre l'observation la plus objective qui soit du comportement d'un individu. Celui-ci n'a avec le médecin que des rapports fictifs; il ne connaît pas l'homme; il ignore ses réactions personnelles; il n'entendra jamais de lui le moindre jugement de valeur.

L'expérience montre que, dès les premières séances, tel sujet « voit » son psychanalyste de telle manière, et réagit à son égard comme s'il était vraiment tel qu'il l'imagine. Un autre « verra » le même psychanalyste d'une tout autre façon. Le psychanalyste pourra donc « analyser » le pourquoi des réactions du sujet, le pourquoi de la personnalité que le psychanalysé lui prête.

C'est dire s'il faut que le médecin se connaisse bien — et cela par sa propre psychanalyse achevée — pour n'utiliser comme matériel d'analyse que les réactions de son malade non conformes à la réalité, et ne pas réagir, en outre, par l'amour ou la haine, c'est-à-dire affectivement, quand son malade lui fera compliment ou reproche d'une de ses caractéristiques réelles.

1. C'était particulièrement vrai en 1939. Depuis, la technique a évolué, et si on ne néglige pas d'analyser les résistances, l'interprétation porte davantage sur les pulsions dont l'expression claire par le désir est interdite du fait des résistances et qui sont dès lors travesties en demandes.

2

Évolution des instincts

1. Les divers stades

Tout instinct, pulsion biologique primitive, participe d'une donnée qui caractérise toutes les manifestations de la vie : le rythme. (Phases de repos et d'excitations alternées.) Les phases de repos sont muettes, *les phases d'excitation correspondent à l'apparition de pulsions*. Cela aussi bien pour la faim que pour la libido. Les pulsions instinctuelles seront donc soumises à la *répétition*.

Les instincts de conservation ne peuvent se différer longtemps quant à leur satisfaction sans menacer la vie même du sujet, et, de ce fait, l'énergie que l'individu déploie pour obtenir leur assouvissement ne peut se déplacer.

Les instincts sexuels, au contraire, peuvent être différés et leur énergie transformée au bénéfice d'autres activités.

On a vu qu'au sens freudien du mot, *sexuel* ne signifie pas génital, et le qualificatif de génital ne s'adresse qu'à certaines manifestations de la sexualité, les plus tardives et les plus achevées du développement de l'individu. Mais l'hédonisme de l'enfant (c'est-à-dire « la recherche du plaisir ») s'éveille extrêmement tôt.

Le plaisir que donne l'excitation rythmée d'une zone corporelle quelconque doit être qualifié de sexuel alors même qu'il ne vise pas à l'union de deux gamètes. En effet, le principe pulsionnel qui vise dans l'enfance à l'excitation de zones érogènes très nombreuses (tout le corps peut en devenir le siège) ***ne diffère pas*** de celui qui, plus tard, sera lié à la vie sexuelle génitale de l'adulte et dont les manifestations sont restées incompréhensibles jusqu'à Freud.

Au suçotement du nourrisson (en dehors des tétées), succèdent le suçotement du pouce, du porte-plume, de la cigarette, et le baiser, acte hédonique auquel on ne peut dénier le qualificatif d'érotique.

Or, il n'est pas de meilleur critérium objectif du développement humain que le critérium affectif, c'est-à-dire le comportement de l'individu par rapport à ses objets d'amour.

Pour donner un nom à ces époques successives du développement individuel, Freud choisit celui qui évoque la partie du corps sur laquelle est *électivement centré* l'hédonisme du moment.

C'est pourquoi, en psychanalyse, on distingue successivement le stade oral, le stade anal, le stade phallique, encore appelés stades *prégénitaux*.

Leur succède une phase dite de latence, qui se place environ entre 7 et 13 ans sous notre climat.

Viennent ensuite la puberté, et enfin le stade génital proprement dit, qui atteint son épanouissement dans nos pays vers 17-18 ans.

C'est l'historique de ces stades d'organisation provisoire qui permet de comprendre les bases du comportement ultérieur non seulement des individus qualifiés de normaux, mais encore de ceux qui présentent des anomalies, depuis les simples bizarreries jusqu'aux troubles graves de l'adaptation à la société.

Et l'assujettissement étroit du développement général au développement libidinal explique ce corollaire inéluctable à l'âge adulte : un trouble fonctionnel dans la sphère génitale est nécessairement lié à des troubles du comportement d'ordre affectif et, inversement, des troubles psycho-affectifs s'accompagnent toujours d'un comportement sexuel caractéristique.

C'est pourquoi, dans l'intrication des symptômes telle qu'on l'observe à l'époque où le sujet malade vient consulter, toute thérapeutique qui vise à contrarier ou à amoindrir le symptôme fonctionnel n'agit qu'à titre de palliatif. Et l'attitude affective du médecin, qui calme paternellement de son autorité les inquiétudes morales du malade, n'agit psychiquement que par suggestion; et si cette attitude peut encore sembler la seule possible dans beaucoup de cas trop graves ou trop invétérés, on ne doit point se dissimuler que son efficacité thérapeutique n'est que factice.

STADE ORAL.

Tel est le nom que l'on donne à la phase d'organisation libidinale qui s'étend de la naissance au sevrage et qui est sous la primauté de la zone érogène buccale[1]. Le besoin physiologique de sucer apparaît dès les premières heures de la vie; mais, repu, le bébé continue pendant le sommeil de sa digestion à suçoter ses lèvres, pendant que son aspect extérieur reposé et béat traduit la volupté.

Le plaisir de la succion indépendant des nécessités alimentaires est un plaisir auto-érotique. C'est le type du plaisir narcissique primaire, auto-érotisme originel, le sujet n'ayant pas encore la notion d'un monde extérieur différencié de lui. Si l'occasion lui est donnée passivement de satisfaire ce plaisir, l'enfant s'attache à cet objet occasionnel; le sein ou le biberon avec lesquels il aime tant jouer, même quand il n'y a plus de lait, qu'il aime sucer sans faire l'effort de l'aspiration et de la déglutition.

L'enfant aime, *à l'égal de lui-même,* ce qu'on lui met à la bouche (le sein, la tétine), et, *par extension* (car il n'a pas acquis la notion des limites de son propre corps), la nourrice ou la mère toujours liée nécessairement au plaisir de la tétée, et à qui il est ainsi *identifié*. D'ailleurs, tous les moments de sensation voluptueuse, le bain, la toilette, le bercement, sont liés

1. On pourrait dire aussi « stade buccal » à condition de retenir qu'il s'agit de tout le carrefour aéro-digestif (préhension, labiale, dentaire, gustation, déglutition, émission de sons, aspiration et expiration de l'air...).

à la présence de *la mère,* par la vue, le son, le toucher. *Associée qu'elle est* à ces sensations de plaisir, elle devient tout entière, dans sa présence et dans sa personne, un objet d'aimance [1], et l'enfant lui sourit et lui fait fête en dehors même des heures de tétées.

Et c'est sur le modèle de cette relation d'aimance que l'attitude vis-à-vis du monde extérieur se conformera. Dès que quelque chose intéressera l'enfant, il le portera à sa bouche. Absorber l'objet, participer de lui, entraîne le plaisir d' « avoir », qui se confond pour le nourrisson avec le plaisir d' « être ».

Peu à peu, l'enfant *s'identifie* donc à sa mère selon un *premier* mode de relation, qui subsistera d'ailleurs toute la vie, lors même que d'autres apparaîtront : si elle sourit, il sourit, si elle parle, il gazouille, et l'enfant se développe, emmagasinant passivement les mots, les sons, les images, les sensations.

C'est le stade oral dans sa première forme, passive. Les premiers mots sont déjà une conquête qui demande un effort, récompensé par la joie et les caresses de l'entourage.

Mais parallèlement à ce progrès, la *dentition* est apparue, avec sa souffrance qui demande à être soulagée par des mordillements. C'est alors que l'enfant entre plus avant dans une *période orale active.*

Il mordra ce qu'il aura à la bouche, les objets, et aussi le sein s'il tète encore sa mère; et comme la morsure est sa première pulsion agressive, la façon dont elle sera permise ou non par l'objet d'amour est de toute première importance, l'apprentissage de la langue maternelle en dépend.

Si on attend ce moment pour commencer le *sevrage,* celui-ci sera considéré comme une *conséquence* de l'agression, c'est-à-dire comme une punition sur le mode de la frustration. Il y a toujours chez les enfants élevés au sein trop tard [2], une

1. Par le mot « amour » qui, dans la langue française, qualifie toutes les possibilités libidinales (on aime un plat, on aime l'argent, on aime un être, on aime « aimer »), on désigne aussi « l'intérêt affectif en lui-même », sous toutes ses formes, ce que nous appellerons : « AIMANCE ».

2. Selon nous, le sevrage de l'enfant au sein devrait commencer entre 4 et 5 mois, être progressif et lent, et s'achever entre 7 et 8 mois au plus tard.

difficulté à jouir complètement de leur faculté d'agressivité sans provoquer un besoin d'auto-punition. Il est, bien entendu, de toute nécessité que l'enfant n'ait à sa portée que des objets susceptibles d'être sucés et mordus sans danger, et sans provoquer les interdictions ou les gronderies de l'adulte.

Si un sevrage brusque prive subitement l'enfant du sein maternel, sans qu'il ait encore déplacé sur d'autres objets son investissement libidinal, il risque de rester fixé à un mode oral passif (tels les suceurs de pouce tardifs). Il renforce en tout cas son auto-érotisme et, en perdant l'intérêt pour le monde extérieur, il se concentre sur ses fantasmes, arabesques imaginatives, succession d'images représentatives d'émois. Il peut ainsi garder un noyau de fixation qui entrera en résonance lors d'une frustration ultérieure, et pourra éventuellement aider l'éclosion d'une névrose.

C'est la prédominance des composantes orales partielles qui, suivant leurs utilisations ultérieures, fera des orateurs, des chanteurs, des fumeurs, des buveurs, des « bonnes fourchettes », des toxicomanes.

C'est au stade oral que se rapporte la formation des *caractères* égoïstes à type captatif où le sujet cherche dans sa vie génitale, sans distinction de sexe a priori (le choix étant conforme au Sur-Moi collectif de l'ambiance), l'affection exclusive d'un être élu selon le mode de la relation objectale orale. Que le sujet soit homme ou femme, son objet d'amour devra jouer pour lui le rôle de mère nourricière. La femme, par exemple, devra être sévère et génitalement inviolable, active et volontaire, de préférence plus fortunée que le sujet, donc source de confort général et de plaisir culinaire. *De tels caractères* se rencontrent à tous les niveaux de la société. Quel que soit le rang social, ils correspondent au *type* du « maquereau » et de « la femme entretenue », celle-ci naturellement narcissique et frigide dans les rapports normaux.

Chez le névrosé que sa *régression libidinale ramène au stade oral,* l'identification inconsciente du sujet à l'objet fait que la perte de celui-ci entraîne la nécessité de mourir : c'est la mélancolie; à moins que des fantasmes auto-érotiques hallucinatoires ne ramènent le sujet au stade oral passif, nirvâna de ses premières semaines, où il n'a plus aucun moyen de communication avec le monde extérieur.

Chez l'adulte sain, *qui peut faire une régression (objectale* et non *libidinale),* des crises de boulimie peuvent remplacer l'acte sexuel, et l'anorexie mentale symboliser le refus de la sexualité.

La pensée au stade oral.

Quel est le mode de penser, au stade oral ? Nous en savons fort peu de chose, et pour cause. Mais il nous est permis d'inférer que l'élaboration mentale y prend la forme onirique, pseudo-hallucinatoire.

Cette hypothèse s'appuie sur deux ordres d'observations :

Les adultes psycho-névrosés, dont les symptômes se rapportent à ce stade archaïque, présentent des hallucinations où ils voient généralement l'objet d'aimance et à qui ils tiennent des propos tendres (j'ai vu une mélancolique bercer son bébé mort imaginaire), ou qui les terrorise; mais ce ne sont pas de véritables hallucinations car cela fait « partie d'eux »; ce n'est pas « avec leurs yeux seulement » qu'ils voient, comme une de mes malades me l'expliquait après coup [1], « c'est tout, qui sent ».

Les nourrissons de quelques jours qui ont faim pleurent, et ouvrent la bouche en l'étirant de côté comme pour attraper le sein, cela semble une hallucination tactile. Les nourrissons plus âgés, quand ils sont repus et se croient seuls dans la pièce, se mettent parfois à sourire et même à rire aux éclats en battant l'air de leurs bras, comme ils le font quand ils aperçoivent leur mère s'approcher d'eux pour les prendre et les câliner. Cela « ressemble » à ce qu'on observe chez les dormeurs qui rêvent.

1. Car pendant le phénomène ces malades miment, mais sont incapables de trouver des mots pour dire ce qu'ils sentent, c'est comme s'ils étaient « seuls, et tout ».

STADE ANAL.

Pour l'enfant de 1 à 3 ans, les 9/10e des sujets de rapports avec les adultes sont la nourriture et l'apprentissage de la propreté sphinctérienne.

La deuxième année de l'enfance, sans détrôner complètement la zone érogène buccale, va donner de l'importance à la zone anale. Celle-ci s'est d'ailleurs éveillée bien plus tôt, et il n'est que d'observer les tout-petits pour s'apercevoir de leur plaisir, non dissimulé, pendant le relâchement spontané de leurs sphincters excrémentiels.

L'enfant est parvenu à un plus grand développement neuro-musculaire : la libido qui provoquait le suçotement ludique du stade oral provoquera maintenant la rétention ludique des fèces ou des urines (laquelle se prolongera parfois tard dans l'enfance, et qu'on retrouve chez certains adultes).

Et cela peut être la première découverte du plaisir auto-érotique *masochique*[1] qui est une des composantes normales de la sexualité.

Les soins de propreté qui suivent l'excrétion sont donnés par la mère. Si elle est contente du bébé, la toilette se passe dans une atmosphère agréable; s'il a sali ses couches, c'est le contraire, il est grondé et pleure.

Mais comme de toute façon, à cause de la satisfaction physiologique de la zone érogène, cette toilette est agréable, *des émois contradictoires s'associent à la mère, c'est la première découverte d'une situation d'ambivalence.*

Emettre ses excréments au moment opportun où l'adulte les sollicite devient alors, aussi, une manière de récompense

1. « Masochique », en première approximation, peut être entendu comme de l'ordre du « fais-moi quelque chose », « plaisir à ressentir des applications passives sur le corps » (la progression générale du boudin fécal, son apparition à l'ampoule rectale, ne sont pas en effet des actes volontaires et donnent par conséquent des sensations ressenties passivement).

(ici, de la part de l'enfant vis-à-vis de la mère), un signe de bonne intelligence avec la mère, tandis que le refus de se soumettre à ses desiderata équivaut à une punition, ou à une mésentente avec elle.

Par la conquête de la discipline sphinctérienne, l'enfant découvre ainsi la notion de son pouvoir, de sa propriété privée : ses selles, qu'il donne ou non. Pouvoir auto-érotique sur son transit [1], pouvoir affectif sur sa mère, qu'il peut récompenser ou non. Et ce « cadeau » qu'il lui fera, sera assimilé à tous les autres « cadeaux » qu'on « fait », l'argent, les objets quelconques qui deviennent précieux du seul fait qu'on les donne, jusqu'à l'enfant, petit frère ou petite sœur, que dans les fantasmes des enfants, la mère fait par l'anus, après avoir mangé un aliment miraculeux. C'est la découverte du plaisir sadique [2].

Mais expulser ses excréments à heures fixes, souvent avec effort, ne pas attendre le besoin impérieux et spontané, ne pas jouer à les retenir, constitue, dans l'optique de l'enfant, un renoncement. L'interdiction de jouer avec, ensuite, au nom d'un dégoût qu'affecte l'adulte (même quand il ne l'éprouve pas), crée encore un renoncement.

Or l'enfant ne renonce à un plaisir que pour un autre : ici, l'invitation de l'adulte aimé. L'identification, mécanisme déjà connu au stade oral, est un de ses plaisirs.

Mais, le *mode de relation* inauguré vis-à-vis des excréments ne peut pas disparaître, car, chercher à imiter l'adulte dans ses gestes et dans ses paroles, ce n'est pas encore participer à son mode de penser et de sentir. Aussi faudra-t-il à l'enfant des substituts sur lesquels il puisse déplacer ses affects : ce seront les objets hétéroclites qu'à cet âge il traînera toujours avec lui et auxquels nul ne devra toucher sans provoquer sa rage, « ses caprices »; lui seul a sur eux droit de vie ou de

1. Il est probable que la libido anale est plus qu'orificielle, une libido diffuse « à tout l'intérieur » allant à la rencontre de la libido orale, l'auto-érotisme narcissisant de se sentir « maître de sa nutrition et de sa croissance » de bout en bout, c'est peut-être le cas de le dire.

2. De même, « sadique » peut être entendu en gros comme de l'ordre du « je te fais quelque chose avec mon corps », « je veux avoir droit de vie et de mort sur des objets, du vivant, toi — comme je le voulais sur mes excréments ».

mort, c'est-à-dire de les serrer dans ses bras ou de les détruire, de les jeter; en un mot, de leur donner ou non existence, comme à ses excréments.

Alors, au lieu de jouer avec ses excréments, il s'absorbera dans la fabrication des pâtés de sable, et barbotera dans la saleté, l'eau, la boue; et *à cause de ce déplacement,* inconscient, l'attitude plus ou moins sévère des parents devant la propreté, non seulement sphinctérienne, mais *générale*, favorisera ou entravera l'épanouissement de l'enfant et son adaptation à la vie sociale avec aisance du corps et adresse manuelle.

Si, par ailleurs, par jeu ou constipation fortuite, l'enfant retient ses excréments, *il s'ensuit* souvent une agression anale de l'adulte, le suppositoire ou même le lavement. Pour l'enfant, c'est une économie d'effort, et une satisfaction érotique de *séduction passive ;* mais l'opération peut être douloureuse, l'adulte peut se fâcher. L'ambivalence affective se dessine encore et se lie associativement au masochisme naissant.

Il y a plus, en ce qui concerne le comportement : l'enfant arrive maintenant à un développement neuro-musculaire très satisfaisant, qui crée chez lui le besoin de la libre disposition de ses groupes musculaires agonistes et antagonistes, et lui donne désormais la possibilité d'imiter l'adulte non plus seulement dans ses paroles, mais dans tous ses gestes. Il est actif, bruyant, brutal, agressif sur des objets qui ne sont plus seulement à sa portée comme au stade oral, mais qu'il prend et qu'il déchire, frappe, jette par terre, comme s'il y mettait un malin plaisir, accentué d'ailleurs pour peu qu'il s'aperçoive que cela mécontente l'adulte. L'identification est réussie. C'est parce qu'il aime l'adulte, qu'il se plaît à fâcher et à battre. L'ambivalence apparue à la fin du stade oral s'affermit.

Mais l'enfant use de son agressivité musculaire sans autre règle que son « caprice ». C'est le rôle de l'éducation de l'habituer là encore à une discipline sociale.

En pratique quand l'enfant désobéit, il est grondé (à ses yeux : privé d'amour), il est battu, et si agressif que soit l'enfant, si fortes que soient ses rébellions, il est toujours le plus faible et doit céder.

Mais de même qu'une éducation favorable aura permis à l'enfant des *substituts symboliques* de ses matières fécales, de même pour son éducation musculaire on devra lui réserver *des heures quotidiennes* où, sans contrainte parentale, il pourra *jouer aussi brutalement et aussi bruyamment* qu'il lui plaira. C'est une condition de sauvegarde pour sa vie et sa libido ultérieures; sinon, l'enfant se sentira écrasé, sous la domination sadique de l'adulte (non que celui-ci soit nécessairement sadique, mais parce que l'enfant projette sur lui son sadisme insatisfait), et l'activité ultérieure restera dans tous les domaines solidaire d'un besoin de punition qui entraînera la recherche des occasions où passivement l'on est battu et dominé.

Au stade anal, se rapporte la formation des *caractères consciencieux,* sobres, réguliers, travailleurs, sérieux et scientifiques chez ceux qui ont trouvé du plaisir à se conformer aux nouvelles exigences qu'on leur demandait : chez les autres, on trouvera, les obstinés, les boudeurs, les entêtés, ceux qui aiment à faire esclandre par leur désordre, leur saleté, leur indiscipline, ou encore ceux qu'un ordre méticuleux et proche de l'obsession rend insupportables à leur entourage.

L'intérêt pour les matières fécales pourra être sublimé chez les peintres, les sculpteurs, les amateurs de bijoux, les collectionneurs en tout genre, et tous ceux que la banque et les maniements d'argent en général intéressent.

C'est aux composantes dominantes de la phase anale qu'on doit ramener chez l'adulte les caractères possessifs, mesquins, l'avarice (l'argent représentant les excréments pour l'*inconscient* du stade anal). Enfin, les *composantes sadiques et masochistes* de cette période expliquent les *perversions* chez l'adulte ainsi que l'intérêt libidinal exclusif pour l'orifice anal, dans l'acte sexuel, au détriment du vagin dont l'existence anatomique n'est pas connue à l'âge de la fixation infantile restée vivace chez les pervers.

L'objet d'amour que recherchent les individus de ce type caractérologique n'est pas spécifiquement hétérosexuel ou homosexuel. La caractéristique génitale de l'objet de son désir est parallèle ou accessoire, pourrait-on dire. L'important c'est qu'il retrouve à son contact le mode de rapports émotionnels éprouvés vis-à-vis de l'adulte dominant et surestimé à la fois, de cette enfance prégénitale où la valeur magique de la puissance de l'éducateur ou de l'éducatrice s'imposait à lui corporellement subjugué, même dans le cas où sa volonté verbalement énoncée semblait l'opposer au maître incontesté dans les faits et actes qu'il imposait.

Subjuguer ou être subjugué, tel est le summum de la relation valorisée d'amour. C'est une éthique de possession qui trouve sa fin et sa justification en elle-même. C'est donc une homosexualité latente et inconsciente qui sous-entend le choix de l'objet, qu'il s'agisse ou non d'une personne de l'autre sexe. La complémentation recherchée n'est pas subordonnée à l'efficacité créatrice des deux partenaires mais au renforcement du sentiment de puissance — tant chez l'un dans l'activité que chez l'autre dans la passivité — de leurs comportements sociaux et souvent très intriqués dans la dépendance réciproque, également narcissique.

Il importe que l'objet soit très faible ou très fort. Le sujet se complaisant dans le rôle inverse et dépendant. L'objet est souvent doublé d'un mari ou d'un enfant préoccupant si c'est une femme, ou atteint d'une maladie, d'une infirmité ou alourdi par un destin accablant qui l'entrave. Si la situation à trois disparaît et que l'objet s'avère enfin libre, il perd sa valeur d'objet sexuel. Quand ce caractère anal prédomine chez la femme, elle fait une bonne et fidèle employée d'un maître exigeant dont elle se valorise narcissiquement d'être la victime élue. Il peut s'agir d'un homme, comme d'un couple mari-belle-mère, ou de quiconque l'exploite en la justifiant de se dérober à une activité ressentie gratifiante de femme sur le plan de l'accomplissement génital.

De tels caractères dominent en nombre la société actuelle, à tous les niveaux de l'échelle de notre culture — dite chrétienne — en système capitaliste. Le Sur-Moi anal homosexuel est dominé par l'angoisse du rejet qui annihile ou du succès qui réifie, indépendamment de la valeur humaine de sensibilité et d'originalité créatrice assumée, du rayonnement vital et poétique de l'individu.

Les types extrêmes chez la femme, quant au comportement sexuel, sont la prostituée et la virago, au point de vue sentimental et personnel : la femme-enfant, souvent invertie, masquée en vamp, en virago ou en épouse et mère irréprochable de vertus domestiques et drapée de sacrifice. La frigidité chez la femme et l'impuissance chez l'homme proviennent du surinvestissement de l'agir, du faire, du faire faire, sur l'exprimé authentiquement éprouvé.

Les types extrêmes chez l'homme, quant au comportement sexuel, sont représentés par le souteneur et le pédéraste. Dans le comportement social par tous les rôles de meneur et de victime élue, ou bien, sublimés, dans ceux de chirurgien, de médecin, d'éducateur. On comprend aisément que la névrose emprunte à cette fixation le principal de la symptomatologie courante de l'hystérie, de la névrose obsessionnelle, et la pathologie organique les troubles fixés de petite santé et leurs kyrielles de médiations conjuratoires pathomimiques émouvantes, hypocondriaques et psychosomatiques au service d'un narcissisme de type anal perverti. Toute la thérapeutique pharmaceutique sans ordonnance en justifie le caractère social, puisque commercialement valable. La puissance magique attendue des médicaments miracles achetés en cachette est le secours indispensable pour supporter la vie dans le cas où le type particulier de l'objet libidinal vient à manquer ou ne se peut trouver, et la dépendance à l'égard de ces remèdes est au moins aussi grande et aussi indispensable qu'à celle d'une personne.

La pensée au stade anal.

Cet âge, qui est celui de l'initiation ambivalente, est sensibilisé (à cause précisément de cette découverte de l'ambivalence) à la perception des couples antagonistes.

Sur un schéma dualiste, dérivé de l'investissement anal (« passif — actif »), l'enfant va établir avec ce qui l'entoure une série de connaissances *qualifiées* selon le rapport de cet objet à l'enfant lui-même, après l'avoir identifié à quelque chose qu'il connaît.

Toute femme, c'est une maman; gentille — méchante. Toute femme âgée, c'est une mémé; gentille — méchante, grande — petite. Voilà comment procède son exploration comparative.

Les objets qui s'opposent à ses volontés sont « méchants », il les bat; et il est brouillé avec eux et avec tout ce qui leur ressemble ou leur est associé. Mais quand ses volontés s'opposent à celles de l'adulte, il ne peut pas le battre, ou en tout cas, s'il est « méchant », il est puni et (s'imagine qu'il) perd son amitié. C'est la morale du Beau et du Laid.

L'enfant cède, car il a *besoin* à chaque instant de l'adulte, la toute-puissante « divine » et magicienne grande personne, et c'est en lui obéissant ou non qu'il se la rend favorable ou indifférente, si ce n'est dangereuse. Dans d'autres occasions semblables à celles dont il a l'expérience, « être sage » consistera à choisir l'action conforme à ce qu'il sait des desiderata de l'adulte qui peut pervertir l'éthique de l'enfant chez qui sage peut signifier passif, immobile, sans curiosités.

Nous voyons donc que les pulsions agressives spontanées et les réactions agressives contre tout ce qui s'oppose à lui, doivent être différées, déplacées; et lorsque l'adulte est en jeu, ces pulsions et ces réactions seront déplacées sur des objets rappelant l'adulte; par association, c'est la source du *symbolisme;* ou par représentation : poupée, animal; c'est la source du *fétichisme et du totémisme des enfants*[1].

Le fait de diriger ses affects (destinés à l'adulte) sur ces objets, leur donne une réalité subjective, que l'enfant prendra pour la réalité objective — dont il n'a pas la notion, n'ayant pas encore le sens des « rapports », du pourquoi causal — lui qui n'appréhende la réalité objective que d'après les répercussions agréables ou désagréables qu'elle a sur sa propre existence.

On voit donc au stade anal une pensée caractérisée par des mécanismes d'*identification,* et de *projection :* ces projections

1. Dans *Totem et Tabou,* Freud a traité de la question du totémisme non pas au sens clinique où nous l'entendons en ce moment, mais dans le sens historique ou religieux.

sont toujours effectuées dans le cadre dualiste inhérent à l'*ambivalence* sado-masochique des relations objectales. C'est l'époque des animaux totems et celle des phobies par quoi se traduit l'angoisse devant un objet investi par l'enfant lui-même d'une puissance magique. Cet objet, généralement animal, représente, pour l'inconscient de l'enfant, l'adulte auquel il a retiré son investissement libidinal agressif pour le projeter sur son remplaçant, l'animal redouté[1].

STADE PHALLIQUE.

Dès la phase orale chez le nourrisson, on assiste à l'éveil de la zone érogène phallique, pénis chez le garçon, clitoris chez la fille. La cause occasionnelle en est peut-être l'excitation naturelle de la miction, ajoutée aux attouchements répétés des soins de propreté. Quoi qu'il en soit, toutes les mères connaissent les jeux manuels des bébés, auxquels s'ajoutent le frottement des cuisses l'une contre l'autre pendant la toilette, et les gazouillements du bébé qui s'y occupe. Ces manifestations se prolongent malgré les petites « tapes sur la main » que l'enfant reçoit quand son éducatrice est sévère. Mais le plus souvent cette *masturbation primaire* du nourrisson est très peu marquée et cesse d'elle-même, pour ne reparaître qu'au cours de la troisième année.

C'est que le désintérêt des matières fécales, imposé à l'enfant au nom de l'esthétique, est accepté par lui pour « faire plaisir » à ses éducateurs et « acheter » leur amour protecteur; il y arrive d'autant mieux que son intérêt se centre sur la zone érogène phallique, dont la tension physiologique est visible chez les garçons par l'existence d'érections, à cet âge liées à la miction ou à la défécation. Se dissociant du fonctionnel

1. C'est un processus clef, dont la persistance ou la déviation anormales permettent la constitution ultérieure (et l'éventuelle compréhension thérapeutique) de constructions névrotiques délirantes.

excrémentiel pour prendre une signification de plaisir émotionnel en soi, cette tension demande un apaisement.

Jusqu'à l'acquisition de la propreté, la miction à volonté servait l'apaisement de l'excitation phallique urétrale selon le libre jeu des tensions libidinales locales. A partir de la discipline du sphincter vésical, qui est d'ailleurs exigée moins précocement que celle du sphincter anal et moins péremptoirement par les adultes, la masturbation secondaire apparaît. C'est à son interdiction que l'on doit en grande partie la persistance ou le retour à l'incontinence d'urine dans la deuxième enfance accompagnant ou non le suçage de pouce.

Remarquons en passant que l'existence générale de *cette masturbation infantile secondaire* a été longtemps méconnue des adultes, à cause du refoulement imposé par le Sur-Moi civilisé. Mais il est beaucoup de parents qui la remarquent, la réprimandent fortement. N'osant s'avouer, ou n'osant se souvenir, qu'ils en ont fait autant, ils prétendent avoir un enfant exceptionnellement « vicieux » ou « nerveux » — selon leurs expressions.

Il faut reconnaître que lorsque cette masturbation est très manifeste, et persiste en présence des adultes malgré leurs premières interdictions, cela prouve qu'à la pulsion libidinale est surajoutée une réaction névrotique : angoisse, provocation, recherche de la punition et surtout l'absence de lien affectif réel avec l'adulte actuel.

La curiosité sexuelle commence dès avant la troisième année, en pleine période sadique anale. Elle vise *d'abord à savoir d'où viennent les enfants.* Cet intérêt est souvent éveillé par une nouvelle naissance dans la famille ou par l'identification à un camarade de jeu qui est mécontent, ou gratifié, de l'arrivée d'un frère ou d'une sœur. La question est ordinairement éludée par les adultes, qui parlent de choux, de magasin, mais l'enfant découvre assez vite que la mère a un gros ventre avant la naissance du nouveau-venu, puis qu'elle allaite.

Les « pourquoi » lancinants des enfants de 4 ans qui n'écoutent même plus la réponse de l'adulte, n'apparaissent qu'après les premières réactions de ceux-ci devant les questions directement sexuelles et la notion de « défendu » que l'enfant en a retirée.

Des théories variées s'ébauchent en rapport avec les connaissances anatomiques de cet âge : conceptions digestives, naissance par défécation de la mère, avec la réserve d'un rôle paternel encore obscur mais probable, rarement confirmé, encore moins signifié (donc infirmé) par l'adulte éducateur.

Vient ensuite une autre question. *Quelle différence y a-t-il entre une fille et un garçon?* Là aussi les adultes d'ordinaire éludent la réponse. L'enfant use alors de ses connaissances personnelles, et se rapportant à son expérience de l'époque musculo-excrémentielle, où le dualisme est caractérisé par le couple antagoniste actif-passif, il se répond à lui-même; « le garçon est plus fort »; ce qui est généralement vrai dès la petite enfance [1].

Mais, assez vite, et entre autres occasions par la nécessité d'uriner dehors, les enfants remarquent que les garçons urinent debout, ce que ne peuvent faire les filles. Cela est considéré comme une supériorité qui, pour le garçon, va de soi, tandis que la fillette s'imagine que son clitoris poussera.

Quant au garçon, il faudra qu'il soit averti par des menaces de mutilations génitales, pour prendre nettement conscience de ce qu'il a jusque-là refusé de voir : la fille n'en a réellement pas. Cela se passera vers 5 ou 6 ans environ, âge où les propos avec les autres et surtout les jeux sexuels entre garçons et filles ne lui laisseront plus de doute. Mais, avant 6 ans, il pense encore que la fille « en a un plus petit », incapable qu'il est alors de concevoir autrement que par rapport à lui-même. Mais très habituellement dans le cas de l'acceptation du manque de pénis aux filles, la croyance à la mère pénienne subsiste. La mère ne peut pas manquer de ce qu'elle a donné. C'est par sa défaveur que les filles n'en ont pas.

1. Une fillette de 2 ans et demi disait un jour : « Les gâçons, y sont foô! » d'un air admiratif, les mains jointes, en regardant se battre des garçonnets ensemble.

La pensée au stade phallique.

Plus l'enfant grandit, moins la mère s'occupe de lui matériellement, les émois libidinaux qui l'ont pour objet se passent plus souvent qu'avant en fantasmes et rêveries la concernant. Ils accompagnent toutes les manifestations de l'activité de l'enfant, et entre autres, la masturbation. Celle-ci, pour la fille, n'est encore que clitoridienne.

L'atmosphère affective de ces fantasmes masturbatoires est alors sado-masochiste avec prédominance de sadisme chez le garçon et de masochisme chez la fille, dans les cas où la mère est normale.

Il n'y a pas si longtemps que ses bras à elle et ses déplacements à elle étaient associés à ses propres mobilisations passives, aussi le regard érotisé sur la mère fait co-agir, participer l'enfant aux activités de celle-ci, tout en autorisant le couplage de ses sensations autonomes passives à la fascination que les activités répétitives et muettes de la mère, absorbée en elle-même, opère sur lui.

Quand sa mère n'est pas là au moment où il la désire, l'enfant l'appelle, la cherche. S'il la trouve, elle peut être occupée et l'évincer en lui disant : « Tout à l'heure, maintenant je fais ceci ou cela »; l'enfant demande : « Pourquoi ? ». — « Pour que tu aies à manger, répond la mère, pour que le ménage soit fait, pour que papa soit content; va jouer. » L'enfant obéit en emportant ce qu'il peut de sa mère; ses paroles, qu'il se répète à lui-même, souvent tout haut. Ou bien, il reste « sage » à la regarder.

L'observation de l'activité de la mère et la réflexion sur ses paroles, qui sont pour lui résonances sonores qu'il se remémore de façon rythmée parfois tout haut amènent l'enfant à acquérir deux notions d'une importance considérable.

Jusque-là, l'enfant agissait selon ses pulsions immédiates, pour le seul plaisir de les satisfaire. Il ne savait pas les différer et réagissait sur-le-champ à leur insatisfaction par « un caprice ». L'inutilité de cette protestation rageuse, le confort affectif au contraire de la « sagesse », l'attente du « tout à l'heure » promis par l'adulte aimé, enseigne à l'enfant la notion du « temps ». Auparavant, tout se passait au présent. Maintenant, il y a « tout à l'heure » et « demain », quand le tout à l'heure arrive après la nuit. Pendant assez longtemps, d'ailleurs, l'enfant ne discernera pas « demain » de « la semaine » ou de « l'année prochaine », ni de « bientôt ». C'est plus tardivement encore qu'il prendra la notion du passé que traduiront les termes « une fois » et « hier », s'appliquant aussi bien au passé immédiat qu'aux jours les plus lointains, en deçà du présent, et qui de ce fait se confondent avec ses fantasmes.

Deuxième notion : en observant l'activité de sa mère, avec l'attention qui se porte sur tout ce que fait l'être aimé et en attendant que sa mère puisse enfin s'occuper de lui, le temps de patience animé d'intelligente observation dépend des rythmes propres à chaque enfant, mais aussi de la présence affective, gaieté, paroles, que la mère lui octroie tout en vaquant à ses occupations. L'enfant peut se sentir dans la détresse de l'abandon collé à sa mère et tout animé de sa joie communicative alors qu'elle est occupée dans la pièce voisine. L'enfant apprend à remarquer les motifs nombreux des mouvements et des actes de l'adulte. Il s'aperçoit qu'un même objet a plusieurs usages et il développe ainsi en lui le besoin de généralisation basé sur la recherche des nombreuses motivations liées à un même objet.

« A quoi ça sert » devient son leitmotiv devant tout ce qui l'intéresse. Il se détache ainsi pour la première fois de l'exclusif intérêt des choses par rapport à lui-même. Par exemple : le feu et tout ce qui était chaud « brûlait », c'était « méchant », à fuir. Maintenant, « le feu, c'est pour chauffer » et chauffer, c'est « agréable quand on a froid », c'est « nécessaire pour manger », etc. Et la maman est faite « pour s'occuper de lui, pour faire la cuisine, pour faire le ménage », etc. Par extension, il se demande à propos de tous ses objets d'intérêt : « A quoi ça sert. » Un jour viendra où il se le demandera pour son pénis, il se répondra « pour faire pipi », mais s'apercevant que les filles s'en passent il lui cherchera en vain une autre motivation et n'en trouvant pas, il valorisera d'autant plus la supériorité magique que cela lui confère.

C'est ici que peut entrer en jeu l'*angoisse primaire de castration* que nous exposerons au chapitre suivant.

Grâce à la connaissance de la motivation par l'usage, l'enfant possède maintenant la clef de beaucoup de problèmes. Exemple : il était trop petit pour atteindre ce dont il avait envie et disait « peux pas » en appelant l'adulte à son secours; maintenant, il va chercher un tabouret pour se grandir. Voilà qu'apparaît *l'envie* de faire « comme les grands », comme ceux qui ont plus que lui.

L'envie engendre l'*ambition,* le désir de suppléer à son infériorité par le détour de l'exploitation pratique de ses connaissances. C'est, sans nul doute, la base affective de départ de l'intérêt de plus en plus grand que l'individu portera à apprendre, à connaître, et sa valorisation du « Savoir ».

Nous n'avons pas encore parlé d'une autre découverte, celle de la mort. Elle se place tout naturellement à la même époque, car il faut pour que l'enfant y prenne intérêt, qu'il y soit sensibilisé. Il ne l'est pas tant qu'il ne brigue pas l'égalité de force, de mouvement et de savoir des adultes. Il faut que ses ambitions se heurtent à la réalité.

En observant les animaux, il découvre la mort. Trouvant un papillon, un oiseau, un lézard, une mouche, *immobiles,* il demande « Pourquoi? », on lui répond : « Parce qu'il est mort. » Est-ce que tout ce qui vit peut mourir ? Pourquoi meurent les animaux ? Parce qu'ils sont trop vieux, mais aussi parce qu'ils ont été attaqués par d'autres qui ont gagné la bataille et les ont *tués. Tuer, c'est immobiliser.* Voilà seulement ce que comprend l'enfant au stade anal et au début du stade phallique. C'est pourquoi l'enfant joue à tuer par ambition et toute-puissance sadique, sans plus. Réduire ce qui est animé à l'état de chose inanimée, tel est le sens du donner la mort.

C'est la raison pour laquelle chez l'enfant l'immobilité corporelle totale ou partielle, quand elle lui est imposée, est ressentie comme sadique, et encore plus le silence qui lui est imposé par un adulte hypersensible au bruit. Bavarder est le signe d'une activité mentale physiologiquement saine pour tout enfant de moins de 7 ans. Sa concentration d'esprit sur une besogne scolaire ou ludique, sans bruitage, mouvements corporels concomitants et propos parlés est un signe de dévitalisation morbide. L'entraînement à la contention des activités parallèles à la concentration mentale ne peut qu'être progressif et scandé par des moments de détente bruyante et motrice. Cet entraînement est d'ailleurs plus nuisible qu'utile; il est hélas trop souvent synonyme d'enfant sage, donnant toutes satisfactions aux adultes obsédés ou hystériques que la vitalité de l'enfant dérange dans leurs pensées ou leurs fantasmes.

Le silence et l'immobilité de l'enfant sage sont rarement pour lui autre chose que mutilation dynamique, réduction à l'état d'objet fécal, mort imposée et subie. Avant de sombrer dans l'arriération mentale, fruit de cette mort acceptée, il développe des fantasmes sadiques qui peuvent aller jusqu'à l'hallucination phobique, source de jouissances perverses érotiques de tous les stades de sa libido bloquée dans ses manifestations expressives. Les compulsions masturbatoires rythmées, les tics, les bégaiements, l'insomnie, l'encoprésie, l'énurésie sont les derniers refuges de la libido chez ce moribond social, au supplice d'une éducation perverse.

Quant au sens réel de la mort, il lui faut voir mourir un animal ou un être aimé pour saisir le sens de l'absence sans retour, de la perte définitive de l'objet. Que l'adulte ne puisse pas lui non plus empêcher la mort, ou ressusciter quelque chose de mort, comme il peut raccommoder tant de choses, replonge l'enfant dans le mystère de la naissance. Remarquons — nous en discuterons plus loin — *l'importance de cette coïncidence chronologique de l'apparition de l'angoisse de castration et de la découverte de la mort*.

Fille ou garçon, l'enfant que sa mère délaisse, du moins à ses yeux de petit despote amoureux, s'aperçoit qu'il n'est pas le seul intérêt de sa mère, ni son seul but d'activité. *Il a un rival* dans la personne de son père quand il n'a pas *des rivaux* supplémentaires, les frères et les sœurs.

Longtemps, le père fait partie de l'ambiance de la mère, et

pour peu qu'il sache gronder et récompenser à bon escient, il est investi d'une grande affection. De plus, quand une chose est difficile, maman dit : « On demandera à papa. » C'est lui qui porte les choses lourdes et, assez souvent, qui ronfle en dormant. Pour l'enfant, c'est un être fort; mais peu à peu il devient un rival, avec qui la mère demeure volontiers sans prêter attention aux réclamations de l'enfant, auquel elle est moins assujettie qu'au temps de la première enfance. Il se heurte à des : « Va jouer, laisse-nous. »

Vis-à-vis des frères et sœurs, cette rivalité sera la même et dans la mesure où il leur attribuera, à tort ou à raison, une responsabilité dans l'affection moindre de sa mère, il éprouvera à leur égard des sentiments conflictuels. C'est la raison pour laquelle nous ne discuterons pas spécialement des conflits familiaux dont les mécanismes sont pratiquement et fondamentalement superposables aux conflits parentaux.

On peut dire que, dans la grande majorité des cas, et si les parents sont sains psychiquement, la fille est plus docile, moins agressive, moins bruyante que le garçon.

Dès le stade anal, parmi les jouets, son intérêt se porte plus volontiers sur les poupées, tandis que l'intérêt du garçon se porte sur les chevaux, les autos. Elle aime jouer avec l'eau en lavant des chiffons, en baignant ses poupées, alors que le garçon y lance des cailloux, joue à la pêche et au bateau.

Au stade phallique, elle joue à la dînette, à la poupée, en la couchant, la soignant, la berçant, l'habillant, etc. alors que le garçon, s'il aime une poupée (et ce n'est pas si rare), ne sait pas « jouer à la poupée ». Elle s'intéresse déjà à sa toilette, à ses robes, elle se pare avec des chiffons, elle chipe la poudre de sa mère et aime à se promener avec son sac au bras. Bref, elle s'identifie le plus possible à sa mère, en mimant ses faits, gestes et paroles. Il s'agit de comportements sexués conformes au génie propre de son sexe encore à l'état intuitif sur le plan génital.

Pendant ce temps, le garçon s'adonne à tous les jeux agressifs, il joue au despote, armé d'un bâton qu'il baptise fusil ou revolver, il aime à faire peur et à commander. Quand il le peut, il s'affuble du chapeau de son père, de sa canne. Bref, il s'identifie le plus possible à lui, et aux hommes qu'il a pu observer, comportement sexué social, recteur du plan génital mâle qui commence à poindre.

Tout le monde a vu les enfants jouer au papa et à la maman et comment les rôles sont partagés, déjà, tels qu'ils le seront dans la vie. Le garçon prenant naturellement le rôle du père et la fille celui de la mère. (Le contraire est symptomatique d'une réaction névrotique.)

Vers 4 ans, 4 ans et demi au plus tard, le garçon entre en lutte émotionnelle ouverte avec son père; il joue à le tuer, essaie d'accaparer toute la tendresse de sa mère, lui dit qu'il se mariera avec elle, qu'il l'emmènera au loin dans sa maison, en avion, qu'ils auront des enfants. Il entre dans la période de l'Œdipe.

La fillette vit une période analogue. Peut-être l'attitude du père qui, d'ordinaire, aime davantage la fille que le garçon, contribue-t-elle à l'éveiller plus vite ? Toujours est-il que vers 3 ans et demi, 4 ans, un peu plus tôt chez elle que chez le garçon, la fillette se comporte vis-à-vis de son père comme une petite amoureuse, coquette, séductrice, affectueuse et centrant tout son intérêt libidinal sur son père. Elle se montre jalouse de lui, n'a pas de plus grande joie que de sortir seule avec lui, d'accaparer son attention, son affection. Elle lui avoue ses projets merveilleux, il sera son mari, il l'emmènera dans une belle maison et ils auront beaucoup d'enfants.

Hélas, la triste réalité est là, le père et la mère tiennent l'un à l'autre, et tout en traitant avec tendresse leur enfant, l'évincent bien des fois, le renvoyant à ses jeux; et l'enfant se sent impuissant à déloger son rival.

Que font ces deux grandes personnes ensemble ? Autre question que l'enfant essaie de résoudre; il les guette, les écoute parler sans comprendre leurs propos. Mais les adultes le chassent et, quelquefois, se taisent quand il arrive. Et ce mystère de l'intimité des parents en rejoint un autre encore resté sans réponse : *le rôle du père dans la conception des enfants*.

Si l'enfant assiste aux rapports sexuels des parents, soit qu'il couche dans leur chambre, ce qui est malheureusement trop fréquent [1], soit qu'il les surprenne, il l'interprète comme un acte sadique, une bataille où papa est le plus fort, et le rôle de sa mère le bouleverse. Sa déesse tabou et chérie est vaincue, tuée peut-être. Le sang des menstrues, quand il les voit, confirmera son hypothèse. Il y a là quelque chose qui dépasse son entendement et jette le trouble en lui; mais il n'établit pas de lien entre cette bataille et le mystère de la naissance, à cause de l'incapacité où il est de connaître l'existence du sperme et celle du vagin, si on ne vient à son secours [2].

Que va devenir cette situation œdipienne qui s'est installée à 4 ans et atteint son développement maximum vers 6 ans ?

Pour se plier à la nature, l'enfant devra non seulement abandonner la rivalité, parfois haineuse, avec le parent du même sexe, mais s'identifier à lui. Il doit développer les qualités qui feront du garçon un homme, et de la fille une femme. Outre le complexe de castration dont nous étudions plus loin les modalités énergétiques inconscientes à l'œuvre dans ce travail structurant, la diminution de poussée libidinale, inhérente à la phase de latence, concourra à l'aider dans ce difficile passage.

Ce retrait libidinal pulsionnel, net après 9 ans, apaise les conflits, même s'ils ne sont pas entièrement résolus, et jusqu'à 12 ans environ, un refoulement, qui ne manque jamais, repousse dans l'inconscient toutes les curiosités et tous les désirs sexuels qui avaient été si vifs dans la deuxième enfance.

1. L'enfant devrait toujours coucher dans une autre pièce que celle des parents, avec la porte fermée. Cela dès l'âge de 6 mois au plus tard. On éviterait ainsi la plus importante cause de « nervosité » chez l'enfant.

2. De même que dans toute psychanalyse d'adulte on retrouve des rêves autour de la « scène primitive » (coït des parents), de même chez les enfants, qu'ils aient ou non assisté au coït des adultes, on trouve, quand viennent le stade phallique et l'ébauche de la situation œdipienne chez le garçon, des fantasmes de possession sadique à symbolisme de pénétration cruelle (voir dessin nº 5, p. 177)... Chez la fille, la possession est non moins effective dans ses fantasmes, mais si la fille n'est pas névrosée et atteint la situation affective œdipienne, le symbolisme de ses rêves et de ses fantasmes représente la possession, sans souffrance pour l'être possédé qui pourrait se défendre s'il le voulait mais qui ne le veut pas, et l'acceptation que son agressivité ne détruise pas celui qui est le possesseur phallique (voir observ. de Claudine, p. 249, et fantasme « muet » de Tote au récit de son frère, p. 239).

PHASE DE LATENCE.

La phase de latence, normalement muette, ou presque, du point de vue des manifestations et des curiosités sexuelles, est employée à *l'acquisition* des connaissances nécessaires à la lutte pour la vie, sur tous les plans.

Les facultés de sublimation vont progressivement entrer en jeu.

Le refoulement de l'intérêt sexuel érotique va permettre à la personnalité libérée de déployer toute son activité consciente et préconsciente à la conquête du monde extérieur, en conque de résonance ouverte à tous les sons, en voile ouverte à tous les vents, en plaque toujours sensible — si on veut nous passer ces images. C'est l'aspect culturel de la phase de latence, phase non seulement passive, mais active puisqu'elle verra la synthèse des éléments ainsi reçus et leur intégration à l'ensemble de la personnalité, irréversiblement marquée par le sceau de l'appartenance au groupe masculin ou féminin de l'humanité.

Si à l'entrée de la phase de latence l'enfant en est au stade d'un complexe d'Œdipe bien dessiné, bien marqué, il ne restera point dans l'inconscient de ces couples antagonistes liés à des investissements archaïques. La libido, non immobilisée dans l'inconscient (comme chez l'enfant névrosé, pour tenir en respect des affects refoulés) sera entièrement au service d'un Sur-Moi objectif. L'inconscient participera lui aussi à l'acquisition culturelle, à la conquête du monde extérieur. Le complexe d'Œdipe sera progressivement, et entièrement dissocié, le tabou de l'inceste clairement intégré à la vie imaginaire.

Et quand arriveront chez l'enfant les émois affectifs et érotiques annonçant la puberté, et la masturbation tertiaire, au lieu de réagir comme s'il était fautif, il s'épanouira davantage, et saura sans timidité, ni gêne, conquérir sa liberté, progressivement, au jour le jour, sans réactions auto-punitives.

L'importance et la valeur des *sublimations* de la phase de latence est grande. Non seulement parce que c'est à cette époque que s'ébauchent les caractéristiques sociales de l'individu, mais parce que la façon dont un enfant utilise névrotiquement ou normalement cette période, fait qu'il fixe ou non, exagère ou fait disparaître, des composantes archaïques de la sexualité, et ses composantes perverses.

Au réveil pubertaire, de mauvaises acquisitions sociales (scolaires, si le milieu est intellectuel, sportives, si le milieu est ouvrier, industrieuses pratiques générales, quel que soit le milieu), rendront difficile l'essor, parce que l'enfant ne pourra, légitimement, avoir confiance en lui. Et l'on dira avec raison, de cet enfant *qui ne s'épanouit pas,* qu'il est dans « l'âge ingrat ».

La cause peut en être à une déficience réelle des dispositions naturelles de l'enfant, ce qui est rare. En effet, dans ce cas, il aura cherché de lui-même — s'il est sain — à surmonter son infériorité en un point par le développement compensateur d'autres dispositions. La faute peut en être aussi à des causes extérieures à l'enfant (changements constants d'école que des mères inconsciemment castratrices imposent à leurs enfants, maladies, accidents personnels, catastrophes familiales, deuils, bouleversements de fortune) qui perturbent l'atmosphère affective de l'enfant.

STADE GÉNITAL.

Selon, donc, que l'évolution antérieure à la phase de latence aura été saine ou non, ou que des sentiments d'infériorité auront empêché à l'aube de la puberté la liquidation d'un noyau conflictuel résiduel, ou fait régresser la libido du sujet à des stades antérieurs au stade phallique, on assistera à l'éclosion d'une sexualité normale ou perverse, ou à une névrose plus ou moins prononcée.

La masturbation (tertiaire) est accompagnée maintenant de

fantasmes qui seront dirigés vers des objets choisis hors de la famille souvent nimbés d'une valeur exceptionnelle qui les rend prudentiellement encore inaccessibles, et suscite un essor culturel dans le travail.

La puberté apportera avec l'apparition de l'éjaculation chez le garçon, du flux menstruel et du développement mammaire chez la fille, les éléments qui manquaient à la compréhension du rôle réciproque de l'homme et de la femme dans la conception.

Il leur reste encore à *apprendre à centrer* leur tendresse et leurs émois sexuels *sur un même être*, comme au temps de leur enfance oubliée, puis d'arrêter leur choix après démystification des choix successifs et de le fixer pour la sécurité vitale des enfants qui naîtraient éventuellement d'une rencontre concertée, interhumaine, corporelle, émotionnelle et génitale réussie.

Et si l'enfant, objet d'investissement génital de cette période finale du développement, vient à manquer, son substitut affectif sera leur œuvre sociale commune, car la fécondité est la caractéristique de l'accomplissement à ce stade[1].

L'intelligence.

Bien qu'il y ait souvent des relations étroites et une correspondance manifeste entre le développement affectif et le niveau mental, l'expérience nous enseigne qu'il n'en est pas toujours ainsi. A fortiori, l'appréciation numérique d'un « niveau mental » ne permet en aucune manière de déduire si l'on a ainsi un moyen d'appréhender et de juger « l'intelligence ».

Il nous semble que les prédispositions à la possibilité de sublimations intellectuelles (ce en quoi consiste proprement

1. Nous tiendrons pour extérieur au cadre de cette étude le cas du célibat de vocation commun à tant de règles religieuses et qui, dans ses modalités humainement réussies, peut s'exprimer en langage psychanalytique comme une réussite du sujet dans la symbolisation de sa personne et de sa fécondité libidinale.

le travail scolaire et intellectuel en général), dépendent d'éléments préformés, constitutionnels, toutes réactions inhibitrices affectives mises à part. Mais ces possibilités de sublimations intellectuelles doivent, pour être utilisées, comporter un maximum d'adaptation corporelle et émotionnelle permettant et respectant l'épanouissement du sujet, individu relativement autonome, lieu d'intégration des lois de sa propre cohésion libidinale et de celles assurant la cohésion de la société.

Quand une névrose s'accompagne d'un niveau mental inférieur à la normale, ce fait peut être dû, soit à une débilité intellectuelle vraie, soit à une inhibition brutale du droit à la libido, orale, anale, urétrale, phallique, à l'époque où l'hédonisme de ces zones était le but électif de l'activité.

L'intérêt intellectuel s'éveille en effet, à ces stades successifs, par *adhésion affective à des substituts* d'objet sexuel, au fur et à mesure des frustrations (orales, anales, urétrales) imposées par l'éducateur et le monde extérieur. *L'intérêt intellectuel,* découlant de la pulsion libidinale, demande que le sujet tolère cette pulsion *au moins* le temps nécessaire à la formation des intérêts substitutifs, et *jusqu'à* ce que ces intérêts apportent *par eux-mêmes* des satisfactions affectives, en plus de l'estime des adultes. C'est alors seulement que l'intérêt sexuel correspondant pourra achever de s'éteindre de lui-même, par un refoulement sans danger; la possibilité de sublimation est acquise.

L'hypertrophie de « l'intelligence » *par rapport* au reste de l'activité psycho-physiologique d'un sujet nous paraît mériter le nom de « symptôme névrotique », c'est-à-dire de réaction à l'angoisse, à la souffrance. L'intelligence, débile, normale ou supérieure, peut exister tout autant chez le névrosé que chez le sujet sain affectivement; mais, à possibilités originellement égales de sublimations, le sujet sain dispose, par rapport au névrosé, de facultés intellectuelles mieux adaptées à la réalité, et plus fécondes. Ses intérêts sont plus nombreux, sans être disparates, et visent, en même temps qu'à sa propre satisfaction et à son enrichissement personnel, à des résultats d'efficacité objective pour son milieu social.

Chez de tels sujets, l'époque phallique, la phase de latence, ainsi que le début de la phase génitale à la puberté, sont marqués par l'intérêt affectif, l'adhésion spontanée et successive à toutes les activités dont ils peuvent (dans leur milieu) avoir la notion.

Avec la maturité de la sexualité génitale, l'individu sacrifiera alors délibérément (et non refoulera) ceux de ses intérêts nettement incompatibles avec la ligne de vie pour laquelle il optera. Cela d'ailleurs sans aucune amertume résiduelle vis-à-vis des objets auxquels il aura renoncé et qu'il verra sans angoisse être élus par d'autres.

Ce que nous venons de dire de l'épanouissement de l'intelligence n'est d'ailleurs qu'une application particulière de l'aboutissement heureux du développement libidinal génital caractérisé par la « Vocation », l'engagement, l'option délibérée qui, lorsqu'elle est entière jusque dans l'inconscient, s'accompagne d'épanouissement psychophysiologique et de fixation libidinale sur le mode dit oblatif à l'objet d'amour, à l'œuvre, à l'enfant.

La pensée au stade génital.

Nous avons vu comment, au début de la situation œdipienne, la pensée participait encore du mode anal captatif triomphant ou rejetant triomphant coloré d'ambition. Ce n'est qu'avec la liquidation du complexe d'Œdipe, que la pensée peut se mettre au service de la sexualité dite oblative, c'est-à-dire dépassant la recherche de satisfactions narcissiques sans les infirmer cependant.

Au stade génital la pensée est caractérisée par le bon sens, la prudence, l'objectivité d'observation. C'est la pensée rationnelle.

L'objectivité vers laquelle *tendra* l'individu sera d'apprécier toute chose, tout affect, tout être, et soi-même, à la juste valeur, c'est-à-dire la valeur intrinsèque, sans perdre de vue la valeur relative par rapport aux autres êtres. Le sujet ne s'approchera au maximum de cette objectivité totale que s'il a, d'une part, liquidé en lui les conflits névrotiques, et que si d'autre part il n'a pas gardé dans son inconscient des noyaux de fixation archaïque.

La pensée objective totale consciente, apanage du stade génital achevé, semble d'ailleurs incompatible avec l'introspection, tout autant, mais pour d'autres raisons, que la pensée narcissique du stade oral, préconsciente et incapable qu'elle était d'objectivation. Le stade génital oblatif est caractérisé par la fixation libidinale à l'objet, hétérosexuel, pour une vie à deux, féconde, et pour la protection de l'enfant (ou de son substitut).

Cette fixation sexuelle génitale peut aller chez l'adulte achevé, jusqu'à l'abandon total, sincère, c'est-à-dire jusque dans l'inconscient, des instincts de sa propre conservation, pour assurer la protection, la conservation et le libre épanouissement de la vie physique, psychique (affective et intellectuelle) de l'enfant, du fruit. C'est une fixation *oblative* à un objet extérieur au sujet lui-même, dont la survie et la réussite lui importent plus que la sienne propre[1].

Avec un mode de penser totalement et constamment au service de la libido génitale on ne peut plus tenter de « se » concevoir.

Pour qu'une telle pensée puisse être formulée, il faut un minimum d'intérêt pour soi-même (auto-érotique) intriqué à l'intérêt objectal oblatif; donc ce n'est pas une motivation du stade génital. Les tentatives de réflexions autour de cette pensée atteignent à l'ineffable, elles sortent du domaine de la pensée rationnelle humaine. L'introspection relève donc toujours, même au stade génital, d'un mode de penser sur le mode anal et elle n'est jamais rationnelle ni objective.

Le mode de penser totalement oblatif est incontrôlable pour le sujet, et c'est peut-être ce qui accompagne le bouleversement total psycho-physiologique de l'orgasme génital

1. Oblatif ne doit pas être entendu comme vertueux idéal, mais comme une façon d'aimer l'autre, l'aimé, l'œuvre, l'enfant, d'un amour instinctif, protecteur égal et souvent supérieur en intensité libidinale à l'instinct de conservation de soi. C'est le déplacement adulte du narcissisme sur la descendance.

dans le coït avec un partenaire sexuel « aimé », chez l'adulte arrivé sur le double plan conscient et inconscient au stade génital oblatif. Mais le propre de l'orgasme sexuel est précisément d'exprimer l'inexprimable et d'apporter avec lui des émois non pensables, non contrôlables et incommunicables.

Le mode génital oblatif de la pensée peut encore régresser après qu'il a été atteint, et les échecs ou erreurs dans le choix de l'autre élu ou les épreuves survenant à un enfant ou à l'œuvre créativement conçus peuvent induire par l'angoisse de castration associée toujours depuis l'âge œdipien à la valeur narcissique éthique de l'individu — à une régression névrotique. Les modes de pensée et de réagir des stades antérieurs peuvent réapparaître. Ce sont les cas de névroses traumatiques dont les symptômes traduisent la déréliction objectale, entraînant la perte du goût de vivre, la rechute dans la situation émotionnelle œdipienne critique transférée sur des objets ressentis comme homologues.

Mais jusqu'à la vieillesse, les pulsions libidinales structurées par l'Œdipe retrouvent leur ordonation créatrice dans la lutte rééprouvée conflictuelle articulée à l'Œdipe. Sur le même modèle existentiel que cette crise résolutoire humaine, les pulsions libidinales et les pulsions de mort se confrontent par le moyen des traces restées structurantes du complexe de castration. De même que le sommeil et ses rêves de désir satisfait soutiennent, par le rythme nécessaire du repos, la vitalité consciente du tiers de la vie humaine, de même, en cas d'épreuve majeure dans la vie génitale éprouvée dans la réalité, la régression dans la maladie sert de compensation narcissique. La libido génitale que l'échec a entamée dans ses réalisations créatrices y trouve un substitut castrateur paternant, la douleur qui l'oriente vers la relance dynamique de sa personne, reconfirmée en son destin, sans amertume résiduelle comme au temps du complexe d'Œdipe.

La joie créatrice signe la retrouvaille de la libido génitale de nouveau créatrice.

2. Rôle de la sexualité dans le développement de la personne

Nous avons essayé de jeter un coup d'œil d'ensemble sur l'apparition parallèle de toutes les activités chez l'enfant, ainsi que sur sa manière d'appréhender la réalité. *La recherche du plaisir érotique sensuel n'est donc pas l'unique occupation de l'enfant,* même aux yeux des psychanalystes comme certains veulent le croire.

Mais à chaque âge, depuis la naissance jusqu'à la mort, il n'est pas de pensée, de sentiment ou d'acte de l'individu qui ne comporte en soi la recherche hédonique, c'est-à-dire une pulsion libidinale. Il n'est pas de vie saine sans vie sexuelle saine, et inversement, il n'y a pas de vie sexuelle saine chez un individu malade ou névrosé.

La santé sexuelle ne se mesure pas à l'activité érotique physiologique de l'individu, celle-ci n'est qu'un des aspects de sa vie sexuelle. L'autre, c'est son comportement affectif vis-à-vis de l'objet d'aimance qui se traduit en l'absence de celui-ci par des fantasmes où il intervient.

L'étude de ces fantasmes et de leur symbolisme permet seule de connaître l'âge affectif du sujet et le mode de sexualité qui préside à son activité. Il n'y a pas d'activité qui ne soit *soutenue affectivement* par des sentiments, en rapport avec le but conscient ou inconscient de cette activité.

Et le but de toute éducation (prophylaxie des troubles du comportement), comme de toute psychothérapie (cure des troubles du comportement), est l'utilisation de la libido de l'individu de manière qu'il *se sente* heureux et que ce bien-être subjectif s'accorde avec celui des autres, et même le favorise, au lieu de l'entraver.

Nous allons essayer de montrer l'exactitude clinique de ce que nous venons de dire, et de tirer des conclusions éducatives pratiques de cette constatation clinique : *c'est l'énergie libidinale, dérivée de ses buts sexuels, qui anime toutes les activités de l'individu.*

La tendance à frotter rythmiquement une partie quelconque de son corps pour l'obtention d'un plaisir existe chez l'enfant depuis les premiers mois de la vie. A la phase orale passive, le suçotement sans déglutition est une manifestation sans autre fin que l'hédonisme; à la phase orale active, mordre ou mordiller est en soi un plaisir.

Au début de la phase anale commence le plaisir à pincer, à battre, à écraser, à « pousser », c'est-à-dire à faire un effort. C'est parce que l'enfant est physiquement capable de faire un effort musculaire, qu'il sait « pousser » et « retenir », qu'on peut, en lui faisant entendre l'onomatopée qui accompagne cet effort et en le mettant en même temps sur le pot, lui enseigner à discipliner cet effort jusque-là ludique, et à le faire servir à ce qui sera la première conquête de la vie sociale en même temps que son premier moyen de faire plaisir à l'adulte aimé.

Malheureusement le stade sadique anal d'organisation psycho-affective est très agissant, et la tension libidinale de l'enfant *ne trouve quelquefois pas à se déplacer entièrement,* à ce stade, sur les dérivés que propose ou permet l'adulte. C'est pourquoi l'âge du stade anal est en même temps celui où l'enfant s'arrache le pourtour des ongles, se met les doigts dans le nez, se gratte la peau — même saine — et peut aller jusqu'à se procurer de petites lésions qui naturellement, ne demandent qu'à s'infecter (voir observation de G., p. 187). L'une ou l'autre de ces habitudes peut alors se prolonger au-delà du stade anal, étant donné le moins de prises qu'elle donne à une répression de l'adulte. Et cela prouvera que la polarisation de toute la libido du sujet vers de nouvelles conquêtes ne s'est pas faite, ou ne s'est pas faite entièrement.

Ainsi s'expliquent ces gestes apparemment absurdes en eux-mêmes, et dépourvus de plaisir, intégrés à la mimique caractéristique de chacun de nous (en langage courant, on les nomme « manies »). Ils apparaissent à notre insu, à l'occasion de réflexions, de préoccupations, d'efforts ou d'attention. Ils ont qualitativement la même valeur inconsciente que des symptômes obsessionnels, car ils ont la même origine, et n'en diffèrent que quantitativement. Au point de vue affectif, ils servent de support à des sentiments de même valeur que ceux de l'enfance et à des fantasmes qui se rapportent inconsciemment ou symboliquement à des conflits de la période sadique anale.

La preuve en est que quand nous voyons une personne se mettre le doigt dans le nez, s'arracher le pourtour des ongles, se mordre les ongles ou les lèvres, jouer avec ses clefs ou la monnaie de sa poche, en premier lieu, cela nous agace et, d'autre part, si nous lui en faisons la remarque, c'est elle qui ne peut s'arrêter sans se sentir agacée et gênée pour penser; autrement dit, la tension que la réflexion entraînait était plus tolérable avec la détente pulsionnelle du geste.

Outre ces gestes qui équivalent en somme à une masturbation « dégradée », il y a les particularités de comportement qui sont intégrées au « caractère de l'individu », colères, rancunes, envie, jalousie, vanité, qui sont tout autant des symptômes, parce que, malgré les justifications logiques que le sujet en donne (rationalisations), elles se reproduisent invariablement dans toutes les relations humaines affectives que le sujet se crée.

C'est l'attitude sentimentale de l'enfant vis-à-vis de ses éducateurs, reflet, le plus souvent, de leur attitude inconsciente à son égard, qui permet ou non l'utilisation des pulsions à des fins culturellement utiles : ainsi, l'audace, le goût du risque, quand ils sont récompensés par l'admiration de la mère; la victoire remportée sur l'adulte au cours d'ébats ludiques agressifs ou de jeux d'adresse, quand ils entraînent l'encouragement de l'adulte, si l'enfant a échoué, au lieu d'entraîner de la part de l'adulte un triomphe taquin; ainsi, quand des caresses ou des compliments encouragent l'enfant à se montrer « beau joueur », généreux dans les conflits inévitables avec les autres; et non quand des reproches sévères visent à « le mater » alors qu'il est doué naturellement d'une libido plus riche que d'autres.

Les pulsions et les décharges libidinales n'ont donc pas tant d'im-

portance en elles-mêmes, qu'en vertu des affects qu'elles engendrent.

Pour l'enfant qui n'a pas encore « l'âge de raison », c'est-à-dire de sens moral (le Sur-Moi), *les conclusions expérimentales sont réglées par le principe brut du plaisir-déplaisir.* Ce qui apporte du plaisir sera répété, ce qui apporte du déplaisir sera évité.

Mais les pulsions instinctuelles de l'enfant vont se heurter à des obstacles. Que ces obstacles soient conformes à la « condition humaine », prise dans le sens le plus vaste, ou qu'ils soient dressés sans nécessité rationnelle par le milieu familial dont l'attitude découle d'une optique éthiquement déformée, l'enfant n'est pas apte à s'en apercevoir. S'en apercevra-t-il un jour, à la puberté ou plus tard, que ses velléités de réviser les valeurs élevées au rang de dogme par son milieu éducateur et par son propre Sur-Moi créeront des conflits entre son sens moral déformé et son Moi. Cette révision des valeurs, à la puberté « affective », est pourtant indispensable. Réviser les valeurs n'est d'ailleurs pas forcément les détruire, c'est seulement en faire l'inventaire, le triage, et conserver celles qui conviennent. Il est inévitable que cette crise pubertaire amène des conflits familiaux plus ou moins marqués, et cela *même* si les parents sont très tolérants, *surtout* s'ils se désintéressent de l'enfant. En effet, pour l'adolescent, l'angoisse intérieure de cette lutte normale de *ses* instincts contre *son* Sur-Moi est difficile à supporter. Elle l'est moins quand le jeune être peut faire supporter à d'autres la responsabilité de sa souffrance, et les parents sont le Sur-Moi *vivant,* les « responsables de service ».

Bien entendu, il y a des parents qui accentuent l'intensité du conflit pubertaire, mais celui-ci n'en est pas moins, en lui-même, physiologiquement et affectivement normal. C'est pourquoi ces conflits de l'adolescence, qu'ils se passent à l'âge physiologique ou plus tard, si l'individu est déjà légèrement névrosé avant la puberté, c'est-à-dire coupable de ses émois sexuels, peuvent déclencher des névroses plus ou moins aiguës. Ces dernières éclosent entre 18 et 25 ans et coïncident avec les premiers essais de relations amoureuses hors de « la maison » et les sentiments de culpabilité qu'ils entraînent.

L'art de l'éducateur et du médecin, c'est de conduire l'enfant à l'épanouissement euphorique de toutes celles de ses possibilités affectives et physiologiques naturelles qui sont compatibles avec les exigences physiques et psychiques de son milieu social. Ce n'est pas en isolant l'enfant pour lui éviter le risque des maladies, qu'on y arrivera, c'est en l'armant contre elles. De même pour la santé morale on ne sera d'aucun secours à l'enfant si on lui évite les risques de la vie. Il doit accepter la souffrance inévitable, l'angoisse humaine qu'entraîneront les interdictions que la société dresse face à ses pulsions libidinales désordonnées. On l'aidera si on lui permet le *désintérêt libre* et spontané des plaisirs défendus ou peu en faveur dans le milieu où il est appelé à vivre. *Ce désintérêt s'obtient non par la rigueur, mais grâce aux larges compensations libidinales et sentimentales que la soumission apporte à l'enfant en échange des restrictions acceptées.*

L'adulte ne doit jamais oublier que la richesse libidinale d'un enfant peut être égale, mais aussi supérieure ou inférieure à la sienne propre, que la personnalité qui existe *en puissance* chez l'enfant peut être très différente de la sienne, et il ne devra jamais comparer la personnalité d'un enfant à une autre, sinon au strict point de vue de la réussite pratique, de la santé, et du bonheur subjectif d'une bonne adaptation affective.

Il n'existe pas, et il n'existera sans doute jamais, de moyen humain qui permette d'apprécier la valeur intrinsèque d'un être. Tout adulte, qu'il soit parent, médecin ou éducateur, doit avoir très vif en lui le respect de la liberté individuelle de l'enfant dans toutes les activités légitimes qui le tenteront, et le souci de ne rien ajouter aux restrictions instinctuelles que la bonne intelligence avec son milieu social *contemporain* exige déjà de l'individu.

Ces restrictions ne sont pas toujours les mêmes, et sont souvent moindres que celles que *l'adulte* s'impose volontairement *par éthique* personnelle ou par soumission à des conditions de vie quelquefois pénibles desquelles l'enfant n'est pas responsable, et qu'il ne doit pas s'accoutumer à considérer comme « normales ».

L'enfant peut fort bien aimer et admirer l'éducateur sans être obligé pour cela de le croire infaillible dans tous ses jugements. Du fait même qu'il l'aime et se sent respecté par lui, il se plaira à le respecter à son tour, à lui faire plaisir, et à l'imiter, aussi longtemps que cette attitude s'accordera avec son développement original spontané.

En grandissant, il pourra se permettre le choix d'un mode de vie parfois entièrement différent de celui qu'a choisi l'adulte éducateur. Dans ces divergences de vue, toujours pénibles pour lui, il sera encore soutenu par la certitude que sa réussite et son bonheur dans la voie qu'il a choisie (même si celle-ci doit l'éloigner de l'adulte qui l'a formé), apportent à celui-ci la joie profonde de voir l'œuvre de sa vie menée à bien jusqu'au bout et capable à son tour de fécondité.

Si l'adulte n'est pas névrosé, il possède *naturellement* vis-à-vis de son enfant cet « art » tout affectif dont nous venons de dire qu'il doit être celui de l'éducateur et du médecin, sans préjudice des connaissances intellectuelles que ceux-ci peuvent y adjoindre. En effet, l'adulte sain psychiquement est au stade génital, oblatif; il est donc déterminé, pour son propre épanouissement physico-affectif, à consacrer ses énergies libidinales à son œuvre, aux objets de sa « vocation », à son enfant. Savoir ce dernier heureux lui donne la joie de vivre et la possibilité de vieillir sans amertume.

Si nous sommes arrivés à parler d'éducation, c'est que l'éducation est au comportement pratique de l'individu ce que la prophylaxie des maladies est à la santé générale organique. « L'art » qui fait la valeur d'un éducateur, lui est donné en partage dès qu'il est doué de *bon sens* naturel; et un médecin ne peut y rester étranger.

Quels que soient les défauts et les qualités d'un adulte, il peut avoir une attitude affective objective de sympathie humaine faite d'estime et de respect pour ses semblables, qu'il les approuve personnellement ou non en son for intérieur. C'est cette attitude qui est la seule valable pour le médecin à qui l'on amène un enfant qui présente des troubles du comportement, ou des troubles organiques, ou les deux réunis.

C'est alors qu'il pourra, à condition de posséder aussi des connaissances scientifiques, faire un diagnostic, et tenter un pronostic. Mais son rôle commence seulement. Il doit encore soigner, c'est-à-dire apporter un concours matériel ou moral, ou les deux réunis, pour aider le malade à guérir en stimulant ses mécanismes de défense naturels, afin de surmonter heureusement ou réparer (avec le minimum de perte de substance, disent les chirurgiens) les troubles fonctionnels ou les dégâts lésionnels pour lesquels le malade vient le consulter.

C'est pourquoi, tous ceux qui s'occupent des troubles du comportement, de troubles fonctionnels organiques, les éducateurs, les « médecins » au vrai sens du terme, doivent avoir des notions sur le rôle de la vie libidinale et savoir que l'éducation de la sexualité est le levain de l'adaptation de l'individu à la société.

3. Importance de l'époque phallique dans la pathogénie des névrosés

Aux premières époques de la sexualité, orale, anale, les adultes n'exigent pas la suppression totale des satisfactions hédoniques.

Si la mère ou l'éducatrice n'est pas névrosée, elle ne vise à obtenir que progressivement la relative régularité nécessaire à la fois à la bonne santé de l'enfant et aux commodités de la vie, l'obligation sans raideur de manger proprement, la discipline des fonctions digestives excrémentielles, sans qu'elle soit ni absolue, ni obsédante. L'éducation sphinctérienne imposée avec une rigueur inflexible est le fait d'une éducation névrotique, c'est-à-dire qui va à l'encontre du but qu'on se propose : désintéresser le Moi de la pulsion pour que les affects qui y sont liés puissent être utilisés à des fins substitutives d'intérêt social. Or, si le fonctionnement intestinal devient un souci, c'est pour l'économie inconsciente, la même chose que si l'érotisme anal régnait en maître en l'absence de répression culturelle, mais ce n'est pas du tout la même chose pour l'ensemble de la personnalité et son adaptation pratique. L'individu n'a plus la permission du plaisir qui est condamné; mais il n'est pas pour cela libéré des préoccupations anales. Au contraire, la constipation ou la diarrhée deviennent le fait important de la journée; une grande quantité de libido est utilisée au refoulement de la pulsion sexuelle, elle-même investie d'une quantité égale de libido. La libido ainsi bloquée dans l'inconscient n'est plus disponible pour investir les activités sociales pratiques du Moi, ni pour investir la zone érogène phallique qui doit chronologiquement succéder à la zone anale dans la primauté de l'hédonisme.

Aux époques orale et anale, l'enfant trouve, par l'acceptation du renoncement partiel à la satisfaction de ses pulsions instinctuelles, un moyen de conquérir l'amitié des adultes, sans être pour cela obligé de réprimer complètement l'intérêt pour ses fonctions digestives, indispensables qu'elles sont à la vie organique. De plus, ce qui subit le refoulement dans l'intérêt affectif qu'il porte à ses excréments, sert à investir d'autres objets d'aimance. La mère, d'abord, en est la première bénéficiaire, puisque l'enfant apprend à lui donner des cadeaux; puis de nouveaux objets, chaque jour plus nombreux, sont accueillis dans le monde affectif de l'enfant.

La libido, colorée de sadisme et de masochisme, détournée de son but érotique primitif, peut alors être mise au service de la musculature et de l'intelligence, physiologiquement aptes à utiliser séparément ou simultanément l'agressivité et la passivité dans des activités pragmatiques. Des acquisitions culturelles et des expériences personnelles qui enseignent au sujet les limites et les règles imposées par le monde extérieur à ses pulsions individuelles, servent ainsi à créer le noyau conscient d'une personnalité : le Moi de l'enfant manifeste ses libres initiatives dans tout ce qui n'est pas visé par les interdictions de l'adulte éducateur; il se heurte à ces interdictions de la même façon qu'il se heurte aux lois physiques du monde extérieur. Ces heurts inévitables donnent naissance à une souffrance qu'on nomme *angoisse primaire.* L'énergie libidinale réprimée, détournée de ses fins hédoniques orales et anales, servira à renforcer l'adhésion aux traductions permises, qui seront ainsi des moyens de défense du Moi contre l'angoisse primaire, en même temps que des satisfactions narcissiques, et que des moyens favorisant le développement vers le stade génital.

Si l'éducateur n'est pas névrosé et qu'il a atteint le stade génital de son propre développement sexuel, si, d'autre part, l'enfant est somatiquement normal, il n'y a pas d'accidents « névrotiques » graves dans l'adaptation de l'enfant à la vie sociale. Ses mécanismes de défense se montrent adéquats. Ils se font dans le sens du déplacement des affects sur des objets d'intérêt culturellement importants. Ils donnent lieu à des attitudes réactionnelles à forme de traits de caractère et de sublimations en accord avec le milieu social ambiant, avec l'éducateur ou le milieu familial, qui sont eux-mêmes en accord avec ce milieu ambiant. C'est ce qu'on appelle des réactions « normales ».

Les résultats des frustrations du sevrage et de la discipline sphinctérienne sont donc : — d'une part, de former chez l'enfant éduqué normalement une ébauche de personnalité différenciée, dont les intérêts et les sublimations sont déjà appréciables; — *d'autre part,* de stimuler l'évolution sexuelle vers la primauté de la zone érogène phallique, qui est peu à peu investie au fur et à mesure que les poussées libidinales nouvelles ne trouvent plus d'issue vers les zones orales et anales désinvesties d'intérêt sexuel.

A l'époque phallique, un fait nouveau survient, qui donne aux frustrations érotiques non compensées leur valeur de traumatismes psycho-physiologiques mutilateurs. C'est l'impossibilité pour l'enfant de déplacer (sans régression) sur une autre zone érogène, l'investissement libidinal dévolu au phallus, élevé au rang de zone érogène élective. Si, pour la fille, le déplacement peut et doit se faire du clitoris vers le vagin, la proximité anatomique de ces deux zones fait qu'une interdiction visant la masturbation clitoridienne sera souvent valable (d'ailleurs il en est bien ainsi dans l'intention de l'adulte réprobateur) pour la masturbation vaginale.

Pour le garçon, comme pour la fille, la zone génitale devient le centre de l'intérêt sexuel qui n'est pas pour cela entièrement détaché de ses anciennes fixations érotiques (gourmandises, plaisanteries scatologiques, sexualités tactile, auditive, olfactive, hédonisme musculaire, l'adresse, la danse, les sports, les agressions ludiques de mordre, de griffer, de battre, etc.).

L'aboutissement de la sexualité infantile à la primauté de la zone génitale est physiologiquement primordiale. Le respect de son *évolution naturelle* est culturellement nécessaire à l'adaptation normale de l'enfant à la vie sociale ultérieure, qui demande l'épanouissement physiologique et sentimental de l'individu, c'est-à-dire son épanouissement libidinal. Malheureusement, il arrive trop souvent que l'adulte, ignorant ou névrosé, sape, chez l'enfant, dans ses premières manifestations, l'investissement d'intérêt érotico-affectif pour la sphère génitale. Cet intérêt est pourtant la preuve d'une évolution instinctuelle naturelle en rapport avec le développement biologique de l'être humain. Interdire à l'enfant la masturbation et les curiosités sexuelles spontanées, c'est l'obliger à prêter une attention inutile à des activités et des sentiments qui sont normalement, avant la puberté, inconscients ou préconscients. C'est une évidence morale, (et même un lieu commun théologique, preuve en est la notion « d'âge de raison ») que certains comportements n'ont pas la même signification pour l'adulte et pour le jeune enfant. Une prise de conscience prématurée dans une atmosphère de culpabilité est grandement préjudiciable au développement de l'enfant, car elle prive du droit à utiliser autrement, sur le plan génital, la libido inconsciemment enclose dans ces activités spontanées. L'enfant psychiquement sain arrivé au stade phallique possède la maîtrise de ses besoins, est adroit de son corps et habile de ses mains, il parle bien, écoute et observe beaucoup, aime imiter ce qu'il voit faire, pose des questions, attend des réponses justes à défaut desquelles il fabule des explications magiques.

4. Les interdictions courantes faites à la masturbation

De quels moyens se sert l'adulte, quand il surprend chez l'enfant le geste « horrible » qui le choque personnellement ?

Il y a d'abord la simple interdiction sans explication. Si elle n'était accompagnée d'un ton réprobateur et qu'elle ne vînt de l'adulte préféré, ce serait la moins traumatisante. En effet, comme de toutes les interdictions qu'on fait à l'enfant, il n'en tient compte qu'en présence des « grandes personnes », ou bien lorsqu'il s'aperçoit par lui-même du risque véritable et rationnel que sa désobéissance lui fait encourir. Or, comme ce « véritable danger » ne se montrera jamais en ce qui concerne la masturbation, il pourra satisfaire aux exigences de la société qui, en effet, cela c'est la réalité, ne tolère pas que la masturbation soit publique, mais ne l'interdit à personne dans le privé.

Non seulement l'adulte blâme la masturbation, mais *il est rare que l'adulte ne justifie point son interdiction,* car l'enfant innocemment lui en demande la raison. L'embarras commence ici pour l'adulte qui répond généralement : « *Ce n'est pas beau* », ou « *ce n'est pas propre* », sans se rendre compte que ces explications peuvent creuser un fossé entre lui et l'enfant, qui, jusqu'alors, lui avait accordé toute sa confiance. Si, par malheur, l'enfant admet et fait siens ces faux jugements de valeur, son « bon sens » en est définitivement altéré; nous reviendrons plus loin sur ce point.

Quand l'adulte fait intervenir des moyens d'intimidation, il parle selon son propre « Sur-Moi » et pas du tout selon la morale rationnelle, c'est-à-dire conforme aux exigences sociales réelles de son milieu. C'est pourquoi une mère ou une éducatrice névrosée (frigide par exemple) est profondément néfaste à la première éducation d'un enfant, alors même que l'enfant oublie totalement cette première éducatrice.

« Alors, dira-t-on, vous êtes de ceux qui laisseraient l'enfant à l'état inculte sous *prétexte de ne lui faire aucune peine !* »

Non, point du tout, mais il y a la manière de demander les renoncements instinctuels, et cette manière dépend de la personnalité profonde de l'éducatrice. Elle peut aider l'enfant à se développer heureusement, ou au contraire, sous prétexte d'éducation, entraver son évolution.

En fait, il est rare que l'enfant ne réitère pas le geste condamné, si « laid » et « sale » qu'on essaie de le lui faire considérer. *L'adulte recourt alors à des moyens de coercition ou d'intimidation.*

— Il y a tout d'abord la série des punitions corporelles déjà en usage pour l'éducation précédente, les gifles, les coups, le martinet, les privations alimentaires, etc.

— Dans certains milieux raffinés, où l'on ne se permet pas de frapper l'enfant, les mères croient être plus douces — alors que c'est la plus sadique des punitions corporelles — en attachant les mains de l'enfant lorsqu'il est couché. Point n'est question pour lui d'oublier sa triste condition de victime. La moindre velléité de bouger sans aucune intention masturbatoire, lui rappelle par association le plaisir interdit. Toute son activité manuelle en est condamnée. On imagine sans peine les sentiments de révolte que cette immobilité forcée peut provoquer, chez un être doué d'une forte agressivité naturelle, ou la perversion masochiste qui prend valeur initiatique chez celui qui la supporte sans révolte.

— Il y a, suivant l'âge de l'enfant, la menace magique de le livrer à « l'homme noir », au « croquemitaine », au « gendarme », jusqu'à celle de le livrer aux mains castratrices du « docteur » qui « l'opérera », ou comme on dit plus catégoriquement « la lui coupera » (ceci, dit de la main coupable ou de l'organe sexuel).

— Les menaces de maladies mutilantes localement (le pénis se rongera ou tombera, la main coupable se desséchera ou se paralysera), de maladies amoindrissantes (fatigue, tuberculose, idiotie, folie), voire de maladies mortelles ou de mort.

Trouvant à leur enfant les yeux « cernés », certaines mères en incriminent la masturbation, et bien qu'elles n'aient jamais pris l'enfant sur le fait, elles le sermonnent. Comme il n'est pas d'enfant qui ne se soit au moins une fois « touché » (qu'il soit ou non coutumier du fait), l'enfant est frappé à l'idée que « ça se voit sur la figure », angoissé par les suites graves prophétisées, il est alors traqué par les menaces castratrices jusque dans sa solitude.

— Ajoutons le châtiment divin encouru pour cette faute grave, dont il faut s'accuser en confession. Malheureusement le prêtre sort parfois névrotiquement de son rôle, et au lieu de donner le pardon apaisant pour la conscience angoissée de l'enfant, gronde et joue — vis-à-vis du garçon — le substitut lui-même châtré du père castrateur[1].

Derrière toutes ces explications destinées à appuyer l'interdiction de la masturbation, il y a, formulée ou implicite, la notion de peine, de chagrin profond que l'enfant fait à l'adulte, et cela est nouveau. L'éducation à la propreté et l'éducation générale n'avaient jusqu'alors provoqué chez l'adulte que des interdictions proférées sur un ton violent, fâché, las, excédé, méprisant, mais jamais encore il n'y avait cet appoint de gêne intime, qui accompagne le ton réprobateur de l'adulte, quand il parle à l'enfant de questions touchant l'éducation sexuelle génitale.

D'ailleurs, la sévérité vis-à-vis de la masturbation infantile est le fait de ceux qui ont un Sur-Moi archaïque, de stade anal et qui, encore farouchement appliqués à refouler pour eux-mêmes l'hédonisme excrémentiel, refusent d'en connaître aucun autre. Ils disent vrai « pour eux » quand ils trouvent la masturbation laide ou sale, alors qu'un Sur-Moi génital ne la juge qu'imparfaite et insatisfaisante. Cela explique pourquoi

1. Le vrai père n'est castrateur que du fait de sa possession sexuelle de la mère dont il interdit définitivement la concupiscence au fils. L'inceste interdit ouvre la voie au désir valable pour les femmes extra-familiales.

Tout célibataire par fonction est inconsciemment ressenti par l'enfant comme eunuque par infirmité ou par destin malheureux. Il est difficile, sinon impossible, avant l'âge adulte, d'admettre que le célibat soit le fait d'une vocation de sublimation génitale, c'est-à-dire compatible avec la valorisation éthique des émois et satisfactions de la vie de couple hétérosexuel ; aussi toutes restrictions sexuelles conseillées par les éducateurs et éducatrices célibataires sont-elles reçues comme des stimulations de l'érotique prégénitale venues de l'autorité reconnue. Ce n'est évidemment pas le but recherché !

les femmes frigides sont la plupart du temps des constipées opiniâtres et pourquoi, dans la santé de leurs enfants, leur intérêt est centré sur le fonctionnement intestinal[1].

Quant aux croyances aux dangers de la masturbation, à la maladie, à la folie, à l'imbécillité, voire au ramollissement de la moelle épinière *(sic)*, elles sont si répandues dans certains milieux qu'il faut bien croire que ces « bruits » ont été lancés par des médecins peu sensés, auteurs de livres néfastes, dans lesquels, sans doute, ils écrivaient en noir sur blanc ce qu'ils voulaient rendre plus impressionnant pour eux-mêmes, sadiques et obsédés de masturbation qu'ils étaient.

La vérité, c'est que la masturbation normale, loin de fatiguer l'enfant, apaise la tension libidinale phallique qu'il ressent et dont les érections font preuve. Elle apporte à l'enfant une détente physio-affective qui n'atteint pas en intensité l'orgasme de l'adulte puisqu'il n'y a pas d'éjaculation, mais qui est un apaisement psychique et physique, tant qu'à ses fantasmes masturbatoires il ne se mêle point l'idée d'une désobéissance coupable ou d'un danger menaçant.

Comme nous l'avons dit, *ce qui importe*, à la phase phallique de 3 à 5 ans (comme d'ailleurs à bien d'autres époques), *ce ne sont pas tant les manifestations extérieures de la sexualité que le mode de relation objectale dont elles témoignent*. Ce qui importe, c'est la façon dont le sujet se conduit vis-à-vis de son objet électif, d'intérêt affectif celui qu'il investit de sa libido et sur lequel il dirige ses émois, ses pensées et ses fantasmes à fins érotiques et sentimentales.

C'est pourquoi, à l'époque œdipienne, le respect de la masturbation est capital : c'est pourquoi sa suppression imposée avant que l'enfant n'ait fait intérieurement le travail affectif personnel et inconscient du renoncement aux objets incestueux, entrave son adaptation ultérieure plus ou moins totalement.

1. Il m'est arrivé déjà trois fois de rencontrer des mères qui ne tolèrent pour leurs garçons, jusqu'à un âge avancé, que des culottes à pont, parce que « c'est plus convenable ». Toutes les trois cousaient la braguette à la machine, quand elles étaient obligées, faute de temps, d'acheter en confection au lieu de faire elles-mêmes les culottes de leur fils. (Ces femmes m'ont avoué qu'elles étaient frigides.)

C'est pourquoi les menaces de mutilations sexuelles plus ou moins explicites que les adultes prononcent en présence de la masturbation de la seconde enfance, autant chez le garçon que chez la fille, ont une si grande importance.

Le seul argument valable qu'il soit rationnel d'employer, *c'est la pudeur,* si l'enfant se masturbe trop ostensiblement en public, ce qui est assez rare.

Le mieux est de ne point prendre garde à la masturbation; le plus souvent fugace, elle cessera d'elle-même. Et si l'on juge nécessaire d'intervenir, ce ne peut être qu'en particulier, afin de ne point blesser l'amour-propre de l'enfant; et ce doit être sur le ton naturel qu'on mettrait dans une remarque banale, à propos de l'habillement ou de la toilette, par exemple, en faisant appel à la notion de pudeur, c'est-à-dire de ce que chacun est admis de faire dans le privé, aussi bien les grandes personnes que les enfants. Et cet argument suffit toujours dans le cas dont nous avons eu l'expérience, à supprimer sans danger pour l'enfant la tendance à se masturber en public.

Que la masturbation soit ostensible ou cachée, ce qui importe c'est que l'adulte ne s'y oppose, ni totalement, ni au nom de principes faux, pour que soit préservé l'avenir affectif de l'enfant. Celui-ci doit pouvoir pratiquer la masturbation quand le besoin s'en fait sentir, sans qu'intervienne, venue du monde extérieur, et jamais nécessaire à l'éducation, la notion de culpabilité ou de danger. Cette parfaite liberté intime laissée à l'enfant préservera sa liberté affective, c'est-à-dire le libre jeu de ses sentiments tendres ou hostiles, ses fantasmes conquérants, belliqueux, séducteurs, par lesquels la fille ou le garçon motive tout ce qu'il « fait », d'une façon directe ou indirecte, pour la conquête passive et active de ses objets d'aimance.

Nous avons dit que cette activité sexuelle incomplète subissait, vers 7 ans, normalement et pour des causes endogènes (organiques et affectives), un retrait naturel. C'est la période prépubertaire de sommeil plus ou moins complet de l'érotisme génital. Le respect de cette évolution normale est la seule attitude favorable que puisse avoir l'éducateur.

3

Le complexe d'Œdipe

Dans les cas normaux, l'enfant de 3 ans n'a donc, comme nous le voyons, plus rien d'un petit sauvage; il est déjà « policé », il a déjà un caractère, des habitudes, des occupations favorites, un mode de penser et de nombreuses possibilités affectives qui sont canalisées dans des relations sociales avec l'entourage et souvent, dans la plus heureuse des éventualités, avec quelques enfants de son âge, filles et garçons. Sa libido est donc déjà bien employée.

La manière dont l'adulte a répondu à ses exigences aimancielles et a su réagir par l'affection tendre justement mesurée, les réprimandes et les compliments à bon escient, lui ont apporté des satisfactions affectives qui dans les cas « normaux » sont des compensations suffisantes aux renoncements qu'on lui a demandés et qu'il a acceptés.

La facilité avec laquelle il s'est détaché de la zone érogène anale vient de ce qu'il a pu découvrir le plaisir dévolu à l'excitation phallique (pénis ou clitoris).

Bref, *ce n'est plus un « pervers instinctif »*, c'est-à-dire un Ça avide d'assouvissements hédoniques désordonnés et immédiats; il possède un Moi. Son sens moral personnel n'existe pas encore, cependant le besoin qu'il a de la société des autres le conduit à se comporter déjà intuitivement selon les règles morales de son entourage. Les moments où il se livrera à la masturbation seront, d'une part ceux où il « s'ennuiera », où il n'aura rien de plus ou d'aussi attrayant à faire (dans son lit, quand il ne dort pas et qu'il doit rester « sage »), c'est-à-dire les moments où son imagination marche à vide, si l'on peut dire, sans trouver de support ludique à la détente physiologique sexuelle (au large sens du mot) que la pulsion libidinale demande; surtout s'il est en état physiologique d'excitation (érection de la verge, tension du clitoris). *C'est dire que chez un enfant normal, en bonne santé, la masturbation ne sera guère publique,* ni fréquente, et que, telle elle sera, *l'adulte devra s'en désintéresser complètement.* Ce besoin sera d'autant moins impérieux que la mère saura stimuler son enfant dans la conquête de toutes les activités utiles et ludiques dont il est capable. Le choix se fera surtout vers les activités que servent l'adresse, l'activité musculaire et intellectuelle de l'enfant, à l'imitation des filles et des garçons plus âgés que lui.

Il en découle que, chez un enfant qu'on surprend fréquemment en train de se masturber, il s'agit, dans le cas où il est « normal », d'un enfant de caractère exceptionnellement doué et qu'on devrait initier à des occupations supérieures en force ou en niveau mental à celles réservées aux enfants de son âge. Mais beaucoup plus habituellement, il s'agit d'un enfant déjà névrosé, dont la masturbation est devenue un besoin obsédant. Cet enfant est à soigner et non à gronder. Des moyens d'intimidation, visant à interdire la masturbation — au cas où il y obéit — inhiberont son développement (peu à peu, il prendra l'air « abruti »), et, s'il n'y obéit pas, ils en feront un instable, un coléreux, indiscipliné, révolté. Ni l'une ni l'autre de ces éventualités ne sont, croyons-nous, le résultat que cherche l'adulte; c'est pourtant malheureusement ce qu'il obtient, et qu'il a, sans le savoir, tout fait pour obtenir.

Nous avons parlé de la question des interdictions habituelles de la masturbation. Nous les appelons « castratrices » parce qu'elles visent à la suppression de l'activité génitale de l'enfant. Inversement, bien des interventions apparemment anodines de la part des adultes, visant à interdire certains modes de comportement spontané de l'enfant et caractéristiques de sa sexualité normale, auront également la valeur d'interdictions « castratrices »; exemple : la curiosité chez l'enfant des deux sexes, l'instinct batailleur chez le garçon et la coquetterie chez la fille, simplement parce que ces interdictions auront touché à des éléments lourdement chargés de valeur affective libidinale.

Toute intervention des adultes tendant non seulement à supprimer totalement la masturbation, mais encore à s'immiscer inutilement dans les imaginations des enfants et leurs projets fabuleux (qui masquent toujours des fantasmes sexuels), pour les passer au crible de la raison, devra prendre le nom d'intervention castratrice. Elle ne pourra qu'augmenter l'angoisse inévitable et normale de l'individu dans ce moment naturellement difficile de son développement.

Admettons pour plus de simplicité dans l'exposé que, contrairement à l'usage assez répandu, il n'est pas fait de remarque à l'enfant sur son activité masturbatoire, soit que l'adulte y reste indifférent, soit qu'il ne s'en aperçoive pas.

Nous allons voir que point n'est besoin de l'intervention des adultes pour que l'enfant souffre d'une *angoisse* de castration, vis-à-vis de laquelle il doit apprendre à se défendre et non, *pas encore,* à capituler. Cette défense, comme nous le verrons, aura inévitablement pour effet de faire entrer en jeu la rivalité œdipienne, laquelle à son tour déclenchera un *complexe* de castration.

C'est la lutte contre ces modalités successives de l'angoisse de la castration, que nous allons étudier.

Disons, en aperçu général, que dans les cas les plus heureux l'enfant liquidera le complexe d'Œdipe avant la phase de latence, dans laquelle il pourra ainsi s'engager en pleine santé physique et morale, ce qui lui permettra les meilleures acquisitions culturelles, lesquelles, ensuite, faciliteront d'autant l'épanouissement normal, sentimental et physiologique, de sa puberté, de son adolescence, puis de sa maturité.

Mais très souvent l'enfant n'arrive pas à liquider son Œdipe avant d'entrer en période de latence; il est alors amené — qu'on nous passe l'expression — à « signer un armistice » avec le complexe de castration, qui, *à la puberté,* reprendra son rôle castrateur : le sujet pourra encore s'en défaire *à ce moment-là,* ou jamais plus[1].

L'angoisse de castration.

Le malaise que l'enfant éprouve à constater l'absence de pénis chez la fille, le pousse d'abord à scotomiser le témoignage de ses sens. Comme nous l'avons dit, il reste convaincu que la fille en a un plus petit, et qu'il poussera, ou qu'il est caché entre les jambes comme un de nos malades adultes l'avait rêvé à propos d'une femme, ce qui lui avait rappelé son fantasme infantile. Mais l'enfant a beau se rassurer par ces espoirs consolants, le garçon n'en éprouve pas moins la peur que cela ne lui arrive aussi, puisque cela « est possible ».

C'est que, comme on le sait, le mode de pensée à ce stade est sous le signe de la magie. L'enfant cherche, selon sa logique, ou son niveau mental si l'on veut, à expliquer cette loi de la nature qui le heurte consciemment comme étant une anomalie. Cela ne lui semble pas dans l'ordre naturel des choses ; puisqu'il ne s'en était pas aperçu plus tôt, il conclut que « c'est tombé », ou « qu'on l'a coupé », ou que « ça s'est perdu ». D'après chacune de ces explications, il construit une histoire, c'est-à-dire un fantasme où les choses sont représentées symboliquement ; les dessins des enfants illustrent ces fantasmes (voir le dessin n° 1, p. 173, où l'animal a le nez et la queue coupés ; et cf. le cas de Tote, p. 239).

Michel, un petit malade que j'ai en analyse, me raconta l'histoire suivante (pour m'expliquer le dessin n° 3, p. 175) : « C'est un Monsieur chinois qui a épluché une banane, et qui est content de la banane, et puis il regarde un arbre, et il jette sa banane parce qu'il croit que c'est une pierre, la dame attrape la banane. » A ma question : « Est-ce que c'est une histoire vraie ? » il me répond, « Ça m'est arrivé. J'avais une pomme pour goûter et puis, j'ai fait pipi contre un arbre,

1. **Sans psychanalyse.**

et puis j'ai plus fait attention. J'ai cru que c'était une pierre que j'avais, je l'ai jetée sans faire exprès et après je n'avais plus de pomme pour moi, et je ne savais pas comment c'était arrivé. » Nous voyons comment l'histoire vraie sert de base au fantasme. La pomme, déjà fruit défendu du paradis terrestre, Michel le sait, est remplacée par la banane, symbole phallique, et l'histoire se rapporte à son pipi. La maman de Michel est une de ces mères qui cousent les braguettes, ce qui oblige évidemment Michel à ôter sa culotte pour faire pipi — donc à poser ce qu'il tient par terre, pour se libérer les deux mains — puis il a oublié de ramasser son goûter, probablement par acte manqué névrotique.

Quand l'enfant s'est aperçu que l'absence de pénis ne se rencontre jamais que chez les *filles,* le premier résultat est de dévaloriser celles-ci.

Mais il n'admet pas pour autant que les *femmes* et surtout sa mère puissent être dépourvues de pénis. Fille et garçon continuent encore à l'imaginer infiniment supérieure à eux, donc munie d'un grand phallus. En effet, avoir une verge, c'est « être plus fort que les filles »; or, les adultes, hommes et femmes, sont encore plus forts que les garçons. L'enfant se sent en état d'infériorité en face de l'adulte et il a raison, vu sa condition d'enfant.

Voir le couvre-chef de la dame du dessin n° 3, p. 175.

Cf. l'observation de Claudine, p. 249 : « Elle est *celui (sic)* qui n'a rien » dans le dessin où « les garçons et les monsieurs ont chacun un grand machin pour regarder la mer ».

Voir le dessin n° 6, p. 178 (d'un garçon énurétique de 11 ans). Ce grand arbre, fantaisie de pure imagination, côtoie dans ce dessin œdipien une exacte observation du « Normandie », qu'il est allé voir; le symbolisme était si clair que je lui ai posé la question : savait-il que les femmes n'étaient pas faites comme les hommes ? Il l'ignorait, bien qu'il sût que sa sœur et les filles n'étaient pas faites comme les garçons. Mais, quand elles devenaient « des mamans, des dames », il croyait que « ça s'arrangeait ».

Une fois admis le fait, l'enfant se demande « pourquoi ». Il se dit : c'est parce « qu'on les a punies » — toujours prêt qu'il est, à ce stade, à voir des sanctions sur le plan destructeur agressif à cause de son propre sadisme qu'il projette sur les autres. Il est en effet incapable encore de concevoir des êtres sentant et pensant autrement que lui-même.

« Qui les a punies ? », et il se répondra par des histoires connues ou inventées, ou des fantasmes autour d'un fait raconté par l'adulte.

Chez un de mes petits malades, les symboles castrateurs sont tous apparus en dessin. Il y a eu successivement le grand-père avec son rasoir, Mme Fichini, la mauvaise fée de Blanche-Neige, la méchante maman, le père fouettard, l'ogre, le croquemitaine, le sergent de ville, le gendarme, le pape (!), l'officier avec son sabre, l'homme de la forêt avec son piège, l'homme-poisson, l'homme de la mer, le scaphandrier. Tous ces êtres puissants, magiques, étaient abondamment fournis en chapeaux extraordinaires, en bâtons et grand sac pour engouffrer les enfants.

Dans toutes ces histoires, l'enfant tombe aux mains de ces ogres dévorants, de ces êtres tout-puissants et méchants. Pourquoi punit-on les enfants en leur coupant la « biquette » ou « le robinet » — explication qu'ils se donnent de l'absence de pénis « infligée » aux filles ? Parce qu'ils n'ont pas été sages ou qu'ils ont désobéi. Et la sévérité des adultes envers un enfant bruyant ou agressif dans ses jeux et ses occupations, comme on l'est normalement à cet âge, une sévérité sans fondement logique, augmente inutilement l'angoisse, parce que les grandes personnes sont pour lui ces êtres merveilleux qui, justes, ont toujours raison, et que c'est à leur bon plaisir, semble-t-il, que l'enfant doit d'être fille ou garçon. C'est l'adulte qui fabrique une fille aux dépens d'un être primitivement intact à qui il prélève une partie de son corps qui, sans cette intervention castratrice, serait resté celui d'un garçon.

Nous voyons donc que l'angoisse de castration a pour point de départ une interprétation fausse de la réalité ; mais c'est une interprétation à laquelle aucun enfant ne peut échapper, du fait que le danger qu'il invente est motivé par la force magique qu'il prête aux adultes et par son infériorité vraie à leur égard.

Mais cette découverte de la différence des sexes aura pour l'enfant le rôle utile de stimuler son développement. L'enfant refuse la castration dont il se croit menacé, à tort, mais ce refus ne met pas sa sexualité en danger, au contraire.

L'important, dans ce conflit, c'est qu'il se passe dans le Moi, conscient. L'enfant est conscient de son malaise, il le refuse sciemment. Il l'interprète comme venant de l'extérieur et sa raison demande à en trouver une cause.

Voilà en quoi consiste l' « angoisse » de castration; elle est à distinguer tout à fait de ce que nous appellerons « complexe » de castration. Le complexe de castration sera un phénomène inconscient [1]. Nous verrons que contrairement au complexe de castration (phénomène inconscient et lié à l'Œdipe) l'angoisse de castration (phénomène conscient et pré-œdipien) est riche de conséquences heureuses pour la sexualité, dont elle favorise l'épanouissement. Le complexe de castration, au contraire, sera pour l'enfant une source de souffrance, sans autre issue habituelle que l'abandon momentané de ses intérêts sexuels, *dans* la période de latence. Nous avons vu, cependant, que dans certains cas très heureux, l'enfant peut liquider son Œdipe et le complexe de castration *avant* la phase de latence.

1. Pour la compréhension de ce qui va être la partie la plus difficile de l'exposé, il est important que le lecteur ait distinctement à l'esprit, chaque fois qu'elle se présentera, la différence entre l'*angoisse* (consciente) et le *complexe* (inconscient).

Lutte contre l'angoisse de castration

SA CONSÉQUENCE : LA NAISSANCE DU COMPLEXE D'ŒDIPE QUI DÉCLENCHE À SON TOUR LE COMPLEXE DE CASTRATION.

D'après ce que nous avons relaté précédemment, nous pouvons dire que *l'angoisse de castration tient à trois facteurs :*

1° *La découverte de la différence phallique suivant les sexes.*

2° *La puissance magique attribuée aux adultes.*

3° *Une infériorité générale et vraie devant l'adulte.*

Le premier de ces facteurs est le seul immuable, les deux autres peuvent être réduits.

Le second facteur, la puissance maléfique et magique de l'adulte, peut être passé au crible de la raison et dissocié. L'adulte déclaré méchant sera le parent castrateur; quant à l'autre, l'adulte bon, on cherchera par tous les moyens à provoquer de sa part aide et protection.

Quant au troisième facteur, l'infériorité vraie de l'enfant, celui-ci cherchera à y remédier — soit en la niant consciemment d'une manière catégorique, ce qui subjectivement l'augmente, par la constatation de la différence entre ce qui est et ce qu'on voudrait qui fût — soit en la surmontant par des acquisitions culturelles appréciables. L'avantage de cette dernière attitude est qu'elle confère plus de moyens de séduction pour conquérir l'aide et la protection de l'objet œdipien.

Mais dans cette lutte contre l'angoisse de castration, les attitudes du garçon et de la fille vont être différentes.

LE GARÇON.

Lutte contre l'angoisse de castration. Ecueils.

Pour lui, le fait d'être favorisé par la nature[1] alors que la « pauvre fille » est dévalorisée, lui rend plus précieux encore son pénis. Le phallus, déjà précédemment investi de libido narcissique, à cause des satisfactions sexuelles que la masturbation apportait, subit un investissement libidinal supplémentaire de l'ordre de la confiance en soi.

Mais comme la sexualité est encore qualitativement sadique, captativo-agressive, les manifestations de triomphe du garçon seront des exagérations des composantes sadiques : jeux bruyants, brutaux à domicile, et, dehors, courses, départ à l'aventure dans les bosquets des environs, recherche de cailloux pour les lancer le plus loin possible (toujours une note agressive et un thème d'aventure), fantasmes belliqueux en jouant au soldat. Dans ses fantasmes, les officiers ont droit de vie ou de mort sur les soldats et les prisonniers.

Cependant l'objet d'amour effectif reste la mère, d'autant plus adorée du garçon qu'il attribue à une faveur spéciale de sa part le fait d'être un garçon. Il veut conquérir son affection tendre et admirative et les moyens dont il dispose sont des moyens agressifs qui, affirmant sa sexualité, doivent selon son optique, rendre sa mère fière de lui — son père aussi secondairement. « Tu avais bien raison de me considérer comme digne d'être un garçon. »

Son infériorité vraie d'enfant lui est moins pénible à supporter lorsque sa mère l'apprécie, et il peut même — grâce à une identification avec son père — se sentir participer de sa puissance magique. Il est un cheval, un lion, un tigre dans ces fantasmes ludiques.

Mais, comme nous l'avons vu, son attachement pour sa

1. Alias la mère, et une mère phallique.

mère va aller grandissant, alors que celle-ci se libère de la constante sujétion qui la tenait liée à l'enfant. Sa tendresse, sa bienveillante et maternelle attention continuent cependant à envelopper sentimentalement son fils. Elle stimule en lui la fierté de se faire des amis parmi les petits et les grands, et de se comporter avec eux selon les conventions sociales de son milieu. Elle se montre contente et fière des progrès qu'il réalise dans le domaine de l'endurance physique, des initiatives heureuses, des conquêtes intellectuelles.

Le petit garçon trouve alors, dans le monde extérieur, des objets d'attirance, amitiés, jeux, intérêts auxquels il adhère intellectuellement et affectivement avec enthousiasme. C'est pourquoi, aussi, ses échecs ou ses insatisfactions affectives l'atteignent profondément en intensité.

Toutes ces activités sont animées de la présence de sa mère. De ses relations avec elle dépend la coloration des émois à travers lesquels il prend contact avec de nouveaux objets d'aimance. Cela explique la tristesse des enfants qui sentent leur mère affligée ou fâchée, même quand ils en savent la raison, car ils n'en comprennent pas la valeur affective, et surtout quand la mère, accaparée par ses propres soucis, laisse l'enfant dans la solitude du cœur. Sans que les parents s'en doutent, l'enfant se croit responsable ; la moindre de ses incartades méritant une remontrance prend alors pour lui la valeur d'un crime et son sens moral intime se trouve déformé par des scrupules. Il en est ainsi de sa gaieté par exemple, ou de son indifférence lors d'un deuil qui attriste une famille entière, lorsque lui-même n'avait pas d'aimance captative à l'égard de l'être disparu, ou encore qu'il ne s'était pas identifié à lui. Un chagrin dont il ne partage pas la raison ne peut l'attrister, et pour peu que le disparu lui ait semblé un rival dans l'affection de sa mère, ou un oppresseur, l'enfant ne peut se montrer affecté de sa perte ; au contraire, il se sent libéré d'un grand poids, et il le montre par son comportement. Bien qu'il sache déjà « tricher », c'est-à-dire nier un fait qui lui soit défavorable, l'enfant ne sait pas encore « faire semblant » quand il s'agit d'un fait qui le laisse indifférent. C'est à l'éducation de le lui enseigner, non par malignité hypocrite, mais par respect des sentiments d'autrui. C'est pourquoi des parents soucieux du bien-être de leurs enfants devraient, tout en ne leur cachant pas le fait brut de la mort, respecter l'insouciance qu'ils montrent à son égard, et se réjouir de ce qu'ils n'éprouvent pas encore une douleur qui leur sera bien assez tôt poignante, puisqu'aucun de nous ne peut vivre sans connaître l'abandon intérieur où nous laisse la perte d'un être cher. N'évitons point le contact de la réalité à l'enfant, mais respectons en lui son insensibilité spontanée ou ses moyens de défense naturels quand son attitude ne doit pas entraîner plus tard une souffrance réelle.

Le petit garçon que nous avons laissé confiant en lui, riche de possibilités libidinales intègres, était encore incapable de « jouer avec » d'autres, bien qu'il aimât la compagnie de ses contemporains. Peu à peu il abandonne ses fantasmes et ses jeux solitaires pour des jeux partagés et des histoires qu'il aime à écouter et à raconter. Il aime toutes les activités où se mêle le goût du risque, de l'audace, il prend plaisir à se montrer courageux et astucieux.

Il cherche alors la compagnie des autres garçons, de son âge ou plus âgés que lui, et n'aime pas accueillir les petits ni des filles dans le cercle de ses amitiés. Quand les filles veulent se mêler aux jeux des garçons, c'est un tollé : « Non, allez-vous-en les filles » ... « les filles, ça compte pour du beurre », etc. Si un des garçons se montre moins aventureux que les autres, s'il n'aime pas à se targuer de courage, d'endurance, on le traite de « fille » d'un air méprisant et il devient le souffre-douleur de la bande déchaînée.

Des incidents pénibles pour son amour-propre, des mésaventures (plaies et bosses), des accidents quelquefois, sont la rançon de ses acquisitions viriles. Le garçon les supporte courageusement, fièrement devant papa et les camarades ; heureux de pouvoir pleurer sans honte avec sa mère, qui, sans l'humilier, le soigne physiquement tout en minimisant l'importance de l'échec, stimule pour l'avenir son esprit de revanche sur lui-même et sur les autres, en étudiant avec lui les moyens de surmonter les causes de son infériorité.

Le garçon arrive ainsi — naturellement — à maîtriser les

vraies difficultés — sans avoir besoin de recourir à la magie des secours imaginaires. « Malin » n'a plus dans son langage le sens péjoratif de « diabolique », mais est au contraire synonyme d'intelligent et de finement rusé pour la bonne cause. Il sublime dans « l'adresse » pragmatique, l'agressivité pulsionnelle brute, grâce à la prévision des conséquences des modalités de son comportement par rapport aux exigences de la réalité. C'est la base du bon sens pratique. Ses exploits, sur le mode ludique symbolique, ou sur le mode culturel, social, scolaire, sont pour lui des détentes euphoriques de ses pulsions sexuelles. Le but hédonique primitif est lui-même sublimé en but sentimental (plaire et faire plaisir). Il permet de gagner l'estime des grandes personnes en même temps que sa propre confiance en soi, basée cette fois, non sur des fantasmes de puissance magique, mais sur des valeurs réelles objectives. C'est *l'âge chevaleresque*.

Ce comportement garçonnier et chevaleresque va entraîner des conséquences affectives importantes. Le garçon *va surestimer son père* et il *va le jalouser* parce que, si celui-ci est normal, il est son rival vis-à-vis de la mère qu'il protège et entretient[1]. Le garçon va donc essayer de l'emporter sur son père en tâchant de se rendre utile à sa mère par tous les moyens et « apprendre » tout ce qu'il faut pour arriver à faire comme papa, lire, écrire, gagner par ses bonnes notes des sous avec lesquels il achètera un bouquet de fleurs, un cadeau, qu'il rapportera triomphalement à sa mère. Il s'ingéniera à fabriquer de ses mains des objets qui lui feront plaisir. Ainsi se formera l'ébauche de son Sur-Moi, c'est-à-dire, en son for intérieur, de sa « conscience », qui lui indiquera les meilleures choses à faire, celles à éviter, non plus suivant le principe du plaisir direct, mais selon le sens moral qu'il faut avoir, pour être pris en considération par sa mère, pour s'entendre dire par elle « te voilà un vrai petit homme ».

1. Entretenir doit être entendu au sens large du terme. Il est son compagnon de vie même si la mère travaille.

Mais plus le garçon se développe dans le but déclaré de plaire à maman, de devenir comme papa, plus les fantasmes œdipiens deviennent clairs[1]. Dans ses imaginations, le garçon emmène sa mère en voyage avec lui tout seul, il est au volant de l'auto, il conduit l'avion, il bâtit leur maison, il choisit un métier pour gagner des sous pour elle, elle sera heureuse, ils auront des enfants. Ces fantasmes œdipiens se heurtent constamment à une réalité contraire, l'infériorité d'âge, inexorable. La mère est « à papa ». — « Toi, dit papa, quand tu seras grand, tu auras aussi une femme. » — « Mais c'est maman que je veux. » — « Non, ce n'est pas possible, parce que maman est à moi, et puis elle deviendra vieille comme grand-mère quand toi tu seras assez grand pour devenir un papa. » L'enfant ne peut pas encore admettre la réalité pénible. Puisque maman est à papa, si papa n'était pas là, elle ne serait à personne et ils seraient tranquilles tous les deux. D'où les fantasmes belliqueux, agressifs, brutaux, à l'intention de papa, les « on n'a pas besoin de toi, nous deux maman », etc.

Admettons que le père ne se fâche pas et qu'il garde une totale indifférence devant l'attitude et les propos agressifs mythomaniaques de l'enfant.

Eh bien, *même* dans ce cas, la culpabilité de l'enfant devient croissante, absolument indépendante d'une intervention extérieure : *elle n'est due qu'au fonctionnement de l'inconscient.*

Car du seul fait que le père est là, adulte qui a des droits sur maman et qu'elle aime, il n'est pas de garçon normal qui éprouve, sous l'apparence d'un désintérêt affecté, une crainte et une jalousie réelles. Il se dit alors que son père est jaloux (car il projette[2] sur lui ses sentiments), et il se plaint à maman de la sévérité de papa. Gare aux mères qui font le

1. Remarquons que dans bien des cas, le complexe d'Œdipe se « joue » sur une tante, sœur de la mère ou une grande sœur, afin d'éviter le danger de la rivalité avec le père; ce danger n'en est pas moins là, car l'enfant a beau « jouer » son complexe d'Œdipe sur une autre, c'est à sa mère possédée par son rival qu'il pense, et il réagit vis-à-vis de l'autre femme « comme si papa la défendait ».

2. « Projeter » signifie « attribuer inconsciemment à quelqu'un d'autre ce que l'on éprouve soi-même ».

jeu de ces petits Œdipes en blâmant papa de sa sévérité. Elles perdront de leur prestige et elles amorceront des querelles réelles avec le père, qui donneront encore plus de sentiment de culpabilité à l'enfant, car il les a déclenchées (cf. cas de Patrice, p. 202). De plus, en son for intérieur, ce qu'il admire c'est précisément la fermeté et la supériorité de son rival modèle. Si la mère l'attaque et que le père cède à la mère, c'est comme si elle ne permettait à son garçon de devenir « son petit homme » que pour le tenir en tutelle. Les mères qui ne sont pas névrosées et qui laissent à l'homme l'initiative affective, savent bien que si le père est sévère, il n'en aime pas moins son fils. Et si par hasard il ne l'aimait pas ou en était inconsciemment jaloux, ce n'est pas en le lui reprochant qu'elles le feraient changer, au contraire.

Peu à peu une agressivité jalouse va donc se faire jour dans des attitudes manifestement hostiles, des conflits pour tout et rien avec son père, des désobéissances ostensibles destinées à provoquer les réprimandes paternelles, dont l'enfant va se plaindre à sa mère. Cette attitude se retrouve toujours à un moment du développement de tous les garçons.

Si le père est viril, bien portant et sévère, tout en restant juste, le complexe d'Œdipe n'a aucune peine à être tout à fait normal, car l'image du père est « de taille » à supporter l'agressivité inconsciemment violente du garçon, sans donner à celui-ci le besoin de rechercher l'autopunition par sentiment de culpabilité.

Si au contraire le père est un être faible physiquement, trop doux, ou trop sévère, c'est-à-dire moralement faible, il est beaucoup plus difficile au garçon de devenir très viril. Même les succès sur des activités dérivées, légitimes, sont conçues par lui comme des succès coupables, et son Sur-Moi y réagit comme s'ils étaient tels.

Dans une famille normale, où le père est celui qui commande et est lié de tendresse amicale avec la mère, la seule façon d'en sortir pour l'enfant est de renoncer définitivement à l'objet primitif, enjeu de la compétition, et de sublimer les pulsions qui visaient à conquérir sa mère.

C'est au nom de nécessités intérieures que le sujet est contraint d'abandonner la lutte avec son père, ou de sublimer sur d'autres objets la libido primitivement employée dans la fixation affective à la mère. L'inceste est libidinalement castrateur. Je vais essayer de le démontrer.

— *En effet, si l'agressivité à l'égard du père arrivait à triompher sur le plan conscient et dans la réalité,* le fils ne pourrait plus s'identifier à lui ; or l'enfant a besoin d'investir son père, le possesseur mâle vrai de la mère, de libido passive. Il veut non seulement *remplacer,* mais *imiter* son père. Cette double attitude rivale et passive ne s'accorde pratiquement qu'avec une famille « normale », c'est-à-dire sans névrose, où le garçon est autorisé au comportement garçonnier, où les altercations inévitables et nécessaires éclatent avec son père sans interventions maternelles : (« qu'ils se débrouillent entre hommes »). Cela parce que la compétition œdipienne du fils et du père n'est pas *réelle* par le fait même que la mère *a déjà* choisi le père. Elle peut alors accorder, sans blâmer le père, des consolations maternelles tendres mais déliées de libido érotique au petit homme qui a besoin d'une affection féminine dans les difficultés de son adaptation sociale. La mère contribuera ainsi à stimuler chez le garçon la formation du Sur-Moi génital vrai. Le garçon renoncera d'autant plus facilement à la rivalité avec son père, qu'il se rendra compte de l'*inutilité* de son comportement ; l'absence de cette *assurance* est source d'angoisse. Quoi qu'il fasse, sa mère l'aime en second, sans plus, et lui permet de s'attacher à d'autres objets féminins. Si l'enfant liquide son complexe d'Œdipe, il peut être fier au contraire de tout ce qu'il réussit et qui le fait ressembler à son père, il n'en éprouve plus de sentiment de culpabilité, ce qui favorise l'avènement de sa saine puberté.

— *La compétition du fils avec le père peut alors librement viser à la conquête d'objets de déplacement.* Le garçon sublime sa libido génitale, primitivement au service de la conquête œdipienne, dans les mêmes activités intellectuelles, artistiques, sportives, ou la même carrière que le père, dans l'imitation de son comportement. Il a renoncé aux satisfactions érotiques séductrices, recherche des baisers, des caresses maternelles, des jeux taquins et tendres avec elle, car son infériorité réelle vis-à-vis de l'image paternelle qu'il voudrait égaler réveillerait dans l'inconscient l'angoisse de castration. Mais il peut déplacer sa libido érotique, ses intentions séductrices sur des amies de son père ou des filles qu'il surestime parce qu'elles admirent son père. Ces amitiés amoureuses doivent être platoniques sinon l'angoisse de castration reparaît. La *compétition avec le père ne peut qu'entraîner l'angoisse de castration.*

— *Si la compétition œdipienne du fils et du père était réelle, non sublimée,* ceci demanderait, d'abord, que le père fût investi d'une forte agressivité *consciente.* Or ce n'est pas possible dans les familles « normales ». Le fait d'entrer en rivalité réelle avec le père sans que cela s'accompagne d'autopunition, prouve que le fils a trouvé un autre rival œdipien (amant de la mère ou tout autre) auquel il a pu s'identifier, et, d'ailleurs, le triomphe sur son père ne lui accorderait pas plus de puissance réelle sur sa mère. Celle-ci ne s'en déroberait donc pas moins à lui ; et le résultat pratique d'un tel succès apparent serait une culpabilité vis-à-vis du père à cause de l'identification avec son rival vainqueur, sans autre conséquence qu'un accroissement d'angoisse de castration.

— *Admettons que l'agressivité consciente soit possible, et qu'elle triomphe* jusqu'à éloigner le père de la mère[1]. Le sujet ne peut profiter de sa victoire, car il n'a plus moyen de s'identifier au père. Le mécanisme de l'identification au père rival exige en effet que le possesseur mâle de la vraie mère soit un rival heureux. *Il y a des garçons qui restent fixés amoureusement à leur mère ;* leur comportement est caractérisé par le fait qu'ils ne cherchent à « séduire » activement aucune femme. Si le père est vivant, les deux hommes sont en disputes continuelles, car le fait de n'avoir pu se détacher de sa mère pour aller vers d'autres objets d'amour affectifs et sexuels, prouve que le garçon n'a pas sublimé — dans l'amitié d'égal à égal pour son père — son homosexualité pré-œdipienne. Il est donc inconsciemment déterminé à se « faire battre » par son père dans des altercations qu'il recherche.

1. Séparer les parents pour l'inconscient équivaut à « tuer son père ».

Quand le père n'est plus là et que le garçon se « consacre » à sa mère, ce comportement peut s'accompagner de réelles sublimations sociales, en rapport avec les activités dérivées du refoulement de la sexualité génitale et prégénitale, mais ce garçon ne peut pas se comporter sexuellement et affectivement comme un adulte. Il souffre de sentiments d'infériorité vis-à-vis des hommes qu'il identifie inconsciemment à son père; il peut être un hypergénital toujours avide de nouvelles partenaires envers lesquelles il n'éprouve aucun attachement réel, mais il se montre impuissant dans les tentatives de coït avec toute femme qu'il aime sentimentalement, car elle est associée dans son inconscient à l'objet incestueux tabou.

La liquidation du complexe d'Œdipe. Ecueils.

Voilà pourquoi le Sur-Moi, chez le garçon, prend très tôt une grande rigueur[1]; cela est dû à la nécessité, vitale pour la virilité, de refouler les pulsions hétérosexuelles visant à l'érotisme phallique dans la « sphère » maternelle.

Mais on ne peut pas encore dire que l'Œdipe est liquidé, si le garçon, renonçant à la fixation érotique à sa mère, conserve le besoin de rechercher des satisfactions affectives homosexuelles d'ordre passif (séduction du père); la moindre de ses activités agressives ou symboliques, associées qu'elles sont aux « choses défendues », s'accompagne alors d'angoisse de castration. Le Sur-Moi parle « comme parlerait le père », auquel le fils est soumis affectivement. Les satisfactions érotiques entraînent de l'angoisse, et la puberté devient dramatique. *Le renoncement aux pulsions agressives à l'égard de la mère doit donc s'accompagner du renoncement aux pulsions passives séductrices à l'égard du père.* L'acceptation, pour le garçon, de la supériorité paternelle dans la famille, en même temps que la tension de tous ses efforts pour devenir *dans le monde de ses contemporains* un « type sympathique » aux autres et leur ins-

1. Là réside, nous le verrons, une grande différence avec la structure de la femme; elle découle du fait que celle-ci a pour tout premier objet d'amour un être du même sexe; nous verrons que cela ne sera pas sans comporter d'autres difficultés : la fréquence de l'homosexualité féminine latente.

pirer confiance, signeront ce renoncement. Il sera suivi du désintérêt affectif pour « les choses des grandes personnes », la « chambre » des parents, et de l'intérêt porté à « d'autres » maisons, « d'autres » familles. L'abandon des parents à leur vie d'adultes se fera sans amertume, dans l'attente d'un avenir pour lequel on fait mille projets réalisables, et qu'on prépare par des activités dirigées, scolaires, sociales, ludiques.

Le *désintérêt pour les questions sexuelles se fait de soi,* sans heurts. L'enfant accepte de ne pas en savoir plus long, et s'il entend d'autres enfants en parler, il écoute et réfléchit sans s'estimer coupable, puis, souvent, il oublie, parce que, dans cette phase de repos érotique qu'est la période de latence, les propos sur les questions sexuelles n'ont plus d'intérêt pour lui. Ceci vient du retrait physiologique de la libido qui caractérise cette période, ou plutôt d'un débit uniforme de courant libidinal, qui trouve entièrement à s'employer dans les activités que le Sur-Moi a mises à sa disposition. Le retrait physiologique de la libido chez l'enfant dure de l'âge de 7-8 ans jusqu'à la puberté.

Si le retrait libidinal physiologique arrive avant que l'enfant n'ait accompli son détachement affectif à l'égard de son père, les acquisitions de la période de latence auront toutes pour objectif de plaire au père, et non de devenir égal à lui, en conquérant sa propre estime et celle des autres. Et le réveil, à la puberté, des pulsions agressives libidinales mâles, remettra le garçon dans la situation d'angoisse. C'est l'attitude qualifiée parfois de « complexe de féminité » chez l'homme. Si ce sont les pulsions biologiques normales hétérosexuelles qui, à la puberté, l'emportent sur l'angoisse, il devra alors renoncer à la réussite sur le plan des sublimations de la période de latence, inconsciemment coupables qu'elles sont à l'égard des femmes, puisque l'acquisition de ces sublimations avait eu pour but inconscient d'évincer la mère dans l'attention et l'affection du père. Ou alors, le jeune garçon devra s'interdire toute velléité de développement libidinal dans le sens du comportement rival mâle, aussi bien dans la vie sociale que dans la vie sexuelle, pour, à ce prix, conserver la libre disposition de ses sublimations intellectuelles.

Cette attitude de complexe d'Œdipe tardif « larvé », si on peut dire, est relativement compatible avec la vie sociale dans sa forme actuelle, mais elle s'accompagne d'une assez forte inhibition d'agressivité dans l'inconscient. Elle favorise l'éclosion de névroses au cours de la vie, à l'occasion de faits et de circonstances qui déclenchent une entrée en résonance du complexe de castration encore inconsciemment actif. Telles sont les circonstances où il faut rivaliser normalement avec le père ou des contemporains dans la compétition intellectuelle, culturelle, ou sociale; c'est la cause inconsciente des angoisses et des échecs aux concours et aux examens, alors que le sujet a les capacités nécessaires pour y être reçu. Si le fils « réussit » dans la vie, pécuniairement parlant, ce ne peut pas être dans les mêmes activités que son père ou dans des activités qu'il approuverait, sinon c'est au prix de sa virilité sexuelle. Le fait de se marier, c'est-à-dire d'afficher socialement la conquête d'une partenaire sexuelle, est aussi source d'angoisse. Et s'il arrive à se marier, il redoute la venue des enfants. Ceux-ci réveillent en lui une telle angoisse qu'il ne peut se comporter « en père » à leur égard. Il est jaloux d'eux. Il veut les « ignorer », sinon les détruire.

Ce comportement est toujours plus ou moins lié au « complexe de féminité » de l'homme, ou plutôt il est empreint d'une attitude inconsciente passive et homosexuelle[1], dérivée d'un refoulement de la rivalité œdipienne et non de sa liquidation. Il se rencontre chez des hommes apparemment virils, mais qui dans leur attitude vis-à-vis de leurs enfants, s'ils en ont malgré la pauvreté affective de leur vie génitale hétérosexuelle, se comportent en « possessifs », et non en « oblatifs » ni en « réciprocitaires ». La présence de leurs enfants autour d'eux et sous leur dépendance neutralise leur complexe de castration qui se joue ici sur le mode régressif

1. Psychanalytiquement, on parle d'homosexualité « latente » (inconsciente ou refoulée) pour la différencier de l'homosexualité « manifeste », celle des pédérastes, actifs ou passifs, et de l'homosexualité « sublimée », celle qui régit les rapports amicaux entre individus du même sexe sans composante inconsciente affective autre que des composantes oblatives du stade génital objectif, c'est-à-dire sans ambivalence et sans jalousie.

de la frustration anale. L'éloignement de leurs enfants provoque chez eux l'agressivité, ou une mélancolie accompagnée de sentiments pénibles d'abandon, qui, par projection de leur agressivité vengeresse, peut aller jusqu'au sentiment d'être persécutés par leurs enfants. Ce sont des hommes fortunés qui coupent les vivres à leurs fils, dès qu'ils veulent se créer une situation ailleurs que dans leur orbe. Ce sont encore les pères qui discréditent leurs enfants, leur déniant toute valeur personnelle et toute possibilité de se « débrouiller » sans eux dans la vie. Ces idées étant nécessaires pour neutraliser leur angoisse. En effet, si ces idées étaient rationnelles, et non au service d'un mobile inconscient, la réussite de leurs fils, malgré les obstacles qu'ils essaient souvent de leur opposer eux-mêmes, les rassurerait définitivement, et calmerait leur angoisse. Au contraire, ils paraissent s'estimer directement frustrés, et réagissent comme si la réussite de leurs fils réveillait les sentiments d'envie et d'infériorité contemporaine du complexe de castration. En fait, c'est bien une castration sur le mode anal, une frustration d'objets qui leur appartenaient, et qu'ils avaient investis d'une libido au service de l'aimance ego-possessive du stade archaïque anal, encore en activité dans leur inconscient. Si leurs filles les quittent, ils sont moins profondément atteints, et réagissent par une acceptation désabusée, que compensent assez les qualificatifs agressifs pour ceux qu'elles ont suivis.

L'attitude d'homosexualité sublimée [1], *et non refoulée,* est l'attitude d'égal sexuel et social à l'égard des individus (parents ou autres) du même sexe que soi. Cela implique *l'amitié réelle pour les deux parents,* basée sur une estime objective, la tendresse s'ils y répondent, en tout cas la même sympathie a priori, vis-à-vis d'eux que vis-à-vis des autres. Cette attitude n'est possible (du point de vue détermination inconsciente), que lorsque le fils a abandonné inconsciemment la poursuite de sa mère comme objet de conquête sur le mode agressif, et de son père comme objet de conquête sur le mode de la séduction passive. Il se permet, en son for inté-

1. Voir note page précédente.

rieur, de n'être pas de l'avis de son père, sans que cela nécessite qu'il cherche à s'en faire punir en affichant inutilement des idées subversives. Il se sent intérieurement libre. Et surtout, il déplace l'intérêt exclusif accordé à son père ou aux hommes de sa famille sur d'autres hommes et garçons, soit qu'en rival il tente de les « battre » — succès scolaires, sportifs, bagarres — soit qu'en disciple il les admire *objectivement,* en se permettant de les juger.

Il en découle que, vis-à-vis du père, l'infériorité du fils est alors admise tout naturellement, dans ce qu'elle a de réel, exactement comme pour n'importe quel individu, et sans qu'il y ait réveil de rivalité agressive sadique, de sentiments cuisants d'infériorité, de refus de l'admirer si objectivement il le mérite — au contraire.

Au moment de son complexe d'Œdipe, à 6 ans, le garçon est réellement inférieur à son père en force et en moyens de conquêtes; il doit donc l'admettre et *abandonner, et non pas différer,* la lutte pour l'objet d'amour maternel; c'est-à-dire sublimer son complexe d'Œdipe. Les garçons qui ne liquident pas leur complexe d'Œdipe n'arrivent pas à juger leur père tel qu'il est, avec ses défauts et ses qualités, tout en l'aimant, sans réveiller l'angoisse du Sur-Moi castrateur.

Il est évident que l'enfant, au moment de son entrée en période de latence, ne peut pas posséder une attitude totalement objective, mais il peut avoir abandonné *tous sentiments d'infériorité non fondés et toute agressivité pour ses parents.* Accepter son infériorité vraie, en ce qu'elle a d'irrémédiable, en luttant pour vaincre toute infériorité dont il puisse, à son âge, triompher; vivre pour les autres, et, pour soi-même, préparer l'avenir, c'est la seule attitude compatible avec l'avènement d'un mode d'aimance génito-oblatif de la sexualité, chez l'homme comme chez la femme.

Cette liquidation complète du conflit œdipien, qui libère la sexualité du garçon jusque dans l'inconscient, s'accompagne d'un détachement. Ce n'est ni une protestation consciente contre l'un des parents, ou contre les deux, ni une destruction (« *brûler* ce qu'on a adoré »), *c'est aller plus loin dans son développement avec les mêmes énergies libidinales qui ont servi à investir les objets qu'on abandonne,* c'est donc « faire son deuil », accepter la mort intérieure d'un passé révolu au nom d'un présent aussi riche que lui, sinon plus, en satisfactions libidinales, et d'un avenir plein de promesses.

Cliniquement, cette liquidation du complexe d'Œdipe se traduit par un comportement social, familial, scolaire et ludique, caractéristique d'une bonne adaptation, par un état « nerveux » normal, *sans instabilité,* sans angoisses, sans cauchemars ni terreurs nocturnes, et par la disparition complète de toute curiosité, préoccupation et activité sexuelles solitaires. La vie affective du garçon se passe surtout en dehors de la famille. Il n'y a pas de conflits marqués avec le père ni avec la mère.

Le comportement social est marqué par les nombreux investissements — camarades, professeurs — sur qui sont déplacées les pulsions ambivalentes, agressives et passives, précédemment accordées au père — filles, sœurs de camarades, vis-à-vis desquelles il est heureux de se comporter en petit champion qui se fait admirer.

Les jeux sont désormais collectifs, et si l'enfant s'occupe seul, c'est dans des activités pragmatiques objectives, constructions difficiles, ou dans la lecture d'histoires vraies. Parmi les jeux collectifs, prédominent les jeux à règles compliquées : jeux de guerre où il est toujours galonné, plein d'autorité belliqueuse, avec le droit de vie ou de mort sur ses subordonnés, et sur les prisonniers du camp ennemi; jeux du gendarme et des voleurs, jeux brutaux, bruyants, et si c'est en plein air, il y a toujours dans les règles du jeu de la course, de la poursuite, de la recherche aventureuse. Les règles comportent des « statuts », l'attribution de grades administratifs, des sanctions pénales. Les filles sont admises à ces jeux, mais toujours pour « doubler » un garçon; ils se mettent en camp. Des amitiés mixtes s'amorcent et « les filles » sont là pour garder les buts, pour faire le guet, pour jouer l'infirmière. Il traite de lâches ceux qui les attaquent, etc., tandis que lui s'amuse à les intimider, les terroriser puis à les consoler, et à les protéger, à leur donner des bonbons, bref à user de son pouvoir séducteur et conquérant sur le mode d'aimance encore chevaleresque et jaloux, coloré de sadisme infantile jusqu'à la puberté, qui marquera l'avènement de la recherche de relations affectueuses réciproques entre le garçon et les filles.

Le poids de la castration chez le garçon.

Nous avons vu comment se comporte devant l'angoisse de castration un garçon chez qui les mécanismes de défense sont respectés.

Nous avons vu au chapitre précédent les interdictions habituelles qu'on fait à la masturbation. Mais disons qu'une réprobation simple de l'onanisme excessif, c'est-à-dire de la sensualité sexuelle, qui ne s'accompagne pas de menaces magiques ou qui n'est pas proférée par l'adulte aimé (la mère) n'est pas tellement traumatisante. (Peu d'enfants y échappent, les domestiques, les autres enfants se chargent, « à défaut » de la mère, de prévenir l'enfant.)

La véritable *mère « castratrice »* est celle qui s'oppose en quelque façon à l'affirmation extérieure corporelle de ce qui caractérise un garçon (culottes à braguette, cheveux courts, sobriété du goût dans son habillement), et en même temps aux manifestations affectives et ludiques qui caractérisent le comportement d'un garçon (audace, force, rudesse affectée, orgueil de son sexe, fierté de réussir des entreprises intellectuelles ou musculaires nouvelles, comportant un certain risque).

Si la mère condamne ou déprécie les activités caractéristiques mâles, par « peur qu'il ne se fasse mal », si elle lui donne constamment en exemple un enfant plus jeune ou plus passif : « regarde comme il est sage », si elle soupire de voir l'enfant grandir : « tu n'es plus mon petit », ou regrette qu'il ne soit pas la fille qu'on avait souhaitée dès avant sa naissance, tout cela venant de la mère, le personnage le plus important de tout son entourage, équivaut pour le garçon à le rendre fautif de la moindre de ses activités dérivées de sa sexualité phallique. C'est implicitement lui dire, alors même que l'interdiction de la masturbation n'a jamais été formulée :

« Je t'aimerais si tu n'avais pas de virilité visible. » Pour plaire à sa mère, le garçon tente de soumettre sa libido à cette mutilation, le résultat en est une suractivation de son angoisse de castration, puisque le deuxième facteur dont elle dépend[1] subit un renforcement.

En un mot, tout ce qui gêne l'enfant dans ses mécanismes *naturels* de défense contre l'angoisse de castration entraîne des réactions affectives nocives, antisociales, manifestes ou non, caractérisées par le refus de l'effort et de la soumission aux règles communes. Dans la sphère érotique, on assiste à des déplacements régressifs de la libido sur les zones érogènes de stades révolus. Il y aura énurésie, appétit capricieux, gloutonnerie dans les meilleures éventualités; ou, si cette régression érotique inconsciente entraîne la sévérité de l'adulte, des troubles gastro-intestinaux, des tics, qui obligent l'adulte à prendre l'enfant en pitié, à le soigner. La fin justifie les moyens. Le moyen (maladie), désagréable, justifie la fin : « posséder » l'adulte, capter son attention apitoyée, à défaut de son estime admirative. *Ce sont des réactions masochiques, pour lesquelles malheureusement on consulte le médecin et non le psychothérapeute.* Ce sont pourtant des symptômes névrotiques régressifs. Le médicament soigne l'effet non la cause.

Une telle mère, ou un tel père, quand l'angoisse vient de lui, sont pathogènes et vont à l'encontre de leur rôle parental, qui est « d'élever » l'enfant. Ce sont eux qui *obligent* l'enfant à régresser au stade passif, urétral, anal ou oral — avec le comportement affectif concomitant de ces stades révolus.

L'interdiction systématique par la moquerie ou les « raisonnements » des rêveries enfantines de toute-puissance peuvent jouer le même rôle castrateur que des menaces de mutilations sexuelles. Si l'enfant *a besoin* de s'imaginer puissant pour compenser son infériorité ce n'est pas en lui supprimant artificiellement cette compensation, ou son extériorisation, qu'on l'aidera; c'est en lui permettant de conquérir dans la réalité de petits triomphes qu'on valorise. La

1. Voir p. 80.

crédulité, d'ailleurs, affectée par les adultes quand ils s'amusent à collaborer activement à l'édification des fantasmes, ou qu'ils jouent sur le plan de la réalité les imaginations mythomaniaques de l'enfant, sont tout autant castratrices (« mariages » simulés lors du complexe d'Œdipe) car l'enfant sera obligé de s'apercevoir un jour qu'on l'a trompé, qu'on se riait de lui. Il perdra la confiance qu'il avait dans les adultes et ne pourra même plus chercher à conquérir leur approbation, qui s'est montrée sans valeur réelle. Négativisme, bouderie, révoltes agressives, inhibition de l'aimance, arriération affective peuvent s'ensuivre.

Plus tard, sur le plan de toutes les activités intellectuelles et sociales, le complexe de castration entrera en jeu; l'intérêt de l'enfant découle de sa curiosité sexuelle et de son ambition à égaler son père, curiosité et ambition coupables tant que le complexe d'Œdipe n'est pas liquidé.

Dans le domaine scolaire surtout, on verra *des inhibitions au travail ;* le garçon deviendra incapable de fixer son attention. C'est *l'instabilité* de l'écolier, si fréquente, et source pour lui de tant de remontrances.

Le *calcul,* particulièrement, lui paraîtra difficile; le calcul étant associé dans l'inconscient aux « rapports » (ressemblance, différence, supériorité, égalité, infériorité) — aux problèmes quels qu'ils soient — et l'*orthographe* associée à « l'observation », grâce à laquelle on « voit » clair. (Cf. dessin nº 1, p. 173), sur les rapports entre les mots[1].)

L'impossibilité de s'attacher, à l'époque où ils l'intéressaient, aux problèmes des « relations » parentales, de la naissance des enfants, *au nom de sentiments de culpabilité,* aura entraîné avec le refoulement de la libido qui servait ces curiosités une association inconsciente : *attention* = *curiosité* = faute = punition = frustration d'amour de l'objet d'aimance = *angoisse*. Le Sur-Moi qui se forme alors déclen-

1. Les pages de devoirs de calcul chez un de mes petits malades névrotiquement inhibé à l'arithmétique sont griffonnées de coutelas et de scènes représentant un bonhomme qui plante un couteau au niveau du sexe chez un personnage plus petit étendu et emmailloté; or, la première fois que cet enfant me parla de son père, ce fut pour me dire qu'il était toujours occupé à des chiffres quand il était à la maison.

chera, pour éviter le retour de l'angoisse, le mécanisme inconscient de défense : *l'inattention,* elle-même, à son tour, insurmontable sans angoisse.

Dans ces cas-là, les *leçons particulières* peuvent — sans rien résoudre — aider l'enfant à acquérir quelques connaissances scolaires, car la situation normale, sociale, de rivalité avec d'autres n'est plus là pour ajouter un élément d'angoisse supplémentaire. Mais chez tous ces enfants on trouvera un *puérilisme marqué,* une persistance de comportement affectif (agressif ou câlin) infantile, un manque d'indépendance ou au contraire, une indépendance d'instable ou d'agressif insoumis, c'est-à-dire une indépendance qui ne les libère pas et ne leur permet pas de s'attacher à de nouveaux objets d'intérêt affectif, hors de la famille, ou à des activités pragmatiques. Chez tous ces enfants, la masturbation est une « préoccupation », soit qu'ils se cachent pour la pratiquer, soit qu'ils résistent à la « tentation ». *Leur érotisme fixé sur eux-mêmes, leur affectivité bloquée dans des conflits à l'intérieur de la famille, signent la névrose.*

L'infériorité vraie de l'enfant s'accentue, car elle n'est plus seulement celle de tous les enfants vis-à-vis des grandes personnes. Il est *moins fort, moins malin* que les garçons de son âge et il réagit en les jalousant, ou en les fuyant, ou les deux à la fois. Il extériorise ce sentiment selon la seule attitude agressive qui lui reste permise, celle où le risque est le moindre, il devient hâbleur et *mythomane.* Il se fait méfiant pour rétablir l'équilibre de l'ambivalence inconsciente. Le garçon a peur des autres, il ne peut rivaliser avec eux. Et pour peu que la masturbation lui ait été fortement interdite au nom d'un danger, il présente des phobies et des terreurs nocturnes en contrepartie de son agressivité refoulée et projetée sur les autres. S'il arrive à renoncer complètement à la libido de son sexe, il *fuit les enfants de son âge,* va avec de plus jeunes, avec lesquels il se comporte en dictateur ou en passif, selon que sa mère le « gâte » ou non, c'est-à-dire lui permet ou non la régression névrotique. Jouant son ambition sur le plan magique sadique anal, il peut « chiper » de l'argent, des objets qui lui paraissent précieux.

Obligatoirement le complexe de castration entrera en jeu chaque fois que l'enfant essaiera de réussir quelque chose dans le domaine des activités viriles; surtout s'il aime sa mère castratrice, le *garçon échouera,* se blessera par exemple, ce qui équivaudra symboliquement à prouver à sa mère qu'il est déjà châtré et que point n'est besoin de le punir, comme on l'a fait aux filles. En fait, ses échecs, accompagnés de plaies et bosses, quand le garçon vient s'en plaindre au lieu de les supporter en silence, joueront bien le rôle qu'ils étaient destinés à jouer inconsciemment : *punir l'enfant, en augmentant ses sentiments d'infériorité.* L'adulte aimé l'humiliera, se moquera de lui : « Je te l'avais bien dit, tu n'avais qu'à ne pas désobéir », — ce qui équivaut à un retrait d'amour — ou bien le plaindra outre mesure, le soignera, le dorlotera. Il se servira de cet échec pour faire entrevoir à l'enfant des risques encore plus grands pour l'avenir s'il réitère ses expériences sportives ou batailleuses, alors que la passivité et l'obéissance immobile lui gagneraient l'amour de maman ou de papa, ce qui est pire.

Sexualité comparée de la fille et du garçon au cours des étapes libidinales qui précèdent le stade phallique.

Nous avons décrit le développement de la sexualité chez la fille parallèlement à celui du garçon jusqu'au stade phallique. On est autorisé à cette description simultanée parce que, pour les enfants, quel que soit leur sexe, la recherche du plaisir dans les relations libidinales avec la mère et les relations libidinales avec le monde extérieur inanimé sont, au début, les mêmes. Tant que les gonades ne sont pas arrivées à maturité, l'hédonisme libidinal trouve sa fin en lui-même. C'est *l'égotisme foncier* qui détermine le comportement, car il représente le moyen le plus économique pour le psychisme, d'aboutir à l'assouvissement des pulsions.

On peut dire qu'au stade oral, et au stade anal, le Moi est « neutre » ; n'étant pas encore capable d'objectivité, l'enfant projette sur le monde extérieur ses propres émois, ses propres pulsions, sa propre manière de penser et d'être. L'adulte est conçu comme génitalement indifférencié, parce que l'enfant ne connaît pas encore les caractéristiques morphologiques des sexes.

La fille, cependant, au cours de cette première enfance, dès le stade oral dans sa période active, se fait remarquer par la moindre quantité de pulsions agressives par rapport aux pulsions passives. Je ne crois pas que la fille soit moins douée d'activité pulsionnelle que le garçon, mais nous jugeons extérieurement de l'activité par la traduction que le comportement nous en donne, et dans ce cas, il est certain que le garçon est plus « manifestement » actif que la fille, parce que ses pulsions s'extériorisent davantage, sont épuisées moins rapidement que celles de la fille, dans le cas où elles n'aboutissent pas aussitôt au but hédonique. Pour ce qui est du comportement extérieur, cela se traduit par le fait que la fille se décourage plus vite dans la lutte active, mais cela ne veut pas dire qu'elle abandonne la lutte passive. Que les pulsions passives prédominent, lors de l'aimance ambivalente normale, ou que les pulsions actives soient moins douées d'agressivité, le résultat chez la fille est que *son comportement pratique et affectif est,* à énergie libidinale correspondante, spécifiquement *plus statique que celui du garçon.*

Au stade sadique anal, qualifié d'accapareur, le garçon se sert de son agressivité musculaire pour *rapter,* la fille s'en sert pour *capter.* (Un seul exemple : le geste naturel pour lancer une balle est la pronation pour le garçon, la supination chez la fille.)

Au stade phallique, caractérisé par l'ambition, le garçon *part à la poursuite* de ce qu'il brigue, la fille *attend ardemment* ce qu'elle désire et chacun des deux met dans cette attitude toute la libido agressive dont il dispose. Dans les mêmes activités et les comportements apparemment semblables, même à l'époque « neutre », si l'on veut, de leur sexualité, la fille se différencie nettement du garçon. La manière même dont les enfants, par exemple, se comportent au guignol est caractéristique de cette différence. On sait que guignol va recevoir des coups, les garçons s'agitent, s'impatientent, crient, trépignent, les filles guettent, s'immobilisent, ne lâchent pas guignol des yeux, elles sont prêtes à dire un mot pour le prévenir, mais elles ne risquent pas de perdre de vue un seul coup de bâton. Plus tard, dans les jeux actifs, avec le sable par exemple, la fille joue à faire des pâtés nombreux ou des moulages de toutes les sortes, et à les orner de coquillages, elle les quitte sans les démolir. Le garçon aime à faire des trous profonds, des montagnes, qu'il démolit ensuite avec joie.

A l'âge des jeux sociaux, les filles jouent à la marelle (suivant pas à pas leur caillou et le reprenant), jonglent avec des balles, alors que les garçons jouent à lancer des cailloux au loin, à se courir les uns après les autres, dans les jeux de balle où les règles comportent toujours un simulacre de chasse ou de pugilat.

Cette prédominance en libido passive et en pulsions agressives attractives, qui caractérise l'attitude positive du Moi de la fille, a son corollaire dans la manière par laquelle elle se montre négative. Il y a toujours chez le garçon une fuite en avant ou une résistance agressive, tandis que chez la fille, à moins qu'elle ne soit névrosée, il y a un refus d'avancer, une résistance passive. Dans les fantasmes des femmes, on retrouve les mêmes caractéristiques : elles se « voient » riches, actrices célèbres, etc. ; les garçons s'imaginent « commencer » en bas de l'échelle sociale et par des exploits « devenir » puissants, triomphant de tous leurs rivaux qui leur quémandent des faveurs.

LA FILLE.

Lutte contre l'angoisse de castration. Ecueils.

Au stade phallique, la fille découvre qu'il y a des enfants munis d'un « *machin* » qu'elle n'a pas. C'est vers 3 ans 1/2. Le garçon ne s'en doute pas encore. Elle commence par nier le fait. Puis elle en est jalouse, mais reste convaincue que *ça poussera.* La plupart du temps, surtout s'il y a un frère à la maison (plus âgé ou plus jeune), la fille essaie de « voir » ce fameux « machin », de jouer avec celui d'un petit frère. Car voir et jouer avec, c'est déjà un peu « avoir », pour une libido à prédominance passive.

Mais elle se sent défavorisée, et, comme le garçon, impute le fait de sa mutilation sexuelle à la mère. L'envie d'un pénis devient le thème de ses fantasmes masturbatoires phalliques, et selon le mode d'ambition qui la caractérise, elle « attend » avec un espoir ardent que cela pousse.

Il est rare que la fillette ne passe point par une période d'exhibitionnisme, elle soulève ses jupes et elle veut se montrer nue, pour que tous l'admirent. Comme si le fait d'être admirée lui permettait de s'identifier à ceux qui la regardent. S'ils regardent sans s'étonner, c'est qu'il y a quelque chose à « voir », le sexe d'un garçon. Si la fille exhibe « rien », c'est sa manière de « nier qu'elle n'a rien ».

Une fillette de 3 ans, normale, déculottant une poupée que je venais de lui donner, dit d'un air moitié moqueur, moitié méprisant, et en me regardant comme pour me prendre à témoin de ce ridicule : « Elle a pas de bouton », « elle est pas contente ». Puis, tout en la rhabillant, elle décréta quelques instants après, sèchement : « elle est méchante »; elle laissa la poupée dans un coin et me quitta immédiatement.

Cette petite scène montre de façon typique la *réaction normale du Moi de la fille à l'angoisse de castration phallique.*

Elle commence par essayer de nier l'infériorité en valorisant « le bouton », elle déculotte aussitôt, avant même de la regarder, la poupée, cadeau de la femme-mère. Elle est dépitée et vexée, projette ses sentiments (« elle est méchante ») sur la poupée et les dit bien haut en regardant l'adulte, puis prenant en dédain le cadeau qui réveille le premier facteur d'angoisse de castration — absence de phallus — elle se désintéresse de ce cadeau de femme et elle a soin d'en laisser voir clairement la cause. « Elle est méchante », signifie, aussi, que la poupée est comme les garçons, à ce moment-là, pour elle. (En ce sens que, comme eux, « elle lui rappelle sa douleur ». « Ils sont pas malins, les garçons, ils sont méchants, ils sont pas intéressants ».) Cela, en plus des résonances profondes — culpabilité — qui accompagnent toujours pour la fille l'angoisse de castration phallique (« Elle [l'enfant] est méchante »).

Enfin, se désintéresser du cadeau venant d'une femme, c'est encore montrer que la mère est méchante quand elle lui donne une poupée qui a subi le même sort qu'elle-même, et bien pire.

Mais le complexe de castration chez la fille ne peut pas être entièrement parallèle et inverse de celui du garçon; car ici c'est une femme qui joue le rôle de rival adulte; or la castration *phallique* n'est plus pour la femme une menace (ce qu'elle est pour le garçon) mais un fait.

De ce manque découle une sécurité, c'est que la fille peut sans danger pour sa sexualité s'identifier à « celle qui n'en a pas »; la « menace » de castration phallique [1] ne porte pas.

D'où ces données différentielles importantes, à savoir que :

Si le complexe de castration met en danger la sexualité du garçon, il épanouit au contraire celle de la fille.

Chez le garçon, l'*angoisse* de castration est une chose « heureuse » qui précède l'Œdipe et l'introduit.

Le *complexe* de castration, au contraire, s'intrique à l'Œdipe; il est dangereux et nocif s'il demeure.

Chez la fille, *l'angoisse* est dangereuse *avant* l'Œdipe; *elle* peut empêcher l'Œdipe de s'installer normalement [2].

1. Il n'en sera pas de même, comme nous le verrons, de la castration viscéro-vaginale. Le complexe de castration chez la jeune fille comporte deux phases distinctes, la première phallique, la seconde vaginale; cette dernière seule intriquée au drame de la rivalité complexuelle avec la mère.

2. Au risque de me répéter, je reviens, en d'autres mots, sur ce passage relativement difficile, qui est, avec la distinction *complexe-angoisse* (vue plus haut, note p. 79) la clef de voûte de tout l'exposé; la fille, « c'est son honneur » d'être castrée phalliquement. Ça ne veut pas dire que, plus tard, elle doive être castrée viscéro-vaginalement. Mais là est précisément l'articulation : que si une trop grande *angoisse* de castration phallique l'empêche d'entrer dans le *complexe* de castration (qui est, comme nous l'avons dit, même chez la fille, d'abord phallique — cf. note p. 89) l'investissement vaginal ne se produira pas.

Voilà pourquoi nous disons « que si le complexe de castration met en

Quand la fille perçoit sa castration phallique, elle investit sa mère d'une recrudescence de libido passive, afin de capter sa tendresse. Elle utilise une plus grande partie de libido agressive sublimée à la conquête des connaissances des grandes personnes. C'est peut-être la raison pour laquelle les filles parlent mieux et ont, plus tôt que les garçons, un vocabulaire plus riche. La fille réagit à la frustration phallique par des mécanismes analogues à ceux qu'elle avait employés au stade anal pour capter la tendresse des adultes.

Mais, pour patiente que soit l'attente, pour propitiatoire passif (ou agressif avec exigence) que soit le comportement de la fille, la mère-fée n'a pas pitié et n'apporte pas le cadeau demandé; et qui plus est, la fille découvre qu'elle doit y renoncer pour toujours; les filles n' auront jamais le pénis, sa mère non plus n'en a jamais eu.

La réalité venant contredire les fantasmes masturbatoires clitoridiens, l'excitation du clitoris n'apporte plus que déceptions : le rappel d'une infériorité sans espoir; et la masturbation clitoridienne est abandonnée. Mais nous le savons, la libido non satisfaite doit trouver une autre issue.

Le désinvestissement de la zone érogène phallique ne peut se faire chez la fille sans compensation. En effet, l'abandon de la masturbation clitoridienne s'accompagne d'un déplacement sur le visage et sur le corps entier de l'intérêt autrefois apporté au clitoris. Alors apparaît, très marqué chez la fille, l'amour de la parure, des coiffures, des rubans, des couronnes, des fleurs dans les cheveux, des bijoux dont on se pare pour compenser inconsciemment le phallus abandonné consciemment. C'est d'abord pour « se plaire » à elle-même que la fillette se pare, et c'est bien souvent du point de vue objectif assez peu esthétique, mais elle se trouve belle et se regarde dans le miroir avec admiration.

Ce désir de plaire qui lui apporte des satisfactions d'amour-propre et lui permet de renoncer aux prérogatives phalliques, la réconcilie en même temps avec le sexe masculin. Elle

---

danger la libido du garçon, il épanouit celle de la fille ». Ou encore, autrement dit, si on veut : « Le complexe de castration, le garçon n'en a que faire; la fille, au contraire, c'est ce qui la pose comme femme. »

renonce à trouver les garçons « méchants » parce qu'elle avait envie de les châtrer ou de les faire châtrer par sa mère (en « rapportant »); elle reprend confiance en elle et peut alors se dire que les garçons et les papas la feront profiter de leur force. Elle essaie alors de les conquérir et c'est le début de la situation œdipienne, sans rien de conflictuel encore. *C'est par envie du pénis que la fille va vers les hommes* et pour capter l'admiration de ceux qu'elle estime supérieurs et attrayants pour sa mère[1]. Sa mère a perdu de son prestige depuis qu'elle la sait châtrée comme elle. Elle n'est plus terrorisante, mais seulement plus capable et plus grande, elle est « une dame », mais la culpabilité intense qu'elle pouvait réveiller dans l'enfant par ses reproches ou ses punitions a perdu son caractère douloureux et angoissant.

Il est de toute importance que la fille fasse « son deuil » de ses fantasmes masturbatoires clitoridiens, de l'ambition du phallus qu'ils cachent, et qu'elle admette définitivement sans amertume de n'avoir pas été un garçon. Sinon, elle pourra bien refouler, au nom des interdits de son Sur-Moi, la sexualité phallique, mais restera toujours un être à sensibilité douloureuse, susceptible, prête à souffrir de sentiments de culpabilité et de sentiments cuisants d'infériorité joints à une ambivalence dans l'affectivité qui ne lui permettra jamais un moment de détente apaisée.

La libido, dont le courant énergétique ne tarit pas, sera obligée de régresser et de réinvestir des positions érogènes et affectives antérieures, d'où certains troubles du caractère, des symptômes pervers ou névrotiques, selon qu'il y aura refoulement ou non de la sexualité.

La solution heureuse, c'est l'investissement vaginal. La fillette qui appelle spontanément le clitoris son « bouton » (comme beaucoup de fillettes le nomment), qui se souvient des sensations voluptueuses que son excitation lui apportait,

1. A condition que le couple parental ne soit pas névrotiquement inversé : père faible, annihilé à la maison par sa femme. Dans ce cas la sexualité masculine (qui n'est pas qu'une question de morphologie génitale pour l'enfant mais une question de supériorité agressive dans le comportement) restera attribuée à sa mère, alors même qu'elle connaîtra plus tard l'anatomie objective.

a découvert aussi, par envie des seins de sa mère, l'excitation des corpuscules érectiles du mamelon, autres « boutons ». J'ai été témoin bien des fois, en consultations de pédiatrie, de la fréquence de la masturbation du mamelon, tandis que « le docteur » ausculte les filles. Quand la masturbation génitale n'a pas été interdite, au nom de la honte et de la saleté, elle déplace certainement l'envie d'avoir un pénis sur l'envie d'avoir « des gros ventres comme maman » (voir Tote, p. 239) — pour se plaire à elles-mêmes en étant semblables aux dames, plaire aux papas, et « nourrir » leurs poupées. Il nous est permis de penser que la masturbation mammaire à elle seule peut éveiller une correspondance vaginale qui entraîne la fillette à la découverte du « petit trou dans le cabinet » (voir cas de Denise, p. 243) et du réceptacle vaginal que le sac à main symbolise comme attribut caractéristique.

Dans les cas où la *zone vaginale érogène devient le centre des émois libidinaux de la fillette,* accompagnés qu'ils sont des fantasmes œdipiens, on assiste à un développement affectif et culturel épanoui. La fillette continue de plus belle à tenter l'identification à sa mère, puisque plus rien d'irrémédiable, « d'infamant », ne la défavorise physiquement par rapport à elle, sinon son âge. *L'identification par ambition* qui n'est plus colorée de fantasmes phalliques, mais de fantasmes d'ambition féminine devient source de joie et non plus de culpabilité. Si la mère est féminine, elle autorisera l'enfant à l'acquisition de toutes les activités qui en feront peu à peu son égale : couture, ménage, musique, danse, chansons, dessin, acquisitions ludiques scolaires, acquisitions sociales de bonne éducation non par brimade, mais pour donner plus de confiance en elle à la petite fille, naturellement timide et toute prête encore, devant un échec, à sentir se réveiller les émois angoissants de la frustration phallique.

Le fait de désinvestir libidinalement la mère n'est pas encore accompagnée d'agressivité, car il n'y a pas conflit ; la fillette est moins sensibilisée à ce que dit et fait sa mère, qu'à tout ce qui vient de son père, et si la mère n'en montre pas de jalousie réelle, la tendresse, l'admiration profonde et la confiance totale de la fille pour son père ne nuiront pas encore à la docilité correcte et à une affection assez « platonique » qui sont les caractéristiques normales du comportement de la fille de cinq à six ans vis-à-vis de sa mère.

Ainsi sublimées, les pulsions agressives de la fille seront toutes utilisées, et ses pulsions passives mises au service de l'affectivité serviront son désir de plaire et de séduire les adultes forts qui pourront la protéger, et surtout les hommes et les grands garçons, ceux qui ont la puissance que les femmes n'ont pas. Son moyen pour séduire est de flatter son père (selon le mécanisme de projection, elle flatte pour qu'on la flatte). Elle lutte ainsi contre sa mère et contre les garçons. « Papa est bien plus fort qu'eux et papa me préfère, c'est donc que je suis mieux. » Elle devient fière de son sexe.

Les fantasmes ludiques féminins « vaginaux » influencent le jeu avec les poupées. A 3 ans, la fille préférait les poupées petites, nombreuses, vieilles, déchirées[1]. A 5 ans, elle aime n'avoir qu'une ou deux poupées, souvent autant de poupées qu'il y a d'enfants dans la famille. Elle leur prête les mêmes réactions qu'elle a inconsciemment. En projetant ainsi ses sentiments de culpabilité sur une autre (qu'elle gronde ou punit parfois très sadiquement), elle se débarrasse des pulsions agressives que son Moi ne peut tolérer. *Elle commence ainsi à construire son Sur-Moi qui « parle » comme la mère, mais dont la sévérité n'est que le reflet de l'agressivité intérieure de l'enfant*[2].

Dans le symbolisme des fantasmes masturbatoires vaginaux il n'est plus question de voleurs, de doigts coupés (voir dessin), mais de *bague au doigt*, une bague avec un diamant lançant mille feux comme le soleil (symbolisme paternel), et c'est un prince qui la lui donne, parce qu'il lui trouve toutes les qualités d'une princesse, c'est-à-dire d'une « femme » susceptible de devenir *reine*.

En même temps, la fillette devient de plus en plus coquette avec son père, ou avec un de ses oncles substitut du père, et déclare ouvertement qu'il sera son mari, qu'ils auront des enfants. Malheureusement, la réalité encore est là. La mère

1. Poupées fétiches ressortissant à l'investissement anal et urétral excrémentiel déplacé.

2. Contre l'inégalable adulte femme qui plaît au père.

n'est pas une mauvaise fée que le prince va confondre, c'est la femme de papa, et la fillette est manifestement inférieure à elle. Le complexe d'Œdipe est moins dramatique chez la fille que chez le garçon, car si l'hostilité vis-à-vis de la mère est grande, elle est plus sourde. Il y a bien des fantasmes où elle « tue » sa mère, où elle « l'écrase », il y a bien des conflits familiaux au cours desquels elle se montre impertinente avec sa mère, et tente de la mettre dans son tort pour la supplanter ouvertement dans l'affection de son père, mais elle s'aperçoit que son père l'en blâme. Et, moins despote que le garçon, à ce stade de rivalité œdipienne, la fille n'est pas douée naturellement d'une agressivité entreprenante prolongée. Elle arrive souvent à renoncer à la rivalité œdipienne avant la période de latence, sans qu'on puisse réellement dire, pour autant, qu'elle a liquidé son complexe d'Œdipe, car elle peut fort bien rester en bonne intelligence avec sa mère, tout en survalorisant son père, un peu comme une amoureuse qui *attend*[1] ardemment la venue de celui qu'elle aime, en se préparant pour l'accueillir.

Le plus souvent, quand le père n'est pas névrosé, et qu'il est naturellement tendre avec sa fille, cela suffit au bonheur de celle-ci, au moins jusqu'à la puberté, et à faciliter ses bons rapports sociaux avec les garçons ses contemporains. C'est à ce moment-là seulement que des conflits œdipiens un peu plus marqués s'annoncent et même alors si le père stimule sa fille à se créer des amitiés parmi les garçons et qu'il n'en soit pas jaloux, la fille passera insensiblement de son père à son substitut aimantiel, le jeune homme. Elle liquidera alors son complexe d'Œdipe, sans jamais pour cela souffrir d'une grande angoisse, car protégée par son père, la fille *ne craint plus* de négliger les entraves que sa mère pourrait mettre sur le chemin de sa vie sexuelle génitale.

1. C'est précisément parce que la fille « attend » que la rivalité œdipienne va être pour elle moins dramatique que pour le garçon. Elle trouve au fond d'elle-même une bien moindre initiative à l'hostilité, donc à l'angoisse et à la culpabilité, vis-à-vis du parent du même sexe.

En découvrant le mystère de la naissance, la fillette s'inquiète de la souffrance que cela doit apporter et a peur : voilà la deuxième phase du complexe de castration chez la fille, *c'est l'angoisse de castration vaginale ou mieux viscéro-vaginale* [1].

Si la mère n'est pas névrosée et laisse sa fille s'émanciper normalement, les choses se passent bien. Si la mère au contraire sape la confiance en elle que la fille a besoin d'avoir, l'empêche par exemple de s'habiller à son idée, de choisir les distractions, les occupations culturelles qui s'accordent avec le milieu social de la famille tout en s'accordant avec le sexe de sa fille; si elle lui fait entrevoir la vie maternelle comme une suite de douleurs (et ce n'est pas si rare), l'amour comme un piège, la vie conjugale comme une suite d'obligations sans joies compensatrices, les sentiments de culpabilité inconscients à l'égard de sa mère amènent la fillette à présenter un *complexe de castration vaginale* pathologique. Cela se traduira par des fantasmes terrorisants : une bête va la dévorer, un couteau va lui entrer dans le corps, son ventre va être perforé ou va éclater. Une *régression* libidinale peut s'opérer, mais la fille peut encore *lutter contre cette castration vaginale,* essentiellement féminine, par le renoncement à son narcissisme féminin normal ou par la projection de son agressivité contre sa mère sur « la fatalité », par la certitude *d'être laide,* pas attirante et de n'avoir pas la *possibilité* de rivaliser avec les femmes — ce à quoi pourtant, si elle n'est pas masochique, elle ne veut pas renoncer consciemment. Dans les rêves, de telles situations peuvent être symbolisées par l'absence et la chute des dents, des cheveux (la fillette est désarmée devant la mère). Dans les cas les plus favorables, cependant, ceux où il n'y a pas eu une régression trop forte, mais seulement une répression extérieure supportée patiemment sans abandonner la résistance passive, la fillette, au moment où elle sera courtisée, reprendra son développement

1. Actuellement, je préfère parler d'angoisse de viol éviscérateur. Voir « Rapport pour les journées d'Amsterdam sur le destin féminin de la libido génitale » septembre 1960, in *la Psychanalyse,* P.U.F.

là où il était resté. La période de latence amène alors un retrait libidinal qui apaise les préoccupations sexuelles érotiques et le Sur-Moi autorise le libre jeu de l'agressivité et de la passivité sans angoisse et sans honte. La sexualité n'est pas considérée comme une horreur, mais comme un mystère réservé à la jeune fille qu'elle se prépare à devenir avec l'aisance et le naturel enjoué d'un être non névrosé[1].

Quand, à la puberté, elle apprendra avec fierté par ses règles et par la croissance de ses seins, qu'elle est devenue femme, la rivalité avec la mère se soldera par une conquête

1. Dans une pension religieuse, une petite fille attendait la nouvelle venue d'un petit frère ou d'une petite sœur, la conversation au dortoir s'était engagée sur ce sujet. Une fillette de 10 ans, vive et intelligente, avertie par sa mère des réalités de la conception et de la naissance naturelle par les voies génitales de la mère s'était vu opposer devant toutes les autres un démenti formel d'une jeune religieuse très aimée. Accusée de mensonge pour avoir dit que ses connaissances lui venaient de sa mère, incapable de dire de pareilles horreurs, l'enfant soutenait ses dires et l'incident avait pris des proportions bruyantes dans le pensionnat.

La mère, appelée d'urgence, était venue rechercher son enfant. Celle-ci l'accueillit avec reproche : « Pourquoi m'as-tu dit des choses pas vraies ? »

La mère silencieuse, face à la supérieure gênée et à son enfant révoltée ne savait que répondre.

— Mais maman qu'est-ce qui est vrai ?

La supérieure alors prit la parole et dit :

— Votre mère a dit vrai, mon enfant, mais c'est un secret, vos camarades mieux élevées que vous n'ont pas à le savoir.

La fillette alors de se jeter dans les bras de sa mère, et de dire :

— Alors Sœur un tel ? C'est terrible qu'elle le sache maintenant, j'aurais pas dû lui dire, comme elle a pas le droit d'avoir jamais d'enfant je lui ai fait trop de peine en lui disant comment elle aurait pu en avoir. Oh maman, comment je pourrais la consoler ? Elle sera toujours triste maintenant, elle qui est si gentille. Si elle avait su ça pour les enfants, elle se serait sûrement pas faite bonne sœur et maintenant c'est trop tard !

Et comme la mère et la supérieure, très surprises ne disaient mot, la fillette reprit — ne pensant qu'à cette jeune religieuse :

— Il faut pas qu'elle me croie, j'aime mieux qu'elle oublie. Oh oui, si j'avais su qu'elle savait pas, je lui aurais pas dit mais les autres filles, elles disaient que c'est dégoûtant de faire des enfants. Dis, maman, c'est pas sale n'est-ce pas ? Tu m'avais dit que c'était beau et la sœur elle a dit que tu as menti.

Là encore, c'est la supérieure qui, fort émue de la scène, consola l'enfant en lui disant :

— Votre mère a raison, mon enfant, c'est très beau d'être maman.

Et vers la mère elle s'excusait :

— Toutes les enfants ne sont pas aussi pures que votre petite et bien des parents seraient choqués que leurs enfants soient averties.

de sa liberté de goûts, de vêtements, de sublimations culturelles. Celles-ci, bien souvent, se centreront autour des enfants, et *l'enfantement conséquence de « l'amour »*, ne lui fera plus peur, au contraire.

La prédominance passive de la libido ne permettra pas à la fille de se lancer seule dans la vie sociale. Elle ne peut que se préparer à plaire en utilisant sa libido agressive à imiter toutes les femmes qu'elle voit plaire aux hommes, à mettre en valeur ses qualités de séduction et attendre celui qui viendra et que, dans ses fantasmes romanesques, elle voit sous les traits de tel ou tel qu'elle admire tacitement et ardemment. Cependant, quand il se présentera, elle redoutera de le suivre et se fera mériter et conquérir. Si le garçon est lui-même normal, ils apprendront ensemble le plaisir réciproque de s'épanouir l'un par l'autre, ce sera la période du flirt qui préparera le stade de l'amour génital oblatif.

S'il y a une carence en affection paternelle et en présences masculines, la fille peut ou bien sublimer son affectivité sans écho dans un mysticisme actif ou contemplatif, ou bien rester ainsi perpétuellement dans l'attente, et incapable de modifier les événements extérieurs si un homme, substitut du père, ne vient à son secours pour éveiller la belle au bois dormant.

A l'aube même du stade oblatif[1], la façon dont l'homme saura lui donner confiance en elle, la posséder sans la brutaliser, achèvera d'investir la zone vaginale par la connaissance de l'orgasme qui l'attachera sensuellement à celui qui le lui aura fait connaître, et affectivement à celui qui lui aura donné un enfant. Elle sera capable intérieurement alors de se détacher inconsciemment de sa mère dont elle sera devenue l'égale; cependant, alors même qu'elle est parvenue à l'objectivité la plus parfaite dont elle soit capable au stade génital, la fille reste toujours attachée à son père avec une tendresse particulière, et ses activités, quelles qu'elles soient, sont *subordonnées* à l'approbation et aux encouragements de l'homme qu'elle aime.

1. Voir note p. 55.

Le garçon, au contraire, quand il est jeune, peut, sans aller à l'encontre de son développement libidinal normal, s'orienter dans une voie sociale que sa mère n'approuve pas et supporter la souffrance qu'est pour lui sa désapprobation. A l'âge adulte, il peut mener une vie sexuelle totalement génitale et oblative sans être approuvé, dans le domaine strictement matériel de son métier, par la femme qu'il aime.

L'œuvre de la femme, c'est essentiellement et uniquement une œuvre commune avec celui qu'elle aime, au stade génital oblatif. L'œuvre de l'homme, c'est celle-là, mais il lui reste encore assez de libido disponible pour l'employer à des activités strictement personnelles, bien qu'elles lui servent aussi à se valoriser pour apporter *plus de lui-même* à l'œuvre commune.

Autrement dit, aux stades les plus achevés que nous connaissions, le mobile affectif de l'homme est « donner *de* lui » à l'œuvre commune du couple, et le mobile affectif de la femme, c'est « *se* donner » à cette œuvre.

Le poids de la castration chez la fille.

On voit donc que les vrais dangers de la castration chez la fille *précèdent* le complexe d'Œdipe et même l'empêchent de s'installer normalement.

Deux choses peuvent se produire : soit que l'infériorité phallique de la fille ne soit jamais acceptée par elle, qu'elle ne se réjouisse jamais d'être une fille et qu'elle regrette toujours de n'être pas un garçon; soit que le mécanisme de défense (investissement narcissique du corps) qui suit la dévalorisation du pénis ne soit pas autorisé (par les adultes — ou par une infériorité physique manifeste qui ne permet pas l'identification à la mère). Cette identification à la mère ou à une femme *normale*, est indispensable à l'avènement de l'érogénéité vaginale qui permettra seule l'amorce de la situation œdipienne. Celle-ci alors lèvera les barrières de la *frigidité vaginale de la femme, qui est, dans tous les cas que j'ai vus, un non-*

investissement vaginal, beaucoup plus qu'une impuissance par régression.

Premier écueil : complexe de virilité (insensibilité vaginale).

Dans les cas où la zone érogène vaginale n'a jamais été investie de libido, ce qui arrive quand les mécanismes de défense du Moi contre l'angoisse primaire de castration phallique ont échoué, outre la frigidité vaginale, on observe un comportement captateur qui peut *se diriger sur la mère* seule — ceci toujours avec un certain degré de masochisme inconscient organique ou moral — *sur les deux parents, ou sur le père seul,* mais *sans* essai de rivalité avec la mère au moyen d'armes féminines. Cette lutte se fait alors avec des armes culturelles et intellectuelles qui sont, dans le milieu social de la fille, l'apanage des garçons. *Freud* a donné le nom de *complexe de virilité* au syndrome névrotique qui en découle. *C'est une névrose de caractère.* Il y a toujours une grande susceptibilité, parfois cachée, une envie agressive pour ceux qui « ont plus » qu'elles, une attitude ambivalente affective vis-à-vis des deux sexes et un désintérêt conscient pour la sexualité génitale, qui se traduit par une frigidité vaginale totale, et selon que le Moi est fort et plus ou moins doué d'une grande possibilité de sublimations, un désinvestissement masturbatoire clitoridien plus ou moins marqué. Le clitoris reste investi dans les cas où l'agressivité est interdite, à cause de l'utilisation passive des pulsions vis-à-vis d'adultes sévères ou indifférents.

Le complexe de virilité peut ainsi donner lieu, selon la tolérance du Sur-Moi, pour la masturbation clitoridienne dans l'enfance, et pour l'homosexualité manifeste à la puberté, à des tableaux cliniques différents.

Si le clitoris est demeuré investi de libido, son infériorité morphologique réelle est une occasion constante de souffrance inconsciente, de honte consciente pour la fille à être ce qu'elle est, à être « laide »[1]. Elle réagit par la négation de l'angoisse,

1. Ainsi s'expriment des jeunes filles même très jolies et enviées pour leur beauté. Elles se trouvent un défaut esthétique quelconque dont elles sont obsédées.

et « la fuite en avant » dans une lutte ambitieuse, rivalise avec les garçons dans les mêmes sports, les mêmes activités, les mêmes études qu'eux. C'est une régression libidinale ou une stagnation libidinale à ce stade, pendant la phase de latence, qui donne à ces femmes le goût des carrières masculines; à la poussée pubertaire, la libido doit régresser au stade antérieur ou se satisfaire dans des pratiques masturbatoires solitaires ou, mieux, lesbiennes[1].

Si le Sur-Moi n'autorise pas la masturbation, on verra à la puberté ces fillettes devenir de plus en plus « honteuses », d'une timidité maladive, phobiques, manquant de confiance en elles au point de ne pouvoir réussir dans aucune des activités où elles se sont montrées douées auparavant, car le moindre échec les rendrait — à cause des sentiments de culpabilité et des sentiments d'infériorité inhérents à l'angoisse de castration phallique — d'une *intransigeance inhumaine à l'égard d'elles-mêmes.* À cette timidité extrême en public (ou à cette fanfaronnade extrême, ce qui est la même chose pour l'inconscient, la preuve d'une infériorité ressentie), succède dans l'adolescence et l'âge adulte une incapacité à rivaliser avec les autres femmes. Le mécanisme de défense narcissique n'ayant pas eu le droit de jouer (puisque la masturbation phallique avait dû être abandonnée trop tôt dans l'enfance), leur Sur-Moi leur interdit d'utiliser les possibilités de séduction féminine qui les feraient entrer inconsciemment en rivalité avec la mère toute-puissante, magique, castratrice, adorée et abhorrée, dont leur Sur-Moi est devenu l'écho amplifié. De plus, il y a régression aux zones érogènes archaïques, sur lesquelles se joue sur le mode symbolique le refus de la sexualité génitale (constipation, spasmes, troubles gastro-intestinaux, indigestions, vomissements).

Bref, le complexe de castration phallique se joue sur le plan anal et oral par réinvestissement des zones érogènes anciennes. Chaque fois qu'il y a une nouvelle poussée libidinale instinctuelle, à toute sollicitation du monde extérieur

1. Plus tard ce sont, si elles se marient, des femmes frigides victimes revendicatrices ou sacrifiées face à l'homme, et plus encore dans leur maternité, avec leurs enfants des mères castratrices, engendreuses de névroses familiales.

(excitations prémenstruelles, rapports sexuels, mariage, enfant) sur le plan des activités organiques et affectives, au lieu d'investir la zone érogène vaginale, la femme réagit névrotiquement par un symptôme fonctionnel négatif au niveau des zones érogènes anciennes : anorexie-constipation-douleurs.

Les sentiments de frustration les plus proches de la frustration phallique ont en effet, chronologiquement et affectivement, leur origine dans l'éducation à la propreté anale et c'est probablement la raison pour laquelle l'inacceptation de leur sexe, inconsciemment ressentie par les femmes frigides, s'associe presque toujours à une constipation opiniâtre, seul symptôme pour lequel elles consultent les médecins. Ceux-ci s'étonnent de ce que leurs efforts thérapeutiques restent sans succès. Certains pourtant s'aperçoivent bien que leurs patientes « entretiennent » leur constipation par des purgations intempestives ou la non-observance de leurs ordonnances. Un médecin « brûlé », elles vont en voir un autre, ou changent constamment de remèdes. Cet *exhibitionnisme anal,* ce souci constant de leur fonctionnement intestinal leur est nécessaire. C'est un moyen grâce auquel elles se « masturbent » symboliquement la zone érogène anale et soustraient ainsi leur Moi aux intérêts libidinaux génitaux si douloureux pour leur narcissisme. Elles subissent de force et avec dégoût les assauts de leur mari, si elles sont mariées, n'ont d'amants que pour en tirer des avantages matériels — ou se passent délibérément des hommes en jouant de rivalité dans les mêmes carrières qu'eux. Apparemment, ce sont des femmes « normales », inconsciemment ce sont des homosexuelles qui s'ignorent, fortement fixées à l'objet maternel contemporain de leur phase anale, dont elles recherchent l'amour et dont elles ne peuvent supporter l'abandon. Si elles ont des enfants, elles sont des « mères » dites « exemplaires », cornéliennes, qui « sacrifient tout » (c'est-à-dire leur vie génitale, donc les hommes et le bonheur de ceux-ci) à ces enfants, comme elles sacrifient leur sexualité. Mais malheur à ceux qui s'attacheront à ces enfants, ou à eux-mêmes si leur développement les détache d'elles, car c'est une nouvelle frustration qu'elles subiront dans la perte de leur amour possessif de ces enfants.

Chez ces femmes, la fixation ambivalente homosexuelle à la mère, ne permet pas d'agressivité libre à l'égard de leur fille (« comme si cette fille était leur mère »), tant que celle-ci n'a pas effectué son développement sexuel. Au moment où leurs filles se dirigent vers les hommes, ces mères réagissent par la projection sur leurs filles de leurs propres sentiments agressifs, éprouvés à l'égard de leur mère lors de leur stade anal, et de leurs sentiments de culpabilité contemporaine. Elles souffrent beaucoup moins de jalousie, comme certains le croient, que de *peine*, de *peur*. Si ces filles disparaissent de leur entourage, l'agressivité de la mère qui n'a plus d'objet se retourne contre elle-même sous la forme de mélancolie, de sentiments d'abandon, pour neutraliser le besoin de punition inconsciemment solidaire d'une frustration libidinale.

Pour leurs garçons, elles sont plus libres de leur affectivité, et peuvent exprimer leur agressivité contre eux sans craindre qu'elle se retourne ensuite contre elles-mêmes. Elles aiment à les taquiner quand ils sont petits : les termes qu'elles emploient pour les gronder ou les injurier sont généralement, et même dans les milieux de bonne éducation, empruntés au vocabulaire sadique anal : « porc, cochon, dégoûtant, répugnant ». Elles aiment à les menacer de dangers imaginaires, de l'ordre de la castration : « tu seras malade » — « tu vas te tuer », pour n'importe quelle initiative que prend le jeune garçon. Au cas où il leur échappe, elles ont, au sentiment d'être frustrées, la compensation de vouer officiellement, aux femmes qu'ils ont suivies, une hostilité manifeste qui les préserve du retour sur elles-mêmes de la pulsion agressive, comme cela se produit pour le cas des filles.

Tout ceci concerne les modalités de virilité, qui ont pour point de départ une stagnation affective de la fille par fixation aux deux parents (inconsciemment considérés comme également phalliques) ou à la mère seule.

Si la fille est fixée affectivement à son père seul, sans qu'elle ait jamais investi libidinalement la zone érogène vaginale, elle ne peut lutter, par un narcissisme général du visage et du corps entier, contre l'angoisse de castration phallique. *Le complexe de virilité est alors extrêmement fort,* la fille présente une affectivité infantile ambivalente avec un caractère bon enfant et garçonnier, mais un violent Sur-Moi qui interdit chez elle les moindres tentatives d'identification à sa mère et de séduction féminine à l'égard du père (car pour l'inconscient, cela représente l'acceptation de son sexe) : et c'est avec une aimance ego-possessive qu'elle brigue le phallus pour elle-même, et tente alors de s'identifier aux garçons. C'est à la puberté l'attitude du complexe d'Œdipe inversé, et l'on voit alors la rivalité sexuelle se jouer affectivement exactement comme si la fille était un garçon vivant son complexe d'Œdipe. Elle fuit les femmes, se rapproche des hommes pour tenter de s'identifier à eux, mais son agressivité inconsciente lui donne un comportement castrateur à leur égard qui les éloigne d'elle. Elle est vouée à la solitude (cf. cas de Monique, p. 271).

Il semble que cela n'arrive qu'en cas de fortes fixations prégénitales anales à une mère névrosée, virilisée elle-même, et demande en outre que le père, lui-même inachevé sexuellement et incapable d'aimance génitale, favorise dans sa fille l'éclosion de qualités viriles. À moins d'infirmité physique objectivement pénible pour le narcissisme de la fille, une telle névrose de caractère est toujours en rapport avec une névrose familiale.

En tout cas, si des dispositions naturelles aux sublimations intellectuelles ou musculaires servent son Moi, elle peut arriver à une réussite sociale appréciable, mais elle souffre perpétuellement d'angoisse et de sentiments d'infériorité, découlant de l'angoisse de castration phallique. Cela même dans le cas où il y a réussite culturelle et sexuelle (possession sado-masochiste d'une femme faible ou d'un homme inférieur à elle qu'elle entretient), peut-être même surtout dans ce cas, car la culpabilité inconsciente vis-à-vis des hommes, qui résulte de son envie à jamais insatisfaite de les égaler réellement sur tous les plans, réveille constamment une angoisse à forme de jalousie morbide vis-à-vis de ses objets d'amour.

Je sais bien que, dans ce cas, beaucoup de médecins et même les femmes intéressées pensent qu'il y a un appoint organique hormonal. C'est possible, mais on a vu des traitements psychanalytiques de ces êtres affectivement hybrides, donner des résultats absolument remarquables. Il faut dire que *le complexe de virilité est peut-être un des mobiles les plus puissants pour la femme à commencer une psychanalyse*, car à ses yeux, il s'agit d'un nouveau moyen de puissance phallique (pénétration) pour lequel elle accepte courageusement ce qui lui semble une opération sadique et magique.

Si le Moi n'a pas de dispositions pour de fortes compensations intellectuelles ou culturelles ni dans l'ordre de l'adresse manuelle ou musculaire, le complexe de virilité prend un aspect moins apparent. La fille, incapable de s'identifier aux garçons, présente des troubles du caractère de l'ordre de l'inhibition de l'activité ou de l'affectivité, avec un retour de l'inconscient au stade anal, des pulsions passives au service de l'aimance captatrice et jalouse, et des pulsions agressives entièrement employées par le Sur-Moi à sadiser le Moi masochique. Le comportement est toujours infantile, et les relations sociales sont un tissu de brouilles agressives, de réconciliations tendres, sans jamais rien d'objectif ni dans les griefs, ni dans les attirances, qui jouent de la même manière à l'égard des hommes qu'à l'égard des femmes.

On voit donc que si la fille ne liquide pas l'angoisse de castration phallique, si elle se voit « contrainte » à accepter, ou plutôt à subir, son sexe comme une brimade, cela laissera dans son affectivité une blessure toujours ouverte, que ravivera la moindre infériorité réelle dans la vie. L'angoisse de castration phallique, accompagnée de sentiments de culpabilité, se déclenchera inévitablement dans toutes les occasions où elle se sera montrée « naturelle », puisque cela fera entrer une résonance des sentiments de culpabilité par rapport à des ambitions féminines qu'elle ne partage pas.

Si, au contraire, elle liquide l'angoisse de castration phallique, grâce au réinvestissement narcissique féminin et à la découverte de la masturbation vaginale, elle pourra continuer à s'identifier à sa mère, et l'ambition affective caractéristique de cet âge servira des fantasmes vaginaux, en accord avec le développement normal de la sexualité féminine. Ainsi elle pourra abandonner ce qu'il y a eu d'exagérément passif — peut-être masochique à titre propitiatoire — surajouté à sa passivité naturelle dans son comportement vis-à-vis des adultes.

Second écueil : la frigidité par infantilisme affectif.

Une fois acceptée sa féminité, grâce, avons-nous dit, au mécanisme de défense qui consiste à réinvestir de libido narcissique la totalité de la personne, *un second écueil se présente pour la fille. C'est que ce retrait narcissique n'entrave l'investissement de la zone érogène vaginale,* soit que la masturbation ait entraîné des remontrances sévères des adultes, soit que le père soit absent de la famille (mort ou divorcé) ou se désintéresse de ses enfants.

La fille, dont les pulsions agressives ont peu de forces dynamiques, ne trouvera jamais alors — quels que soient les essais de séduire — le moyen de capter l'attention des hommes. Etant à ce moment *normalement* « fermée » à la mère, elle peut rester toujours dans une attitude narcissique, affectivement et culturellement infantile. Mais la cause en est peut-être une insuffisance de construction du Moi à la période sadique anale par carence éducative, ou trop grande sévérité éducatrice, ces deux éventualités interdisant à la fille le déplacement des affects libidinaux excrémentiels et musculaires sur des activités culturelles qui l'eussent identifiée à la mère[1].

On peut se demander si le réinvestissement narcissique du visage et du corps, mécanisme de défense qui accompagne la liquidation de l'angoisse de castration phallique, ne passe pas par une régression globale de la libido au stade oral. J'ai rencontré deux fois la croyance, chez les enfants, que les fils étaient les enfants des papas, les filles des enfants des mamans. Ce retour au narcissisme infantile est peut-être

1. Les mères à complexe de virilité provoquent chez les filles des infantilités affectives. Ces dernières, si elles deviennent mères, provoquent chez leurs enfants des névroses d'angoisse précoces responsables de désordres somatiques ou psychiques ou les deux.

pour la fille un moyen de participer de la puissance phallique du père sur le mode oral passif (du point de vue affectif) comme le nourrisson féminin participait de la mère. Ce ne serait pas le résultat de l'agressivité d'un conflit œdipien (qui n'a pas encore existé), mais un *désinvestissement* total de la mère par négation libidinale vraie inconsciente : impossibilité de continuer l'identification à un être qui a déçu, dévalorisation ou négation de toutes les acquisitions du Moi dérivées de l'aimance qui avait eu la mère pour centre.

Cette possibilité de changer de schéma d'identification expliquerait peut-être aussi la moins grande objectivité naturelle de la femme, alors que les filles ont cependant, lors du stade anal et des premières acquisitions scolaires de 5 à 7 ans, montré un esprit réaliste et positif généralement bien supérieur à celui de leurs contemporains garçons, ce que savent très bien les professeurs d'écoles mixtes. Ceci expliquerait encore pourquoi *le Moi des femmes est la plupart du temps plus faible* que celui des hommes et contribuerait à expliquer aussi pourquoi *leur Sur-Moi est rudimentaire* (sauf les cas de névroses)[1]. D'où la grande facilité avec laquelle les femmes s'adaptent à l'âge adulte à un milieu bien différent de celui qui a été jusque-là le leur, et, sans souffrir, arrivent à s'identifier à l'image à laquelle celui qu'elles aiment leur demande de ressembler. Cela expliquerait les dons naturels nombreux pour les langues vivantes, le chant, le théâtre, la danse, que montrent plus ou moins toutes les jeunes femmes.

Si dans cette attitude narcissique, qui doit être normalement un stade du développement libidinal, la fillette ne trouve pas un père (Pygmalion) pour la former et en faire une femme, s'il y a carence d'affectivité masculine dans l'entourage immédiat

1. C'est pour ce motif (« qu'elles n'ont pas de Sur-Moi » — quand elles arrivent à ne pas en avoir) qu'elles sont si aimables pour l'homme. « On peut tout y mettre » — « ça portera ». Inversement la femme est fascinée par ce que le Sur-Moi évoque de civilisation indéfinie. Cette bipolarité est sans doute une des données du couple, sorte de dialectique du « rien » et du « tout », qui marche d'autant mieux qu'ils sont mieux... découplés.

C'est parce qu'elle n'a pas de Sur-Moi — parce qu'elle en a moins — que la femme apparaît « pleine de grâce », c'est-à-dire de présence. Remarquer comment l'enfant qui n'a pas de Sur-Moi est lui aussi plein de grâce.

de l'enfant, ou si la mère est très névrosée et dénigre le père, la fillette qui a renoncé à sa mère parce qu'elle ne peut plus l'investir libidinalement *retourne à l'autisme, en attendant mieux.* Ce serait l'explication du mysticisme exclusif à la puberté avec absence des fantasmes romanesques normaux.

Dans ce cas, la zone vaginale est sensibilisée, mais peut aussi ne point être éveillée, en tout cas, *elle n'est pas sensibilisée électivement,* et des femmes qui pourraient devenir tout à fait normales sexuellement si, au point de vue affectif, elles trouvaient l'homme qui s'occuperait à les former, restent frigides ou demi-frigides toute leur vie, avec les nombreux troubles fonctionnels psychopathologiques au moment des sollicitations libidinales instinctuelles, règles, période préménopausique, ménopause. On voit d'ailleurs apparaître après la défloration ou le premier enfant, des troubles de la série colitique chez des femmes qui ne les connaissaient pas auparavant. Ils sont sans doute la conséquence de progrès de la sexualité féminine coupable aux yeux du Sur-Moi du partenaire sexuel. En effet, nombreux sont les hommes qui préfèrent que leurs légitimes épouses soient ou affectent d'être frigides. Ce sont ceux qui libidinalement sont arrêtés à l'orée du stade phallique. Ces conflits entre la sensibilité féminine normale qui demande à s'installer et les interdictions de l'éthique conjugale d'un partenaire « demeuré », réveillent inconsciemment, par régression, les conflits de la période sadique et les sentiments d'infériorité de l'angoisse de castration phallique.

Si ces femmes restent vierges, les troubles névrotiques n'apparaissent qu'à la ménopause et sur un mode dérivé de la sémiologie onirique de la frustration orale : angoisse de solitude, angoisse de manquer de quelque chose, angoisse de perdre leurs moyens de défense narcissique[1], angoisse qui provoque une recrudescence de coquetterie puérile, sur le mode infantile des ornements nombreux hétéroclites et souvent inesthétiques. Au cas où le Moi n'avait à sa disposition que des sublimations culturelles exigeant une santé

1. De vieillir, qui alimente le commerce des instituts de beauté.

physique parfaite, ces « vieilles filles »[1] présentent des troubles psycho-névrotiques de la série hallucinatoire ou onirique.

Au contraire, si chez une de ces narcisses secondaires infantiles, le premier partenaire sexuel est un homme plus âgé qu'elle, choisi sur le modèle d'un père, et qu'il soit au stade génital, la femme peut faire sa fixation œdipienne sur lui, et seulement à ce moment entrer dans les conflits avec sa belle-mère et sa mère, ou faire des scènes de jalousie à son mari à propos d'anciennes maîtresses. Son vrai père n'intervenant pas pour elle affectivement autrement qu'en qualité de satellite de sa mère à peine investi de libido. Ce n'est qu'après cette période conflictuelle, et si elle renonce à l'égotisme pour accepter la « participation » dans l'aimance génitale, qu'elle peut parvenir à l'oblativité qui caractérise le stade génital.

On voit en somme que le développement de la sexualité féminine diffère énormément de celui de la sexualité masculine, à partir du stade phallique. Le Sur-Moi de l'homme se forme pour liquider le complexe d'Œdipe et le complexe de castration intriqués. Il a pour but d'éviter au Moi le retour de l'angoisse de castration qui serait déclenchée par l'intrication de l'agressivité et de la passivité érotique et affective vis-à-vis de l'objet d'amour, ambivalence qui ne permettrait ni l'automatisme physiologique du coït, ni l'attitude mâle sociale dans la vie. De plus, le garçon est défavorisé par rapport à la fille, en ce sens que dans les familles où l'on interdit la masturbation phallique trop tôt, il n'a plus à sa disposition de zone érogène à investir et ne peut que régresser à ces stades archaïques castrateurs pour sa virilité.

Le renoncement à l'érotisme génital dans l'ambiance affective œdipienne, que représente donc souvent pour les garçons l'adaptation sociale avant la puberté, explique la fréquence des symptômes névrotiques et des troubles du caractère chez eux. Le dynamisme de leurs pulsions agressives

1. Il s'en trouve parmi des femmes mariées à des époux tutélaires et qui, devenues mère ou non, sont restées frigides et infantiles.

donne à leur attitude de révolte contre l'angoisse de castration un retentissement familial scolaire et social.

Au contraire, la fille a des moyens occultes de lutter, l'inhibition, la résistance passive; et si elle lutte avec les réactions névrotiques d'un complexe de virilité au service d'un Moi puissant, elle ne montre jamais de troubles sociaux ou du caractère avant la puberté. Son agressivité intellectuelle et culturelle lui vaut même, alors (avant qu'elle n'ait atteint l'âge nubile) l'admiration des adultes et des satisfactions triomphantes d'amour-propre sur ses contemporaines, dont la phase de latence se passe dans une active passivité, ou plutôt dans une activité féminine, qui paraît moins brillante et l'est parfois au point de vue strictement scolaire, que ne l'est celle de la fille masculinisée névrotiquement. C'est sans doute ce qui explique qu'en consultation nous ayons une proportion de sept consultants garçons pour une fille! alors que plus tard la psychopathologie des femmes est bien plus fournie que celle des hommes (frigidité, constipation, migraines, etc.).

On peut alors se demander si le Sur-Moi n'est pas en définitive un mécanisme de défense dû tout de même à un reste latent d'angoisse de castration sexuelle chez un individu qui n'aurait pas tout à fait liquidé, inconsciemment, ses conflits prégénitaux.

La sévérité du Sur-Moi chez la fille qui n'a pas investi la zone érogène vaginale par non-liquidation d'angoisse de castration phallique, comparée à l'absence du Sur-Moi de la fille qui l'a liquidée, mais qui reste infantile affectivement jusqu'au jour où elle vivra son complexe d'Œdipe ou sa ménopause, et n'a donc pas connu l'angoisse de castration vaginale, sont des faits cliniques qui sembleraient appuyer cette hypothèse.

Il n'est pas exclu que chez un être adulte au point de vue libidinal, c'est-à-dire parvenu au stade génital oblatif dominant, le Sur-Moi soit rudimentaire ou même absent, et les énergies libidinales toutes au service d'un Moi motivé dans sa conduite par l'attraction d'un Idéal dont l'axe campé aux sources de son génie sexuel n'est pas brisable.

Mais un tel être, s'il existe, n'a probablement jamais été étudié par les psychanalystes, car son absence d'égotisme lui fait accepter de ne point résoudre les problèmes humainement insolubles, sans tomber pour autant dans la névrose.

4

L'énurésie

On s'étonne peut-être de la fréquence de l'énurésie. Ce symptôme assurément bienheureux, grâce auquel on amène des enfants dont on ignorerait, sans lui, la névrose, n'a, en lui-même, pas de signification unique.

Il signe au minimum la stagnation, ou le retour, au stade sadique urétral, c'est-à-dire qui précède le stade phallique. *Il s'accompagne de la régression affective* aux préoccupations pré-œdipiennes sur un ou plusieurs points, compliquée *elle-même* de sentiments de culpabilité, parce que, dans la plupart des cas, même sur un plan régressif, les pulsions ne trouvent pas une issue suffisante. L'énurésie peut aussi traduire une régression à un stade encore plus archaïque.

La persistance ou le retour de l'énurésie est donc le symptôme de choix pour ceux qui ne peuvent se permettre soit la masturbation, soit les fantasmes ambitieux, et qui vivent inconsciemment en dépendance sado-masochique érotisée.

Devant l'énurésie, il n'y a pas *une* attitude psychothérapeutique, car elle viserait l'effet et non la cause.

L'étude du comportement affectif général de l'enfant permettra seule de juger à quel stade il se trouve et devant quel barrage il a régressé.

Aussi l'énurésie doit-elle, dans certains cas, être *respectée,* malgré l'exigence des parents, et le désir conscient de l'enfant, *tout le temps qu'il faut* pour faire évoluer la libido de l'enfant (grâce au transfert) jusqu'au stade sadique urétral, aube du stade phallique. *C'est alors seulement* qu'on pourra, sans danger pour l'avenir, obtenir la discipline vésicale. En l'exigeant plus tôt, le médecin jouerait le rôle de parent castrateur.

D'après ce que nous venons de dire, *il y a des cas où nous aurons des résultats immédiats* ou rapides [1] sans contrecoups de troubles du caractère et où la suppression de l'énurésie en une ou deux séances sera sans danger pour l'inconscient. Ce seront des énurésies chez des enfants présentant une agressivité de comportement marquée jointe à des résultats scolaires irréguliers, mais parfois bons ou excellents. C'est en effet la situation qu'on voit *en plein complexe d'Œdipe normal non liquidé.*

Si au contraire l'attitude œdipienne est inversée [2] (recherche de séduction passive du parent du même sexe), on devra auparavant réveiller le droit à la rivalité avec lui, en aidant notre petit malade (sur le plan réel) à gagner l'admiration de maman (en l'occurrence la nôtre, si nous sommes femme) et en stimulant notre petite effrontée à plaire au papa en stimulant la coquetterie, la confiance en elle (le droit à nous cacher des choses si nous sommes femme); et nous commencerons par minimiser l'importance de l'énurésie, symptôme jugé humiliant par tous les enfants. Aussi, à la séance suivante, quand des progrès réels de comportement n'auront pas apporté de résultat pour l'énurésie, devrons-nous rassurer les parents et l'enfant. C'était bien « plusieurs séances » [3] que nous avions demandées. Qu'on nous fasse confiance à nous comme à l'enfant.

C'est seulement quand l'enfant sera revenu à une situation œdipienne normale qu'on pourra alors *au nom* d'une satisfaction œdipienne (faire plaisir à maman et à nous-même ou à papa si c'est une fille ou pour se montrer grande fille aux yeux de maman qui ne le croit pas), demander à l'enfant l'effort auto-suggestif alors facile : (y penser en se couchant). *S'il réussit,* une angoisse découlant du complexe de castration s'ensuivra fatalement, bien que l'enfant soit consciemment heureux du résultat. Elle se traduira soit par des *troubles fonctionnels* (maux de tête, maux de dents, lassitude) —

1. Cf. cas de Gérard. Cas de Claudine.
2. Cf. cas de Roland.
3. Ce qui fait plusieurs semaines, dans cette méthode de psychothérapie à séances hebdomadaires.

qu'on met si justement sur le compte toujours ouvert de « la croissance » — soit par des *rêves d'angoisse* à symbolisme castratif, soit par des *mécanismes auto-punitifs*, soit encore par des *troubles de caractère* visant à provoquer la punition. Mais nous serons *alors* en mesure de *liquider* cette angoisse en attaquant le complexe d'Œdipe sur le plan rationnel et en fournissant à l'enfant — que nous déchargeons de ses sentiments de culpabilité — des substituts culturels, les sublimations, auxquelles, pour nous faire plaisir ainsi qu'à ses parents, il adhérera volontiers s'il a repris confiance en lui, et cela, parce que la poussée libidinale biologique s'accorde avec les satisfactions sexuelles qu'apportent les sublimations.

Si l'enfant est au stade anal passif[1] (incontinence excrémentielle des urines et des matières), on devra permettre à l'enfant un *comportement général* agressif avant de lui demander le sacrifice de l'hédonisme local des zones érogènes sphinctériennes. Et, d'après la disparition de ces symptômes fonctionnels, nous ne jugerons l'enfant guéri que s'il a moins de 4 ans.

S'il a plus de 4 ans, malgré la disparition des symptômes (qui suffit aux parents), on ne pourra l'estimer psychiquement guéri que s'il amorce son complexe d'Œdipe, et on devra le suivre et se méfier des rechutes[2].

S'il a 6 ou 7 ans, on devra le conduire jusqu'à la formation et l'amorce de liquidation du complexe d'Œdipe par intrication normale avec le complexe de castration, fait qui sera suivi du désinvestissement des objets œdipiens pour reporter leur charge libidinale sur des amitiés et des sublimations scolaires, ludiques, manuelles et intellectuelles, riches en promesses de réussite sociale ultérieure.

1. Cf. cas de Bernard.
2. Une poussée d'angoisse plusieurs mois après la guérison peut faire réapparaître le symptôme énurésie à la faveur du « point de fixation » auquel l'enfant reste sensibilisé jusqu'à la liquidation de l'Œdipe.

S'il ne s'agit plus d'un jeune enfant, mais d'un sujet en période de latence plus ou moins proche de la puberté, c'est-à-dire si le malade atteint d'énurésie a dépassé le stade chronologique normal du complexe de castration, il nous faudra étudier en accord avec le Moi des manifestations que le Sur-Moi aura rendu méconnaissables mais qui traduisent pour l'œil du psychanalyste les conflits non liquidés.

Ainsi chez des jeunes gens qui n'ont pas *liquidé* leur complexe d'Œdipe normal, mais qui l'ont *refoulé* au nom d'un complexe de castration trop fort, on trouve des manifestations homosexuelles latentes, inconscientes. Un tel Sur-Moi par exemple n'autorise à partir de 7 ans des relations de camaraderie qu'entre des individus du même sexe, à l'exclusion de l'autre. Les relations de camaraderie entre les deux sexes étant jugées coupables ou inintéressantes — mais la réalité, c'est que, devant un individu du sexe opposé les mécanismes de défense jouent — timidité et angoisse par agressivité inhibée, et sentiments d'infériorité. Cela trahit, pour le psychanalyste, le complexe de castration encore en activité, donc, son corollaire la non-résolution du complexe d'Œdipe.

Il nous faudra donc étudier les manifestations en accord avec le Moi, et grâce au transfert, modifier le Sur-Moi pathologique.

Ajoutons que bien des névroses d'angoisse par complexe de castration ne donnent *pas lieu à énurésie.* C'est que la conquête de la propreté sphinctérienne était déjà trop assurée quand sont arrivées les premières menaces *agissantes* de mutilations sexuelles, c'est-à-dire les menaces *jointes* au complexe d'Œdipe.

Ces menaces agissantes peuvent être, *première éventualité,* des menaces de maladies ou de mutilations, *proférées par les adultes* et supposées vraies au moment de la masturbation secondaire parce qu'elles sont venues des éducateurs « qui savent tout ».

Mais elles peuvent être aussi, *deuxième éventualité,* des menaces *intérieures* dues, chez l'enfant, à la projection de son agressivité sur l'adulte du même sexe que lui, lors de la rivalité œdipienne, parent auquel il s'était identifié, qu'il avait « introjecté » pour lutter normalement contre l'angoisse primaire de castration.

Enfin, *troisième éventualité,* ces menaces agissantes peuvent n'être point des menaces de mutilation génitale ou manuelle se rapportant à la masturbation, mais (venues des adultes éducateurs ou d'une infériorité physique ou intellectuelle) des entraves aux mécanismes de défense *naturels* devant l'angoisse de castration primaire, à laquelle, on le sait, aucun être humain ne peut échapper, du moment que ses pulsions libidinales intrinsèques sont « ambisexuées » et que l'adaptation pratique à la réalité exige qu'il accepte de se comporter selon le sexe masculin ou féminin de ses organes génitaux.

C'est pourquoi *l'énurésie peut n'avoir jamais cessé.* L'enfant refuse inconsciemment de grandir, afin de ne pas renoncer à ces prérogatives ambisexuées.

Elle peut au contraire avoir *à peu près* cessé de 2 ans 1/2 à 4 ou 5 ans et reprendre à ce moment qui est celui de la montée du complexe d'Œdipe. C'est à partir de ce moment seulement que l'énurésie peut être imputable à l'activité du complexe de castration. En effet, pour qu'il y ait complexe de castration normal il faut que *les menaces s'intriquent* après le désarroi qu'entraîne la constatation de l'absence du pénis chez la fille, les sentiments d'infériorité doublés d'angoisse secondaire de castration devant le rival œdipien tabou. Ces menaces correspondent à celles que nous avons rangées dans la seconde éventualité[1].

Pour qu'il y ait complexe de castration pathologique (prolongé, non liquidé après 8 ans), il faut qu'il y ait un réveil des menaces de la première éventualité, ou menaces de la troisième éventualité[2]. Et il faut encore que cette absence de moyens de défense naturels amène des sentiments d'infério-

1. Voir p. 80.
2. Idem.

rité cuisante par rapport aux autres enfants du même âge et du même sexe à l'époque de l'ébauche non encore complexuelle de la situation œdipienne. Le renoncement à la supériorité *fantasmique* vis-à-vis du rival ne sera pas possible, et l'enfant sera nécessairement déterminé à refuser de *voir la réalité en face,* de *liquider* son complexe d'Œdipe sexuellement castrateur, donc à régresser devant la poussée libidinale biologique.

On voit donc que le symptôme de l'énurésie n'a qu'un rôle diagnostique relatif. De lui seul, sans la connaissance du comportement affectif concomitant, il est impossible de déduire une thérapeutique rationnelle; de plus, lui disparu, l'enfant n'est généralement pas guéri de sa névrose, mais seulement sur la voie de guérir, contrairement à ce que pensent les parents que le « symptôme seul » alarme et que sa disparition suffit à satisfaire, ignorants qu'ils sont de la mutation de ce symptôme en un autre beaucoup plus régressif, comme par exemple une colite, des tics, du bégaiement, de l'insomnie, ou une instabilité psychomotrice, avec la menace de l'éclosion future de comportements pervers sexuels ou délinquants sociaux, tous deux signes d'un complexe d'Œdipe non amorcé, en tout cas non encore liquidé.

5

Angoisse de mort et angoisse de castration

On voit chez beaucoup d'enfants l'angoisse de la mort.

Pour suivre l'observation que nous allons rapporter il faut bien avoir présent ce qu'est la mort pour l'enfant.

Pour l'enfant qui découvre la mort, elle n'est pas « la mort », qu'il ne connaît pas — et qui, d'ailleurs, pour nous tous, est « impensable » —, elle est une frustration d'agressivité musculaire et d'agressivité affective plus grande que d'autres, c'est-à-dire sur le plan où il l'entend : immobilité forcée, magiquement très très très longue, et absence de l'être aimé (donc castration affective), très très très longue.

La *crainte* de la mort est normale, la mort nous attend tous, notre infériorité à son égard est réelle, nous ne savons pas ce qu'elle fera de nous sinon qu'elle amènera la disparition de notre être tel que nous le connaissons. La *peur* de la mort est également « rationnelle », mais ne peut exister normalement que devant son imminence.

Mais *l'angoisse, elle, ne dépend pas des menaces extérieures.* La preuve en est que ces menaces ne deviennent agissantes que lorsqu'elles trouvent chez l'enfant des sentiments en désaccord avec son ambition imaginaire.

Un jeune garçon de 14 ans, Paul, malingre et arriéré, de niveau mental et d'aspect physique de 9 ans environ, est amené aux Enfants-Malades dans le service de M. le Dr Darré, avec une angoisse de mort telle qu'on avait porté le diagnostic de méningite grave à cause de la dyspnée alarmante, de l'obnubilation qui l'accompagnait, de la raideur, du faciès douloureux.

Le lendemain, on s'aperçut que c'était un pithiatique.

J'arrivai à converser avec lui, et à travers son débit haché par une suffocation continue, il me raconta qu'il respirait comme cela depuis deux jours, et que c'était « parce qu'il avait dû recevoir un jour un caillou lancé par un grand ».

Il ne s'en souvenait pas, mais « c'était un dimanche », sûrement.

A ma question « pourquoi le grand avait-il fait cela », il me dit que lui-même avait essayé de lancer une pierre à la tête de ce « grand » parce qu'il ne l'aimait pas, et l'autre avait riposté.

Mais il y avait longtemps de cela, et il n'était pas sûr d'avoir été touché par une pierre, pourtant c'était un dimanche.

Or, le matin du jour où on l'avait conduit à l'hôpital (un dimanche aussi), « il avait vu, près du camp d'aviation à Orly, un avion s'écraser sur un poteau télégraphique et le poteau être déraciné ». Ces derniers mots étaient dits avec une telle difficulté respiratoire (et il mima sa frayeur avec un hoquet), que je lui dis :

« C'est depuis ce moment-là, peut-être, que tu respires comme tu le fais. Tu as eu peur pour le poteau. Tu ne savais pas que les poteaux ne tenaient pas plus que cela dans la terre. »

Immédiatement, le symptôme dyspnéique cessa. Il me dit alors que les soldats de l'avion avaient été tués sur le coup, et l'avion aurait pu tuer ses petits amis, des réfugiés espagnols qui étaient venus pour n'être pas tués par la guerre dans leur pays.

J'appris ensuite que le « grand » n'était qu'un garçon du même âge que lui — 14 ans — mais qui avait l'air d'un homme. Ils étaient ensemble dans un cours qu'on faisait aux écoliers d'Orly pour les préparer à devenir mécaniciens dans l'aviation militaire. Paul y avait été « parce qu'on joue avec des avions », mais dans quelques semaines tous les élèves devaient voler pour de bon, et lui ne voulait plus suivre ce cours, il ne voulait pas voler, avait peur d'aller en avion, il voulait seulement « jouer » aux avions. Mais sa mère, qui avait payé 6 francs par semaine pour ce cours, avait dit qu'il devait continuer.

Pendant les premiers jours à l'hôpital, Paul ne voulait rien manger, pensant qu'on cherchait à l'empoisonner. Il souffrait que sa mère ne vînt pas le voir, et parlait tout le temps de l'argent qu'il lui coûtait.

Maman le « battait » beaucoup, il avait eu des « marques de coups » (?) — Papa, « pour qu'il ne s'énerve pas », l'enfermait dans le noir. La sœur (plus jeune de 2 ans) « est très méchante, mais maman ne la bat jamais ».

La mère, totalement indifférente, et même hostile à son fils, prenait un air faussement ennuyé, mais sans aucun mouvement de tendresse pour lui. C'était une énorme femme pléthorique et sentant le vin. Le père a, paraît-il, des faiblesses au cœur, mais il n'a jamais reçu de pension, et sa femme trouve que les docteurs ne connaissent pas leur métier, quand ils disent que son mari n'a rien. Il a « attrapé cela » au service militaire, on a dû le réformer pour faiblesse, parce qu'il s'évanouissait devant le sang et qu'il était infirmier. « C'est son cœur, mais il est si bête qu'il se laisse renvoyer par le docteur » *(sic)*.

L'enfant resta en salle et je le vis pendant 10 jours; il allait bien, était calme, mangeait, et on décida qu'il sortirait et que je continuerais à le soigner, mais les parents ne le ramenèrent pas.

Trois semaines après, l'enfant revenait à mon domicile; il ne dormait plus une seconde depuis quelques jours pour ne pas mourir, car il fallait tout le temps qu'il fût sûr des battements de son cœur. Il était très anxieux et ne voulait pas lâcher sa mère. Dès qu'il lâchait sa mère, il prenait son poignet, car il surveillait son pouls. La mère, au lieu de nous ramener l'enfant régulièrement comme il avait été convenu, avait, entre-temps, été montrer l'enfant à plusieurs médecins qui avaient tous dit « qu'il n'avait rien ».

Comme je lui disais que je voulais le soigner et le voir régulièrement, elle me dit, au milieu d'une débâcle de mots orduriers, qu'elle trouverait bien un docteur qui « verrait » ce qu'il « avait » en « une seule fois ». « Les médecins n'ont qu'à savoir leur métier. »

Cet enfant doit être actuellement en hôpital psychiatrique.

Dans ce fragment d'observation, on voit très clairement que l'angoisse de la mort était due à l'angoisse de castration; vis-à-vis du « grand » fort, les sentiments d'infériorité sont réels; la pierre que Paul avait essayé de lui lancer à la tête représentait un fantasme de meurtre.

Puis il avait identifié son ennemi aux aviateurs qui se tuaient sur le coup un dimanche, mais en déracinant un poteau, et c'est cela qui était le traumatisme inconscient[1].

C'est pour le poteau que l'enfant a eu peur. Ensuite, il a « rationalisé » son symptôme en le motivant par la crainte qu'il avait eue pour la vie de ses petits amis réfugiés (désarmés) auxquels il s'identifiait et que l'avion aurait pu tuer, alors qu'ils s'étaient mis à l'abri de la guerre (comme lui veut le faire à l'imitation de son père).

L'accident apportait la réalisation magique des souhaits meurtriers sur des substituts de l'adulte castrateur (grand garçon, sous-officiers d'Orly).

On voit, par l'émotion intense que Paul a éprouvée à l'arrachement du poteau, que celui-ci représentait inconsciemment son pénis. L'infériorité sexuelle qui est la sienne, vis-à-vis des garçons pubères, avait provoqué la scène de la pierre lancée à la tête de son camarade de classe. Cet attentat raté avait entraîné les représailles sans cruauté du camarade (un

1. Il faut vraiment avoir vu en traitement beaucoup d'enfants, garçons et filles, pour être persuadé de la profondeur de leur adhésion à ce genre de symbolisme (« poteau arraché ») qui nous paraît, à nous adultes, un trait d'esprit superficiel, et encore un mauvais trait d'esprit, risible.

« Cette petite chanson me remplissait d'une effroyable tristesse :

Nous n'irons plus au bois,
Les lauriers sont coupés.

expliquez donc ces bizarreries de l'enfance! » dit George Sand (cité par H. Deutsch).

caillou « avait dû » le toucher au cœur, il y a longtemps, mais ce n'était pas sûr). Ce qui était sûr, c'est que ce fut un dimanche et que la défense légitime du grand avait eu l'effet *d'interdire à tout jamais sur le plan réel une manifestation d'agressivité de Paul à son égard*[1]. Il ne lui était resté qu'une arme imaginaire, formuler des souhaits magiques de mort, centrés sur les prochains essais de vol que ce grand garçon devait faire comme lui, et, à cause de ces souhaits, Paul ne voulait plus continuer à suivre le cours maintenant qu'il n'était plus question de fabriquer des avions en bois et de jouer avec, c'est-à-dire qu'il ne s'agissait plus d'une représentation mais du passage à l'acte.

Un intense sentiment de culpabilité[2] accompagna la réalisation magique (déplacée sur les aviateurs) des souhaits de Paul; et c'est pourquoi l'arrachement du poteau qui faisait suite à cette mort réveilla l'angoisse primaire de castration.

L'impuissance réelle contre l'adulte conçu comme tout-puissant et « omnisexué », avait entraîné par mécanisme de défense du moi, la toute-puissance magique de la pensée.

Le souhait de mort ayant été réalisé (déplacé sur les aviateurs) l'arrachement du poteau prenait, lui aussi par déplacement, une acuité intolérable.

La mort effective[3], suivie de la castration effective[4] (arrachement du poteau hors de la terre) entraîne pour Paul la menace imminente de mort libidinale : c'est l'angoisse. D'où les symptômes de la mort : expression douloureuse du visage, anéantissement des pulsions affectives jusque sur le plan oral passif végétatif, blocage des muscles respiratoires.

Le syndrome était utile à l'enfant « dans son milieu » où aucune pulsion agressive directe ou sublimée n'était encouragée. La preuve en est qu'au bout de quelques jours à l'hôpital, il avait perdu son faciès douloureux, mangeait

1. C'est « cela » qui a « constitué » l'événement hautement et spécifiquement traumatisant.

2. N'oublions pas que le sentiment de culpabilité est, à l'origine, un mécanisme de défense mental contre l'adulte et le monde extérieur conçus comme « tout-puissants » et « omnisexués ».

3. (« souhaitée par Paul »).

4. (« redoutée de Paul »).

(était réconcilié avec la « bonne » mère), dormait bien, et souriait. Il jouait dans son lit, se levait l'après-midi. Alors qu'au point de vue scolaire il suivait une classe d'enfants de 10 ans, son comportement vis-à-vis des autres et des infirmières était celui d'un enfant de 3 ans, capricieux, instable, indiscipliné, cherchant à se faire punir; mais tout cela entraînait des gronderies sans plus. Au bout de 10 jours, il s'était un peu discipliné, on avait vraiment l'impression que l'enfant s'épanouissait. Cependant sa culpabilité grandissait, du fait que sa mère lui disait, aux rares fois où elle venait, qu' « il » lui coûtait cher en trajets de visites.

A l'hôpital, donc, une agressivité ludique et affective était autorisée. Dans les entretiens que j'avais eus avec lui, après la première et soudaine amélioration, j'essuyai un jour une séance de mutisme hostile, puis une séance haineuse d'injures pornographiques, suivies de larmes et terminée par un sourire détendu parce que je lui avais permis tout cela sans me « fâcher ». L'angoisse avait pu être liquidée par ces détentes pulsionnelles agressives.

Au contraire, dès son retour chez lui, ses pulsions agressives ne trouvèrent plus d'issue permise, les fantasmes meurtriers étant trop coupables et trop castrateurs depuis l'histoire de l'avion. Et, si elles s'étaient exprimées dans le comportement ou dans le discours, elles se seraient heurtées à une frustration d'amour maternel et paternel et à la frustration de l'espace, de la vue, du toucher, de l'activité brute dans tous les domaines, sauf celui de la vie végétative.

L'angoisse à traduction dyspnéique et dysphagique avait été rationalisée en l'attribuant à la « petite pierre reçue peut-être un dimanche » de la part du grand garçon haï et dangereux, et qui « avait dû » blesser son cœur. Paul ne pouvait plus lutter que contre lui-même, en *niant « sa » vie*. Traqué intérieurement, l'enfant ne pouvait plus vivre et avait peur que son cœur cessât de battre[1].

1. Ajoutons que la soi-disant maladie de cœur du père, occasion de sa réforme au service militaire, rendait le symptôme hypocondriaque à la fois valable comme moyen d'identification au père et voué à la survalorisation masochique érotique passive pour désarmer l'agressivité réelle de la mère.

Dans les rêves des malades que nous analysons, et dans les fantasmes, l'image et même la « sensation » de la mort est souvent mêlée (comme le montre l'étude du contenu latent de ces rêves et de ces fantasmes) à une angoisse liée à des pulsions sexuelles. Cette liaison de l'angoisse de castration et de l'angoisse de mort est un signe de névrose, et je pense que la crainte anxieuse de la mort est toujours un symptôme d'angoisse de castration, tout comme la crainte anxieuse des maladies, quand elle apparaît chez un être vivant — à moins qu'il ne soit objectivement à l'article de la mort.

L'angoisse de castration est un émoi de *frustration libidinale*. Elle est déclenchée par un conflit entre des pulsions, agressives et passives, mises au service de la sexualité, des interdictions venues du monde extérieur (dans la petite enfance) ou du Sur-Moi (ensuite).

Mais la cause de l'angoisse et le conflit restent inconnus de la partie consciente du Moi.

Ainsi, l'angoisse de Paul provient du complexe de castration, du fait d'un échec du mécanisme de défense indispensable au refoulement des pulsions agressives. Celles-ci sont interdites parce qu'elles amèneraient avec elles des fantasmes phalliques ambitieux, ceux-là mêmes qui ont conduit à la castration sadique affective et musculaire infligée par les deux parents. Le père a été castrateur par angoisse personnelle projetée sur son fils (pour qu'il ne s'énerve pas), et la mère est castratrice avec sadisme et haine du sexe masculin par fixation orale inconsciente à sa propre mère (biberonnage : éthylisme) qui ne lui permet que de supporter l'agressivité venant de sa fille.

Quand Paul se raccrochait à sa mère, c'était inconsciemment pour s'en faire battre, ce qui l'aurait soulagé, mais sa mère avait malheureusement modifié son objectif agressif qui était devenu le « corps médical ». (Avant la grande crise de Paul, elle ne l'avait jamais montré à un médecin.) Elle semblait maintenant s'identifier à son fils châtré et arriéré, qui ne pourrait jamais « passer dans l'aviation », ce qu'elle n'avait jamais voulu s'avouer consciemment, et ne le battait plus jamais.

Quand l'attitude masochique est permise au Moi par l'objet sadique, le sujet peut, par identification à l'objet, devenir inconsciemment son propre bourreau et le Moi craint la maladie, entrave à la vie, ou la mort, suppression de la vie. C'est le mécanisme hypocondriaque vrai. Il neutralise assez bien l'angoisse.

Mais quand l'attitude masochique n'est pas permise par le monde extérieur dans les relations objectales, le sujet doit bloquer sa libido en lui-même, dresser ses pulsions passives sans issue substitutive objectale contre ses propres pulsions agressives; il n'y a plus d'issue. C'est la frustration libidinale totale, c'est-à-dire la mort telle qu'elle est apparue à l'enfant le jour où il l'a découverte pour la première fois; et comme il n'y a plus d'agressivité libre, même inconsciente, *le thème se joue sur le plan oral, où l'absence de satisfactions libidinales, c'est le sommeil. Le malade traduit consciemment l'égalité sommeil = mort, par la peur de s'endormir.*

Sans psychothérapie *psychanalytique,* avec séparation du milieu familial, l'apaisement psychique ne peut venir, semble-t-il, *que par la psychose;* la dissolution du Moi résout alors l'angoisse.

L'angoisse qui prend la traduction mentale de « peur de mourir » n'est donc *pas une angoisse de « mort » mais une « angoisse de castration ».*

Cette angoisse névrotique est en effet une « crainte magique » au service de pulsions sexuelles génitales refoulées par un Sur-Moi mû par le complexe de castration et qui cherchent, comme il est ordinaire en ces cas, une issue sur le plan anal ou oral. C'est le mécanisme de la phobie, et l'on devrait toujours parler de *phobie de la mort,* de *crainte obsessionnelle de la mort,* quand cliniquement un sujet organiquement sain redoute de mourir.

Deuxième partie

I

Présentation d'une méthode

Les enfants dont nous parlerons nous ont été, pour la plupart, confiés en traitement à l'hôpital Bretonneau par M. le docteur Pichon [1], médecin de la consultation et psychanalyste lui-même. Une consultation spéciale — une fois par semaine — groupait les enfant anormaux, retardés, ceux qui présentaient des troubles nerveux ou des troubles du caractère; consultation maintenant bien connue des parents et surtout des maîtres d'école du XVIIIe [2].

C'est dire qu'à côté des enfants qui nous sont conduits d'emblée parce que leurs troubles semblent rentrer dans le cadre de ceux que vise cette consultation spéciale, beaucoup d'autres nous arrivent par la consultation de médecine générale.

Nous voulons prouver que le traitement agit en aidant l'enfant à résoudre heureusement son complexe de castration et à liquider son complexe d'Œdipe, et non grâce à une « influence personnelle suggestive ».

Chez l'enfant, la méthode des associations libres n'est pas possible; on emploie dans les analyses la méthode du jeu, du dessin spontané, de la « conversation » qu'il faut entendre par la provocation des propos variés de l'enfant. Quand l'enfant nous pose une question, par exemple, nous ne répondons jamais directement, mais par la même question retournée : « Qu'est-ce que tu en penses ? » et nos propos

1. Le docteur Edouard Pichon, animateur du Mouvement psychanalytique en France avant la guerre de 39 et président de la Société psychanalytique de Paris est mort au début de la guerre de 39-45.

2. Première consultation hospitalière de ce genre qui a fait école depuis.

se contentent de quelques monosyllabes encourageants.

Au cours de nos consultations d'hôpital, nous n'employons pas le jeu qui nécessite une installation dont nous ne disposons pas. Il nous reste donc la conversation, telle que nous venons de la définir, au cours de laquelle nous tâchons d'écouter, de regarder, d'observer sans rien laisser passer, gestes, expressions, mimiques, propos, lapsus, erreurs et dessin spontané auquel, personnellement, nous recourons beaucoup. Par le dessin, en effet, nous entrons dans le vif des représentations imaginatives du sujet, de son affectivité, de son comportement intérieur et de son symbolisme. Celui-ci nous sert, après que nous l'avons tacitement compris, pour l'orientation des « conversations » avec l'enfant, pour élucider le sens de ses représentations quand elles sont aberrantes. Nous ne donnons jamais d'interprétations directes des dessins.

Les symboles ne servent pas de clefs de rébus aux psychanalystes, comme certains voudraient le croire. L'apparition d'un symbole ne suffit pas en elle-même, pour permettre de conclure qu'il s'agit inconsciemment de ceci ou cela. Il faut le contexte, la situation affective du sujet au moment où il l'apporte, les propos dont il l'entoure, le rôle que joue ce symbole dans le jeu, le dessin, le rêve, l'histoire racontée.

Nous nous servons des mêmes mots que l'enfant. Quand il a employé un symbole ou une périphrase (pour nous, psychanalystes, lourds de sens affectif inconscient) nous adoptons ces mêmes symboles et ces mêmes périphrases dans les propos que nous tenons à l'enfant, mais en veillant à ce que l'état émotionnel qu'il y liait soit modifié.

Et le diagnostic psychanalytique ne se précise qu'au cours du traitement, le diagnostic de départ étant un diagnostic symptomatique.

Si quelqu'un d'étranger à la psychanalyse nous écoutait converser avec l'enfant, il croirait bien souvent que nous tenons des propos absurdes, inutiles, que nous racontons des « balivernes », que nous « jouons » en enfant nous-même avec notre petit malade. Il aurait en partie raison, nos propos ne sont pas tels que nous les tiendrions à des adultes. Nous ne cherchons pas à inculquer à l'enfant notre façon de voir, mais seulement à lui présenter ses propres pensées inconscientes sous leur aspect réel. Aussi, nous ne parlons pas un langage « logique », visant à frapper l'intelligence de l'enfant, qui n'est pas logique encore (ne l'oublions pas); nous voulons parler à son inconscient — qui n'est jamais « logique » chez personne[1] — c'est pourquoi nous employons tout naturellement le langage symbolique et affectif qui est le sien et qui le touche directement.

La facilité avec laquelle l'enfant se met à penser, à vivre imaginativement avec nous, à nous livrer par ses dessins son monde intérieur, à nous raconter ses rêves, que bien souvent il dit à son entourage ne pas se rappeler, à nous avouer des fautes ou nous dire spontanément des secrets qu'il ne dévoile à personne, cette facilité, cette confiance sont la base de notre action thérapeutique : c'est *la situation de transfert.* Situation d'adhésion affective au psychanalyste qui devient un personnage, et des plus importants, du monde intérieur de l'enfant pendant la durée du traitement.

En lui-même, le *transfert* ne sert à rien. C'est son utilisation qui donnera ou non un pouvoir thérapeutique à cette nouvelle fixation affective de l'enfant. Le transfert sert au thérapeute pour étudier les réactions affectives du sujet à son égard et en déduire le diagnostic et la thérapeutique à laquelle il recourra. La thérapeutique elle-même ne « passera » que dans le transfert. Qu'on ne croie pas que le transfert agisse par l'action suggestive du médecin, car la *suggestion nécessite un apport nouveau, intellectuel ou affectif, dans le psychisme d'un sujet,* alors que dans de nombreux cas, même des cas de psychothérapie, nous n'apportons absolument rien de nouveau à l'enfant.

En effet, si nous donnons aux parents des conseils et qu'ils les acceptent (en grande partie à cause de la confiance que nous essayons de susciter chez eux et qui — à part la verbalisation de leurs résistances inconscientes — utilise ainsi une certaine dose de suggestion), *notre attitude vis-à-vis de l'enfant* est différente. Dans la plupart des cas, il serait totalement

1. Retenons-le aussi !

incapable de rapporter une seule des choses que lui a dites le docteur. Il nous arrive tendu, anxieux, il passe un moment avec nous et s'en va content de nous avoir vu, parfois calmé, parfois silencieux, ou gai, parfois momentanément un peu plus nerveux qu'à l'arrivée; rarement l'enfant sort de nos entretiens avec « la même expression qu'à l'entrée », et cela est une remarque que nous faisons nous-mêmes, l'enfant aussi quelquefois; en tout cas que l'adulte accompagnateur ne manque pas de faire. Souvent l'enfant seul a parlé et dessiné, et nous n'avons fait qu'écouter. D'autres fois, nous avons raconté une histoire qui semble comme toutes les histoires. D'autres fois, nous avons « fait la conversation », et alors l'enfant peut se rappeler de quoi nous avons parlé, mais difficilement ce que le docteur a dit, puisque dans la plupart des cas, nous nous arrangeons à faire dire à l'enfant ce qu'il sait sans se l'avouer. Bref, nous ne lui apportons intellectuellement presque jamais rien de nouveau.

Si nous n'agissons pas par suggestion, alors comment agissons-nous ? A quoi nous sert ce fameux transfert ?

Comme on le verra, nous procédons toujours de la façon suivante : nous avons *d'abord un entretien avec la mère* ou les parents, toujours *en présence de l'enfant,* sauf dans les cas exceptionnels où nous sollicitons un entretien particulier avec la mère en renvoyant quelques minutes l'enfant dans le couloir. Jamais nous n'avons cet entretien particulier *après* un entretien privé avec l'enfant.

Pendant que nous parlons à l'adulte, nous en profitons pour observer à la dérobée la façon de réagir de l'enfant. Nous l'avons généralement installé à la table, devant du papier et un crayon, et nous lui disons : « Veux-tu me faire un beau dessin, n'importe quoi, ce que tu voudras », l'attitude de l'enfant (et celle des parents suivant la réaction négative de celui-ci ou la façon dont il nous dérange pour nous montrer ce qu'il fait), est déjà pour nous un sujet d'observation intéressant (le dessin lui-même mis à part). Lorsque nous avons obtenu des parents les renseignements utiles, nous leur donnons quelques aperçus de notre opinion a priori, de notre façon différente de la leur d'envisager les réactions de leur enfant. Avant plus ample information déjà, nous n'acceptons point l'alternative proposée : maladie ou méchanceté. Nous essayons de provoquer leur confiance et leur promesse de nous ramener l'enfant, selon ce que nous leur demanderons.

Nous prions alors la mère de nous laisser seule avec l'enfant, nous ne le faisons à la première visite que lorsque ni la mère, ni l'enfant n'y opposent de résistance. Dans le cas contraire, nous ne brusquons pas, nous disons que nous trouvons toute naturelle leur méfiance et nous demandons seulement à la mère de rester en témoin rigoureusement muet de l'entretien que nous amorçons avec l'enfant. Actuellement, à la consultation de Bretonneau, les réactions méfiantes des parents à ces entretiens particuliers sont excessivement rares, car l'habitude s'est prise et les mères s'en avertissent les unes les autres dans la salle d'attente. Ainsi préparées, les nouvelles venues trouvent cela tout naturel. En tout cas, si à la première consultation l'enfant s'est montré réticent et la mère méfiante, je n'ai jamais vu qu'à la seconde séance, la mère ou l'enfant fissent une difficulté à se séparer, au contraire. La mère le propose d'elle-même la plupart du temps.

Voilà pour le point de vue pratique de nos entretiens.

Ajoutons que *lorsqu'il s'agit de psychothérapie,* aucun médecin ne peut se contenter d'observer, afin de faire son diagnostic, tout le temps qu'il juge nécessaire; les gens demandent à être soignés, et c'est déjà beaucoup qu'ils acceptent de s'en aller sans notes de radio, sans ordonnances, sans remèdes (« calmants » ou « glandes »), sans régime, bref, sans preuves tangibles qu'ils aient « été au docteur ». Il faut donc au moins leur parler, les munir de conseils précis qui provoqueront s'ils les appliquent, un progrès si léger soit-il dans le comportement de l'enfant, grâce à quoi on aura confiance en nous et on nous le ramènera.

C'est dire que nous sommes *obligés à une action thérapeutique dès le premier jour* avant même de savoir exactement les détails du cas. Le bon sens est l'outil majeur de notre arsenal thérapeutique a priori. Il n'a rien de psychanalytique en soi. C'est la base des psychothérapies conscientes, c'est-à-dire des méthodes de nos confrères non psychanalystes.

A ces moyens de psychothérapie qui font appel au *conscient,* nous ajoutons l'attaque indirecte des résistances inconscientes de l'entourage, quand le Moi de l'enfant se confond avec le monde extérieur (3-4 ans), de l'entourage et du sujet lui-même après la formation du Sur-Moi distinct du Moi (après 7-8 ans).

Les parents n'ont en effet que deux attitudes devant des symptômes psychiques ou névropathiques. Ils allèguent, soit une *maladie,* une « anormalité », physique ou morale de l'enfant, soit *sa mauvaise volonté,* sa paresse, sa méchanceté volontaire. La première de ces interprétations ôte toute responsabilité à l'enfant, la seconde le charge de toute la responsabilité. Ces deux attitudes *aussi fausses l'une que l'autre* ont pour conséquences d'ancrer davantage l'enfant dans le cercle vicieux de ses symptômes névrotiques.

La première augmente les sentiments d'infériorité du sujet en les légitimant en quelque sorte tout en blessant son amour-propre par le sentiment d'être « anormal ». De plus, en désarmant l'enfant pour la vie saine, elle permet au symptôme de toucher son but : la fuite devant l'angoisse, plus facile que la lutte, et elle amorce les névroses caractérisées par le refuge dans la maladie.

La seconde attitude de l'entourage, par le retrait d'amour et l'incompréhension qu'elle comporte, *provoque des sentiments de culpabilité conscients* liés au symptôme, et l'enfant essaie de le surmonter. Or le symptôme répond à un besoin inconscient, il découle d'une pulsion bloquée ou refoulée dont l'énergie doit coûte que coûte trouver un moyen d'expression. Aussi, après une disparition momentanée, le symptôme réapparaîtra-t-il fortifié dans les proportions mêmes où il a été attaqué, donc d'autant plus fort que l'enfant a plus de volonté et de sensibilité; ou alors verra-t-on apparaître un autre symptôme, mieux toléré par les parents et par le Sur-Moi de l'enfant.

Malheureusement, les éducateurs, les médecins, les psychiatres font habituellement chorus avec les parents, soit en essayant d'intimider explicitement l'enfant, soit implicitement en ordonnant des remèdes.

Le médecin prend parfois une troisième attitude encore plus désespérante que les autres pour les parents et les enfants. Après avoir écouté et donné des remèdes variés, à l'efficacité desquels il ne croit pas lui-même, il dit : « Et puis, soyez tranquille, ce n'est rien, c'est nerveux », ce qui équivaut en fait à dire : « Je n'y comprends rien et cela m'est indifférent. » Alors que s'il ne comprend rien, il n'a pas humainement le droit de se désintéresser d'un malade. Il pourrait, au moins, devant l'échec d'une thérapeutique organique, chercher à aiguiller le malade sur un confrère qui a des chances « d'y comprendre quelque chose ».

Illustrons par deux cas — d'enfants successivement confiés à des confrères non avertis de psychanalyse, puis à nous-même — ce que nous venons de dire. Comparons les résultats cliniques des deux attitudes.

La première attitude des parents et du médecin — « l'enfant est malade » — nous l'avons relatée dans le cas extrêmement simple de Josette que nous avons exposé dans l'introduction. Or, en fait de maladie, de quoi s'agissait-il [1] ?

Les parents avaient décidé de chasser Josette de leur intimité. Du moins telle était l'optique de l'enfant. Cela, ressenti comme un retrait d'affection et coïncidant avec l'éveil des intérêts de la vie et du complexe d'Œdipe, devait aboutir pour Josette à condamner son développement, cause de ce retrait d'amour. Tout cela n'est pas conscient, bien entendu, mais *est ressenti*.

L'angoisse traduit l'inquiétude en face du changement dont elle a entendu parler sans qu'on lui en ait fait part — à elle,

1. Voir p. 9.

la principale intéressée — c'est-à-dire « comme si » elle ne devait pas le comprendre. En effet, elle s'est refusée à prêter attention à l'achat du divan; mais la pulsion de révolte contre le *déplaisir* d'être privée de papa et maman se traduit par les symptômes de *négativisme* (Josette devient *contre* le sommeil, la nourriture, les intérêts précédents, et les jeux), et *par le retour à un stade antérieur* de l'évolution libidinale, que traduit l'énurésie. L'enfant, privée d'amour (du moins à ses yeux), dépérit.

La compréhension de la psychanalyste s'est portée d'abord (par la question : « Où couche-t-elle ? ») en plein cœur du sujet — brûlant pour un enfant de 3 ans 1/2 qui amorce son complexe d'Œdipe. Puis, son hypothèse confirmée et sachant que le renoncement à un plaisir ne se peut accepter qu'en échange d'un autre, la psychanalyste a montré à l'enfant qu'elle comprenait son conflit en lui permettant d'éprouver sa peine et de la traduire sur un plan normal.

Josette souffrait vraiment d'abandonner la situation privilégiée de « petite enfant ». Si nous prenions au sérieux ce gros chagrin d'enfant, c'était pour en discuter la valeur avec le Moi de Josette. Nous lui apportions la possibilité d'accepter le renoncement imposé, grâce à des promesses de plaisirs inconnus pour elle et qui s'accordaient avec le droit à son développement au lieu de l'entraver : « le sacrifice que t'impose la réalité (tes parents, ton âge) te vaudra des avantages nouveaux que tu ne connais pas encore : être aimée comme une grande fille dont papa sera fier, aller à l'école ».

Nous avons vu comment l'enfant abandonna ses symptômes, *dès l'instant que la résistance inconsciente* à admettre la souffrance *devenait inutile*, et comment le développement, un moment compromis, reprit son cours normal. Une fois guérie, c'est l'enfant elle-même qui demanda à sa mère d'aller l'annoncer à la doctoresse, ce dont la mère se serait personnellement volontiers passée.

Pour illustrer la seconde attitude des parents et du médecin — « l'enfant est paresseux, méchant » —, je citerai le cas d'un enfant de 11 ans, Jean, second et dernier d'une famille qui comprend le père, la mère, et une sœur de 14 ans, bien portants tous les trois.

Jean est amené par sa mère à Bretonneau, pour sa nervosité et des troubles graves du caractère.

Devant le docteur Pichon, il se montre incapable de rester immobile, présente des mouvements des doigts, des mains, des grimaces de la face, il se mange les lèvres. De plus, toujours en présence du docteur Pichon, il a une grande difficulté à s'exprimer, difficulté pour laquelle on conseille, outre une psychothérapie, une rééducation de la parole. Or, ce symptôme disparut ensuite devant sa mère et moi : il n'apparaissait qu'en présence d'un homme.

Jean présente depuis sa petite enfance de l'instabilité. Il est toujours en mouvement, ricanant, taquinant sa sœur, occupé à se gratter, à démolir les meubles, à ronger ses ongles, à dépecer ses vêtements et incapable de s'appliquer à ses devoirs de classe. Le voyant grandir sans guérir de ce défaut, dont le maître d'école se plaignait aussi, les parents se lassèrent de leurs remontrances. On acheta un martinet et, sous la menace, on obtint (« enfin », disent-ils) de temps à autre, une demi-heure de tranquillité. Les parents furent satisfaits de ce résultat. La méthode du martinet prit pied dans la maison : « puisque c'est ainsi qu'il faut te traiter ». Et la mère de dire : « Le père a toujours le martinet à la main. »

Mais un autre résultat ne se fit pas longtemps attendre : Jean était un gentil enfant; jusque-là on ne lui reprochait que son instabilité. Il devint de plus en plus nerveux. Des tics apparurent, puis, par périodes de plus en plus rapprochées, Jean se montra provocant, menteur, taquin, grossier, impertinent. Parallèlement, le martinet, de plus en plus actif, ne menaçait plus, mais frappait. Des réactions plus graves s'amorcèrent, menus larcins, méchancetés et brutalités graves envers les camarades, désobéissances qui auraient pu être dangereuses lors des sorties de louveteaux.

L'enfant est d'une sensibilité charmante, et bien qu'il n'avoue pas ses remords à l'entourage sévère, son instabilité continuelle, condamnée par les parents, lui avait semblé très coupable. La famille de Jean est très croyante et lui-même très pieux. Son attitude de méchant enfant ulcérait sa conscience.

Les symptômes contre lesquels il luttait consciemment disparaissaient, mais faisaient place aux tics silencieux, moins gênants pour les parents; et en plus, la maîtrise de la pulsion agressive que traduisait cette volontaire et temporaire immobilité, provoquait un renforcement de la pulsion, d'où les éclats soudains — à la fois décharge bienfaisante pour l'inconscient, et coupable pour l'instance moralisatrice : le Sur-Moi. « *Je* ne voudrais pas être méchant. Ç'(*a*) est plus fort que *Moi.* »

Autrement dit, comment le Moi de Jean se tire-t-il du conflit ? En cherchant à se faire battre, ce qui apaise l'angoisse de la culpabilité. C'est la provocation du père « fouettard », de la mère intransigeante et — en l'absence des parents sévères — la nullité des résultats scolaires et les dangers encourus avec le maître d'école et la cheftaine également indulgents. Cela signifie que lorsqu'il ne peut se faire battre physiquement, Jean cherche à se faire battre moralement par les autres élèves en classe et à risquer un accident qui l'amoindrirait physiquement.

On voit la chaîne indéfinie des symptômes névrotiques.

Un médecin connu, que je ne nommerai pas, psychiatre d'enfants, avait abondé dans le sens de l'interprétation des parents. Après avoir vertement semoncé Jean sans arriver à en tirer un mot ni une larme, il avait conseillé sérieusement aux parents, en présence de l'enfant, de le mettre dans un asile, ou une maison de correction privée, pour anormaux pervers. Peut-être était-il de bonne foi, peut-être voulait-il intimider l'enfant; toujours est-il que, sans rien dire de plus aux parents, il les renvoya tous trois après ce verdict. C'est la cheftaine de Jean, assistante sociale du Dr Pichon à Bretonneau, qui conseilla aux parents très inquiets de prendre encore l'avis du Dr Pichon avant d'arrêter leur décision. C'est ainsi qu'il nous fut confié.

La mère nous raconta tout ce que nous venons de relater. Nous écoutions sans aucune passion, et nos premières paroles à Jean furent, à la fin de l'interrogatoire de sa mère : « Est-ce vrai tout cela ? » et comme, buté, narquois, il ne répondait pas, nous ajoutâmes : « Pauvre Jean, comme je te plains, comme tu dois être malheureux. » A la stupéfaction de la mère, Jean, le « pervers inintimidable », éclata en sanglots.

Devant un tel tableau, quelle attitude adopter ? D'abord comprendre de quoi il s'agit, voir clair dans cette symptomatologie beaucoup plus compliquée que dans le cas de Josette.

En effet, chez Josette, la menace venait du monde extérieur contre un Moi, en accord avec le Ça.

Chez Jean, le conflit avec le monde extérieur est complètement remanié par un conflit supplémentaire avec le Sur-Moi. *Et il en est toujours ainsi au-delà de 6-7 ans, âge à partir duquel se forme le Sur-Moi.*

Derrière les réactions secondaires et récentes, qualifiées de méchanceté, il faudra donc trouver la cause originelle de cette instabilité plus ancienne qui avait, elle, déclenché l'ingérence du martinet paternel.

Jean a 10 ans. Avant d'entrer en période de latence, *a-t-il vécu son complexe d'Œdipe ?*

Sans doute l'a-t-il essayé, mais il ne l'a pas résolu et nous en avons la preuve par le symptôme de la difficulté d'expression devant un homme, substitut du père, laquelle prouve l'agressivité refoulée et inconsciemment projetée sur tous les hommes, qui deviennent dans l'optique de l'enfant, magiquement dangereux.

Jean avait atteint le stade phallique, mais, devant la menace de castration, venue du père, et l'amplification par la grand-mère, la mère et la sœur, de l'angoisse qui en a dérivé, *Jean a dû alors régresser au stade anal ;* voilà le sens de ces alternances d'explosions agressives accompagnées de propos grossiers et d'attitudes passives repentantes et masochistes vis-à-vis des parents et des camarades de classe. Ce comportement est caractéristique de l'ambivalence du stade sadique anal.

Et il me dit, en effet, qu'il aime dessiner les bateaux, surtout de guerre, mais qu'il ne peut pas dessiner les canons, les mâts, la cabine du commandant et les projecteurs (symbolisme phallique). Il me dit aussi que sa sœur lui interdit de se balancer sur une chaise et qu'elle le fait bien, elle, quand maman ne la voit pas : ceci symbolise l'interdiction de la masturbation.

Quant à la mère, elle avoue elle-même qu'elle interdit à son fils de lui cacher la moindre de ses pensées. « Ce serait le plus grand chagrin qu'il pourrait lui faire. »

Un jour, il avait rapporté en cachette des illustrés prêtés par des camarades. Quel drame ce fut! car elle « trouve horribles les histoires de bandits, de revolvers et d'aventures qu'il y a dans ces sales journaux ». Quel ne fut pas son chagrin un jour récent où Jean a volé dix sous sur sa cheminée pour acheter lui-même en cachette un de ces illustrés. Plusieurs fois, il lui a caché ses mauvaises notes.

Après quelques entretiens avec Jean, j'ai demandé à sa mère s'il avait ce qu'on appelle des « mauvaises habitudes ». La pauvre femme en rougit de honte et me répondit : « Plus maintenant, heureusement que je lui ai fait passer cela, mais il y a deux ou trois ans, cela nous inquiétait. C'est alors que nous nous sommes aperçus qu'il était nerveux. Mais il a compris, et il ne le fait plus jamais. Il a quelquefois maintenant une sorte de tic pour se gratter, en se trémoussant dans sa culotte, qui me fait honte, c'est peut-être la raison qui vous fait demander cela ? »

Au cours d'un des entretiens, celui où Jean m'avoue son impossibilité de dessiner ce que je sais être des symboles phalliques, je fais une allusion à la masturbation défendue. Il me répond « oui, quand j'étais petit... » (et enchaîne immédiatement) : « mais grand-mère a tellement peur de tout, elle croit que je suis un bébé et ne veut pas que je traverse seul les rues, elle dit que je vais me faire écraser ».

Nous voyons donc bien ce qui s'est passé il y a deux-trois ans, au moment de la répression violente de la masturbation.

Jean, en plein, à ce moment, dans le stade phallique et ses fantasmes œdipiens (bateaux de guerre sur la mer), s'est vu interdire ses fantasmes masturbatoires et ses fantasmes ambitieux et agressifs, au nom du danger de mort (traverser les rues) et du risque de retrait d'amour de sa mère (s'il lui cache quelque chose). Les sentiments de jalousie et d'infériorité cuisante, permanente, et non liquidée, vis-à-vis du père, dont il ne peut imaginer l'organe (cabine du commandant, canon, projecteur), lui donne cette attitude *instable* vis-à-vis de *tous* les problèmes, de *toutes* les activités.

Si du moins l'entourage avait toléré l'établissement tranquille de Jean dans cette phase plus ou moins régressive mais en lui en permettant les satisfactions s'y rapportant : gagner quelques sous, être libre de dépenser son trésor à sa guise, manier des revolvers Eurêka et se passionner pour les aventures de guerre ou les romans policiers, Jean n'aurait jamais fait figure d'enfant névrosé — socialement parlant, bien que sous l'influence de la poussée pubertaire, le problème de l'Œdipe qui n'aurait certainement pas été résolu d'après ce que nous savons de l'entourage, se fût sans nul doute de nouveau présenté et sous une forme très difficile à résoudre.

La névrose familiale voulut bien au contraire que même les satisfactions sur le mode régressif lui fussent refusées. Il n'y avait plus qu'une seule issue, la névrose. Nous venons de prononcer le mot de « névrose familiale »; en effet, nous rencontrons dans plus de 50 % des cas d'enfants névrosés, un *comportement névrotique des parents ou de l'un des parents.*

Dans le cas de Jean, il s'agit d'une *mère du type des « femmes cornéliennes »*. La situation matérielle est très modeste. La mère ne travaille pas, mais tient sa maison. D'après la tenue et les manières de la mère autant que du fils, on a l'impression de gens d'une bonne bourgeoisie, plus que de petits employés. La mère s'interdit toutes joies, toutes concessions de faiblesse. Elle est, naturellement, *frigide* et bannit volontairement tout intérêt pour la question sexuelle qui la dégoûte; *la grand-mère de Jean, qui semble être une grande anxieuse,* gâte sa fille, et ses petits-enfants, mais, inquiète de tout, s'affole devant les moindres risques inhérents à la vie. « Quand ma mère vient chez nous, nous sommes tous détraqués le soir, y compris mon mari, qui le devient à nous voir de la sorte. »

Quant à *la sœur de 14 ans,* la mère me dit qu'elle a eu une seconde enfance agressive et révoltée, puis brusquement, depuis 2 ans, elle a changé complètement. Elle est devenue très gentille, mais elle est peureuse, a la *phobie de sortir seule,* manque de confiance en elle au plus haut point, c'en est maladif, et elle a vis-à-vis de son frère une attitude vindicative et sourde. « Elle ne lui passe rien, elle s'acharne après lui qui est tout pareil à ce qu'elle était elle-même auparavant. »

Le père est aussi un grand nerveux, dit la mère, il crie pour tout, et nous le savons, il « a toujours le martinet à la main ».

Dans un cas comme celui-ci, quand nous l'avons compris, *que faire ?* Le mieux serait de *psychanalyser la mère,* mais nous n'y songeons pas. Elle est satisfaite. *Séparer Jean de sa famille ?* Cela lui serait pénible, car il aime sa mère comme un bébé féroce et câlin tour à tour, bien que les instants où il recherche ses câlineries soient rarement récompensés d'une caresse, car la vertu ne passe pas l'éponge sur les reproches accumulés. De plus, la séparation *ne résoudrait rien.*

Nous allons *établir un fort transfert* affectif, grâce auquel nous ébranlerons les résistances du *Sur-Moi.* Nous permettrons au Moi d'envisager des attitudes réactionnelles ambivalentes vis-à-vis de nous-même, par exemple penser des choses désagréables, des injures grossières, pour la doctoresse, mère phallique, après avoir pensé juste le contraire. Cela, nous le laissons entrevoir comme quelque chose de naturel qui ne change pas les rapports cordiaux qui existent en réalité entre lui et nous. Quand il nous avoue un fléchissement dans un effort, nous le plaignons : s'il oublie une chose qu'il nous a promise et s'en montre affecté, nous lui disons que nous nous y attendions un peu et que s'opposer à nous n'est pas mal.

S'il nous parle d'incidents familiaux, nous essayons de lui *montrer la part de ce qu'il y a de projeté, et de ce qu'il y a d'objectif* dans son interprétation de l'attitude des autres.

Un jour marqua un grand progrès, celui où il me dit : « Maintenant, quand je sens que maman est très nerveuse, je ne dis rien et je pense : c'est comme pour moi, ça doit être plus fort qu'elle; alors, ce n'est pas de sa faute; mais avant je croyais toujours que c'était à cause de moi, des soucis que je lui donnais. Justement, cette semaine, pour moi, ça marchait épatamment à la maison et en classe. Le maître m'a fait compliment et a dit à maman que je n'étais plus le même. Alors j'ai compris que maman était quelquefois nerveuse pour autre chose que pour moi. » Ce jour-là Jean me parla de ses dessins, et me demanda si je voulais lui montrer à dessiner ce qu'il ne savait pas faire sur les bateaux de guerre ? Inconsciemment, c'était extrêmement important. Je lui répondis : « Tu sauras sûrement tout seul quand tu sauras regarder *comment c'est fait en réalité.* » — « Eh bien, je vous l'apporterai et peut-être qu'avec vous, là, j'y arriverai. » A quoi je répondis : « Ce sont des choses qui intéressent les garçons. Tu les dessineras bien mieux que moi, mais tu n'oses pas le croire, comme si tu pensais qu'un enfant ça doit être moins habile et plus bête qu'une grande personne, parce que c'est moins vieux! Si j'avais ton âge, je serais une petite fille et c'est toi qui me montrerais tout. »

Naturellement, comme il faut nous y attendre, dès que les symptômes *gênants pour les parents* disparaissent, *on cesse de nous amener les enfants,* et pour Jean, malgré l'avis favorable du maître d'école, la mère prend prétexte de ce que la consultation lui fait manquer la classe une matinée, pour ne plus nous l'envoyer; cela va bien à ses yeux, il est « sage ».

Jean, pourtant, s'il est amélioré, est loin d'être guéri. La preuve en est qu'une bonne journée passée tout entière avec son père, pour la première fois de sa vie, devait le lendemain entraîner une réaction agressive.

Un autre fait significatif du conflit Œdipe-castration non liquidé est le suivant : son maître, pour le récompenser de ses efforts scolaires lui fit cadeau d'un couteau de poche. Quelle joie! — Oui, mais le lendemain, Jean perdait le couteau. Désespoir, retour sur les lieux de la promenade, impossibilité de retrouver l'objet! Jean était abattu, découragé, et surtout tremblant que le maître ne se fâche en s'apercevant qu'il avait fait si peu de cas de son cadeau. (C'était l'intention coupable inconsciente.) Le maître, quand il l'apprit, au lieu de gronder Jean, lui dit : « Eh bien, si par tes notes d'un mois, tu le mérites, je t'en donnerai un autre. »

Par bonheur, le père et la mère n'avaient pas grondé Jean de cette perte, trop frappés qu'ils étaient par la violence du chagrin qui le bouleversait.

Jean, par l'attitude nouvelle de son entourage (les parents ont repris espoir) et surtout par les satisfactions d'amour-propre qu'il obtient à l'école et aux louveteaux, a pu trouver quelques compensations à l'état d'infériorité et de tutelle sévère où le maintient sa famille.

Par cet exemple détaillé on voit le but que nous nous proposons : c'est d'être impartial et d'aider l'enfant à trouver un moyen d'expression des pulsions refoulées, les adaptant aux exigences moyennes de son entourage et de son éthique personnelle, apaisant sa culpabilité, tout en satisfaisant le mieux possible les exigences légitimes de sa libido.

On voit donc, dans ces deux cas, dont l'un est des plus simples (Josette) et l'autre des plus compliqués (Jean), sur quoi s'étaie notre attitude, différente de celle qui est généralement prise par les parents et les médecins.

Dans le cas de Josette, l'hypothèse d'une étiologie organique ne cadrait pas avec l'absence de fièvre et la complexité de la symptomatologie. La réapparition de *l'énurésie* d'ailleurs, signait, à elle seule, une grave régression affective actuelle.

Dans le cas de Jean, le simple fait de prendre à son égard une attitude de « sympathie » a suffi à bouleverser son rempart d'insensibilité destiné à lutter contre l'attitude moralisatrice qu'il s'attendait à nous voir prendre.

Quand les parents nous rapportent les incartades de leurs enfants, méchants, vicieux, paresseux, impertinents, etc., nous ne donnons pas tort aux parents, nous nous contentons d'écouter attentivement, de faire préciser les circonstances, sans faire écho à leurs lamentations, ni à leurs reproches. Notre attitude bienveillante vis-à-vis de l'enfant ne se départit jamais; chacune de nos réactions, de nos mimiques, de nos paroles, de nos gestes, est volontairement neutre, ou orientée dans le sens thérapeutique que nous pensons entrevoir. Nous ne blâmons jamais. Nous cherchons à comprendre la raison « économique » (c'est-à-dire « plus avantageuse pour le principe de plaisir ») qui pousse un être humain à se dresser contre les autres, à vivre en mauvaise intelligence avec son entourage immédiat, ce qui n'est pas dans la logique a priori de l'homme.

Si l'enfant a conscience d'avoir mal agi, il peut ou non ressentir une culpabilité adéquate. Autrement dit, il peut y avoir exagération de *scrupules* ou, au contraire, *manque de jugement.* Aussi essayons-nous de revivre avec lui l'épisode socialement blâmable, et d'apprécier avec son optique, afin de comprendre pourquoi sa réaction a été mal adaptée. Alors, nous pouvons lui expliquer pourquoi il ne peut inconsciemment assumer la responsabilité de son acte, ou, au contraire, pourquoi il se juge inconsciemment avec une sévérité hors de proportion avec la morale de son milieu.

Ainsi, on *lève peu à peu les barrières névrotiques et les mécanismes de défense* primitivement destinés à protéger l'enfant et qui, en fait, le tiennent maintenant prisonnier.

Car voici ce qui s'est produit : pour un « mieux être » subjectif tout momentané, l'individu a été amené à une répartition anormale des forces libidinales, et selon un schéma qui risque d'être entériné dans l'édification de sa personnalité, qui devient une personnalité névrotique.

Mais ce risque, pour un individu, qu'il soit porté atteinte à sa richesse originelle, est le risque même de la vie, et commence dès son origine, dès le moment où il est issu de la fusion des deux cellules germinales nées du père et de la mère et qui apportent avec elles — en puissance — des forces libidinales et des possibilités de les extérioriser, héréditaires. Viennent d'abord les conditions de vie intra-utérines, la qualité alimentaire de la nourriture fournie dès la naissance. Viennent ensuite mille influences, agissant par leur présence seule, et par le rôle complexe qu'elles jouent dans la formation des données matérielles et spirituelles, avec lesquelles le jeune être physique et psychique se construira; climat, nourriture, conditions de vie, confort, milieu, caractéristiques ethniques, sonorités et rythme du langage, religion, croyance, folklore, art et artisanat national et local; bref, tout un ensemble *préformé* indépendant de lui comme de sa mère, et qu'on pourrait appeler le Sur-Moi collectif.

Il est même important de remarquer « qu'une certaine manière de santé », une « certaine manière d'équilibre », ne sont pas spécialement l'apanage d'êtres arrivés au dernier stade du développement libidinal humain, le stade génital oblatif. Tout dépend de l'entourage qui forme l'ambiance affective du sujet, et de ses possibilités libidinales propres. Le principe courant de la santé morale étant un *accord* entre le degré d'affectivité du sujet et celui de l'ambiance. Mais il est évident qu'un être humain qui atteint par son développement libidinal inconscient le stade génital oblatif ou en approche, conserve plus aisément qu'un autre son équilibre, quel que soit le niveau affectif de l'ambiance, car il réagit d'une façon rationnelle aux désaccords qu'il ressent. Du *point de vue psychanalytique,* on ne peut donc pas dire que la souffrance morale soit en elle-même ni une cause ni une preuve de névrose, elle n'est qu'une cause ou une preuve de *désaccord* affectif. C'est la façon *pratique* dont le sujet y réagit qui s'appellera réaction normale ou réaction névrotique, la réaction normale étant celle qui permet à la personnalité de conserver *l'intégralité et le libre jeu de ses forces vives, et cela grâce à une issue créatrice à celles-ci.*

La psychanalyse nous permet ainsi de comprendre chez tout individu, qu'il soit psychosé, plus ou moins névrosé ou sain, les éléments dont il est composé affectivement et la « logique subjective » de son comportement, *si souvent, pour nous tous, point logique du tout.* Elle permet encore, à l'aide du transfert, dans la situation thérapeutique, d'étudier les mécanismes inconscients du sujet, son comportement vis-à-vis du psychanalyste, participant de celui qu'il a naturellement vis-à-vis de quiconque.

La mise au jour du déterminisme archaïque et périmé des réactions qui caractérisent sa non-adaptation à la réalité, permet au sujet de refaire lui-même une synthèse différente et mieux adaptée, avec les éléments qui étaient en lui à son insu et dont il devient conscient par l'analyse du transfert (c'est-à-dire par l'étude poussée des raisons de son comportement affectif vis-à-vis de son psychanalyste).

Une psychanalyse en elle-même n'a jamais rendu un être plus sain qu'avant; elle le met seulement sur la voie de le devenir après le traitement, par un travail de synthèse personnelle qui lui reste à faire après la disparition des mobiles inconscients qui ont tenu le patient lié, pendant la durée de son traitement psychanalytique, à tout ce qui l'entourait, en particulier à la personne de son médecin. Ce travail de synthèse peut être plus ou moins amorcé au cours du traitement quand le psychanalyste est doué d'une quantité appréciable de libido génitale, grâce à laquelle il n'éprouve pas inconsciemment d'angoisse à sentir son analysé atteindre son épanouissement affectif, même si celui-ci s'apprête à dépasser le sien propre.

En tout cas, l'analyste ne peut conduire son analysé à un point du développement psycho-affectif auquel lui-même n'a pas encore atteint. Inversement, le médecin ne peut pas, dans bien des cas, faute de possibilités libidinales fondamentales chez l'analysé, l'amener, en fin de traitement, à un développement psycho-affectif achevé.

On nous objecte souvent que nos traitements sont extrêmement longs et par ce fait même, coûteux. C'est exact, et toutes les expériences véritablement psychanalytiques, c'est-à-dire de traitements basés sur la reconstruction de sa personnalité par le sujet lui-même, auquel le médecin ne prête que sa présence effective de « témoin réactif » sensible, de médiateur impartial contractuel et temporaire, sont nécessairement longues. C'est parmi ces traitements seulement qu'on peut compter des guérisons parfaites et définitives quelles que soient les conditions ultérieures de vie du sujet.

Pourtant, au cours des traitements et souvent dès le début, le sujet se sent plus heureux, certains de ses symptômes peuvent même disparaître très rapidement. Ne nous y trompons pas; cette guérison n'est qu'apparente. Elle est l'effet du « transfert ». La place importante que le psychanalyste et la psychanalyse prennent dans la vie de l'analysé et qui est un « moyen » du traitement, affaiblit certaines réactions névrotiques du sujet, parce que son attachement même au médecin accapare une somme de libido dès lors détournée de ses fixations précédentes. Cet attachement lui-même est d'ordre névrotique, c'est-à-dire non rationnel, puisqu'il n'est basé sur aucune raison valable, autre que la confiance a priori en quelqu'un qui doit vous guérir. Cette confiance peut être étayée sur des faits cliniques probants, sur une sécurité intellectuelle fondée, mais cela n'explique pas la « modalité » des relations affectives qui, dès le premier contact, entrent en jeu dans l'attitude du malade vis-à-vis du médecin. Ce n'était, si on nous permet l'image, qu'une hypothèque sur la guérison.

On peut admettre qu'il y a *guérison virtuelle,* donc possibilité de cesser le traitement, lorsque l'ancien névrosé a reconquis dans la vie pratique un équilibre neuf, et lorsque l'étude de ses mécanismes inconscients montre que ses pulsions instinctuelles — pour la part qui n'est pas transformable en sublimations — sont admises par sa personnalité consciente, c'est-à-dire que ses mécanismes inconscients sont en paix.

La guérison n'est assurée que si l'analysé, outre la disparition durable de ses symptômes, « vit intérieurement en paix ». C'est-à-dire qu'il réagit aux difficultés réelles de la vie sans angoisse, par une attitude spontanément adaptée aux exigences d'une éthique en accord avec le milieu dans lequel il choisit de vivre et aux siennes propres; et cela, tout en permettant à ses pulsions instinctuelles des traductions adéquates (décharges libidinales en qualité et en quantité suffisantes) qui assurent la conservation de l'équilibre acquis.

Ce travail demande une longue et lente préparation. *Il n'est définitif que si le sujet est au stade adulte* — non seulement en âge réel — mais en âge affectif et en âge mental. *Au fond de tout être l'analyse ne trouve jamais que ce qui y est.* Ceci, dit tout autant pour ceux qui s'imaginent trouver dans cette science nouvelle et dans son application pratique la panacée que pour ceux qui croient les psychanalystes assez aveugles pour le penser.

Comme nous l'avons déjà dit, pour la simplicité et la clarté de l'ouvrage, nous présenterons seulement des cas soignés non par psychanalyse pure, mais par une méthode de psychothérapie dérivée d'elle, et qui, s'adressant à des êtres en formation, offre des avantages pratiques considérables de rapidité au prix d'une intervention minime du médecin.

Cette méthode, à part l'appel au conscient du malade et qui, spécifiquement, relève de la psychothérapie, se réfère point par point à l'expérience psychanalytique. Notre attitude intérieure est absolument la même que celle que nous avons dans de véritables psychanalyses.

Nous nous plaçons donc à un point de vue essentiellement différent de celui du moraliste. Cependant, notre action a une valeur éducative certaine[1] ; il suffit de lire les observations qui suivent. C'est que dans toute psychothérapie, du moment que nous abandonnons la rigoureuse technique psychanalytique, nous avons, *que nous le veuillons ou non,* une action éducative.

Cette attitude découlera de notre personnalité, donc de notre inconscient. Mais de deux psychothérapeutes, celui qui a été psychanalysé a plus de facilités que l'autre à s'approcher de l'idéal d'objectivité.

En effet, que signifie le terme d'objectivité lorsqu'il s'agit de l'observation du comportement et des mécanismes psycho-affectifs d'un individu ? Cela signifie que le médecin ne doit se placer ni au point de vue moral, ni au point de vue culturel, qu'il ne doit porter aucun jugement de valeur,

1. Anna Freud a soutenu contre Mélanie Klein la légitimité de cette action éducative.

que son but doit être la discrimination des éléments (pulsions et contre-pulsions) qui sont à la base des réactions apparemment normales et anormales du sujet qu'il examine. Mais comme il s'agit de réactions d'un être vivant vis-à-vis de phénomènes qui jouent également sur un autre être vivant, l'un étant le malade, l'autre étant le médecin, il est visible que des causes d'erreurs nombreuses existent, *à commencer par l'influence de l'inconscient du médecin.* Prenons ici encore une comparaison : si l'on observe un paysage à travers un verre rouge, on élimine de ce fait tous les rayons rouges de son champ d'observation. Il en est ainsi pour le psychothérapeute qui est lui-même une synthèse adaptée à la société. La façon personnelle dont il y réussit influe sur son objectivité et cela tout à fait à son insu.

Nous n'avons qu'un moyen de pallier cet inconvénient, c'est de ne *faire de la psychanalyse que lorsque nous avons été nous-même psychanalysé* et le plus profondément et le plus longtemps possible.

Voilà le grand obstacle qu'on oppose à la psychanalyse, et il n'est pas mince en effet. Rien n'est plus lourd qu'une psychanalyse, plus pénible à supporter pour un individu, en si bonne santé soit-il. L'énergie et la persévérance que cela nécessite se trouvent peut-être plus facilement chez des êtres ayant le courage et la simplicité de reconnaître leurs difficultés en y cherchant un remède. Quand ce sont des médecins, et qu'ils utilisent pour soigner les autres des connaissances acquises au prix de leur propre expérience, je ne crois pas qu'on puisse humainement le leur reprocher.

On entend quelquefois des boutades qui ne sont pas entièrement mal fondées; l'une d'elles consiste à dire que tous les psychiatres deviennent fous tôt ou tard, et l'on ajoute que c'est le fait de vivre parmi les fous. Nous ne disons pas que c'est vrai, mais il est un fait certain, c'est que le goût de s'occuper des maladies mentales ne viendra jamais à un individu qui n'a pas l'attention attirée par des conflits qu'il ne comprend pas. Si un tel individu voit son état s'aggraver au bout de quelques années de pratique psychiatrique, la cause n'a pas besoin d'être recherchée dans le contact journalier avec des psychonévrosés; il suffit que sa propre névrose ait évolué comme elle l'aurait fait quelle qu'eût été son activité sociale.

Une autre boutade qui prend quelquefois valeur d'argument contre la psychanalyse chez ceux qui veulent rationaliser leurs résistances inconscientes (comme si l'attitude devant la psychanalyse qui est une science pouvait dépendre logiquement de l'opinion qu'on a sur tel ou tel de ses ouvriers) est que « tous les psychanalystes sont d'anciens névrosés ».

A cela, nous répondrons : les déterminantes psycho-affectives infantiles qui conduisent un individu au choix de la carrière médicale sont les mêmes pour les psychanalystes[1] que pour tous les autres médecins.

La sympathie humaine pour ceux qui souffrent, qui est à la base du choix de la carrière médicale est une sublimation qui dérive directement de l'inquiétude devant notre propre souffrance, ressentie inconsciemment au cours de notre développement si nous sommes doués d'une sensibilité qui nous rend plus vulnérables que d'autres. Parmi les moyens de défense employés vis-à-vis de cette souffrance, l'un d'eux et le plus réussi est l'intérêt porté à soulager la souffrance des autres. Cet intérêt à l'origine ne peut découler que de la projection sur les autres de ce qu'on éprouve en soi-même, mécanisme contemporain du stade sadique anal. Et cet intérêt ne s'applique alors qu'aux êtres auxquels, pour des raisons inconscientes, nous pouvons nous assimiler et tout naturellement à ceux qui éprouvent les mêmes souffrances que nous-mêmes, ou sur qui nous projetons les nôtres.

Mais la véritable oblativité, quand elle existe, chez certains médecins, hommes de laboratoire, chirurgiens, se traduit par l'épanouissement complet de leur affectivité jusqu'au stade adulte achevé de la « vocation », qui permet seule le splendide et universel dévouement, et la sérénité intérieure dont quelques-uns nous donnent, sans même s'en apercevoir,

1. Nous ne parlons pas des psychanalystes non médecins, car, outre la thérapeutique médico-psychiatrique, la psychanalyse est une science qui intéresse à divers titres l'éducateur, le sociologue, le criminologue, l'historien et en général tous ceux qui s'intéressent aux faits humains.

l'admirable exemple. Ne commettons pas l'erreur qui consiste à confondre le dévouement efficace avec l'attitude masochique du faux martyr. Il arrive que le médecin dévoué soit en butte aux attaques des autres; il donne alors la preuve de son véritable équilibre en continuant, malgré les difficultés qu'il rencontre, à poursuivre son œuvre utile qui est sa raison et son but dans la vie.

Pour nous, il nous semble que Freud est un des exemples de ce type de médecins; c'est pourquoi nous l'admirons profondément.

Tout médecin qui s'intéresse aux maladies mentales devrait se faire psychanalyser avant de pratiquer. En effet, son goût peut n'être qu'un mécanisme de défense névrotique, auquel cas il ne rendra pas dans la branche de la psychiatrie les services sociaux dont il serait capable en utilisant ailleurs ses véritables capacités de sublimation. Si, au contraire, après sa psychanalyse, son goût pour la psychiatrie s'avère basé sur de véritables dons innés d'intuition, de sensibilité, et que son comportement affectif et sexuel prouve qu'il est arrivé au stade génital oblatif de son propre développement, il pourra, alors, avec le minimum de risque pour lui et pour les autres, se spécialiser dans la thérapeutique mentale.

Certains voudraient ne rencontrer parmi les psychothérapeutes que des gens merveilleusement et spontanément équilibrés. Se rendent-ils compte de l'impossibilité de ce qu'ils demandent ? Que de tels êtres existent, nous ne le nions pas, mais nous affirmons qu'il s'en trouve fort peu parmi les médecins, et sans doute moins encore parmi ceux que des troubles mentaux intéressent. Nous-même, si nous n'avions eu notre attention attirée par des conflits affectifs, non seulement autour de nous, mais encore en nous-même, nous n'aurions sans doute jamais approfondi la question dont nous parlons ici. Et ceux qui lisent ces lignes, du fait même de l'attention qu'ils veulent bien nous prêter, prouvent par là que ces questions ne leur sont point étrangères.

Il n'y a rien de péjoratif dans le qualificatif de névrosé. Notre « volonté » ne peut rien contre des symptômes névrotiques, sinon les aggraver; notre « intelligence » agit de même. L'intelligence et la volonté, employées à cacher à soi-même ou aux autres ses difficultés affectives, en les niant tout en les surmontant consciemment, sont des armes indignes d'un être humain sincère. Cette attitude déloyale non seulement vis-à-vis des autres, mais surtout vis-à-vis de soi-même, est peut-être, pour les hommes intelligents, le Mal moral essentiel. Le plus étrange — sauf pour qui a une idée des arcanes de l'inconscient — c'est que les gens qui prennent cette attitude puissent se targuer d'éthique. S'ils ne sont pas médecins et que cette attitude les aide à souffrir moins, nous ne pouvons pas le leur reprocher, mais le médecin, lui, n'a pas le droit de se placer d'un point de vue subjectif propre à lui, devant la maladie et la souffrance. Le malade souffre et lui demande secours.

Si équilibré naturellement que soit celui qui se destine à la psychothérapie, et encore plus à la psychanalyse, le médecin doit — répétons-le — se connaître à fond. Il ne le peut pas par l'introspection, car il ne se juge alors qu'à travers ses propres mécanismes inconscients et ne peut pas être complètement objectif; et, s'il tend à l'être, il le sera encore mieux une fois psychanalysé.

Qu'après une psychanalyse un psychiatre arrive à posséder un équilibre affectif parfait, plus ou moins durable, c'est possible, mais qu'il possède cet équilibre spontané et durable sans psychanalyse, voilà la quadrature du cercle que certains réclament.

Aucun de nous n'entreprend d'œuvre qu'avec de la libido sublimée. Or, nous savons bien que les sublimations sont des mécanismes de défense vis-à-vis de l'angoisse, c'est-à-dire de la souffrance morale, et que leur différence avec les symptômes dits névrotiques n'est qu'une différence de valeur pratique sociale.

Tout le monde sait qu'on n'a pas attendu la psychanalyse pour faire de la psychothérapie. Mais elle restait du domaine empirique, réservée aux médecins doués naturellement de qualités de finesse, de sensibilité, de bon sens, et, il faut dire, surtout d'intuition. La méthode de la psychothérapie extra-psychanalytique variait avec chacun des thérapeutes, et leur expérience thérapeutique à points de départ subjectifs était incommunicable. Elle était en fait basée sur le transfert qu'ils utilisaient à leur insu et dont ils se servaient pour prendre une influence personnelle sur le malade, donc essentiellement par suggestion. Ce que le transfert avait de négatif était manifesté par le refus des médicaments contre lesquels le malade devenait même agressif et méprisant.

Certains psychothérapeutes obtiennent dans certains cas d'excellents résultats, et, thérapeutiquement parlant, mieux vaut un psychothérapeute non psychanalyste qui guérit, qu'un psychanalyste qui ne guérit pas.

Mais les moyens thérapeutiques, employés de tous temps par nos confrères, nous les faisons nôtres si c'est nécessaire, dans notre psychothérapie, surtout pour obtenir la confiance des parents lorsqu'il s'agit de jeunes enfants, car c'est d'eux que dépend la possibilité matérielle pour nous de soigner ou non leurs enfants [1].

Si donc, dans les observations qui suivent, nous nous servons parfois de conseils de bon sens qui font appel au conscient et que tout psychothérapeute aurait fait siens, c'est que le bon sens est la base nécessaire de toute psychothérapie; mais c'est de plus la pierre de touche, si l'on peut dire, des interprétations psychanalytiques.

Une interprétation fausse — qu'il s'agisse de résistances ou de conflits pulsionnels — *ne modifiera jamais le comportement réel pratique du sujet malade*. Même si elle semble intellectuellement séduisante, son action thérapeutique s'avérera cliniquement nulle, et quelquefois aggravante.

C'est pourquoi nous proposons aux médecins qui nous lisent d'accepter le critère thérapeutique, « *l'épreuve du traitement* », comme on l'accepte en thérapeutique organique.

1. C'est pourquoi il faut bien connaître les adultes et leurs réactions affectives par la pratique de la psychanalyse classique des adultes pour essayer de prévenir les réactions nuisibles des parents ou d'y parer le plus possible afin de préserver nos petits malades, leurs enfants, de leurs réactions inconscientes souvent néfastes derrière leurs bonnes intentions conscientes.

Je ne crois pas qu'en toute bonne foi, il se trouve un confrère pour dire, après lecture de ces observations, que les enfants sont, après traitement, plus malades qu'avant.

De tels propos, à première vue paradoxaux, nous ont pourtant été tenus par une femme fort sympathique, que nous ne connaissions pas, mais que nous sûmes plus tard être de nos consœurs aînées.

C'était à propos du cas d'un enfant très anormal dont elle entendait parler et dont nous retracions à grands traits le cas. Cet enfant, dont nous ne parlons pas ici, car ce serait trop long (le cas a nécessité une véritable psychanalyse) présentait entre autres symptômes une angoisse de castration avec phobie de la mort et de tout ce qui, par association, y faisait penser. Cet état en avait fait, outre un grand arriéré, un obsédé qu'aucune école ne pouvait garder.

Les symptômes ont tous disparu. L'enfant, qui maintenant a 8 ans, se comporte à peu de chose près pour son entourage, comme ceux de son âge, bien qu'il ait encore, à nos yeux, un retard affectif marqué et un retard scolaire[1].

Récemment, à son école, un grave accident coûta la vie à un de ses camarades préférés. Résultat clinique que la maîtresse d'école, la mère et moi-même trouvâmes appréciable : au lieu de réagir comme il l'aurait fait quelques mois plus tôt par des symptômes névrotiques d'angoisse organique avec évanouissement et mutisme, notre petit malade réagit devant l'accident comme la plupart des enfants de sa classe, et non comme les plus nerveux. En rentrant chez lui, il raconta, encore bouleversé, l'événement à sa mère d'une façon naturelle et détaillée (le sang, etc.). Pour la première fois de sa vie, il demanda à sa mère de lui apprendre à prier pour son petit ami (il faut dire que l'Eglise et tout ce qui s'y rapportait faisaient partie de ses phobies). La nuit, au grand étonnement de sa mère, il dormit sans cauchemars.

1. De son traitement psychanalytique qui a duré une année scolaire à raison de deux fois par semaine, j'ai extrait les dessins 1, 2, 3, 4 et 5 (p. 173 et la suite).

Le comportement de cet enfant, devant cet événement imprévu et tragique (encore que personnellement nous sachions qu'il n'est pas encore guéri) dénote, pour son entourage comme pour nous et je crois pour tous ceux de bonne foi, une amélioration considérable, surtout pour ceux qui connaissent les principaux troubles très graves dont il souffrait avant le traitement[1].

Et pourtant, le médecin dont nous parlons, choquée de la relation détaillée de l'accident que l'enfant avait faite à sa mère, déclara avec une agressivité qui étonnerait tout autre qu'un psychanalyste : « Votre enfant est devenu encore plus anormal qu'avant. Voilà ce que cela veut dire! » (*sic*). Je ne répondis pas. Puis, quelques instants plus tard, comme une mère de famille de l'assistance, qui est de mes amies, me posait une question, ma consœur, avant que je réponde, déclara d'un air tendu : « Allons, allons, tout ça, ce n'est pas pour des petites filles. » (Il n'y avait dans ce petit groupe amical, à part notre consœur, mère d'une des jeunes femmes, que des hommes et des femmes atteignant ou dépassant la trentaine, et la plupart mariés, pères et mères de famille.)

Si nous avons relaté cette petite anecdote, c'est à cause de l'intérêt général qu'elle comporte. *Il est très difficile de suivre objectivement la relation d'un cas psychanalytique.* Ce n'est pas, répétons-le, une question d'intelligence, c'est une question d'affectivité. La psychanalyse réveille, à cause de leurs pulsions refoulées, une angoisse importante chez beaucoup d'adultes.

A son insu, cette consœur nous donnait un exemple intéressant parce que typique :

1° On nie les faits.

2° On attaque celui qui vous apporte le motif d'angoisse (le psychanalyste); elle m'attaque, moi, qu'elle ne connaît pas, avec des propos « castrateurs » qui, sans doute pour le sujet lui-même, rappellent ceux que son propre Sur-Moi,

1. Depuis cet enfant a conduit une scolarité normale, a fait son service militaire, s'est marié, est père de famille et réussit professionnellement (note de 1971).

parlant comme sa mère, lui tenait en présence de ses fantasmes œdipiens meurtriers.

Il est évident que si j'avais parlé par exemple du traitement d'une fracture par un nouveau système de contention, ce même médecin n'aurait été qu'indifférente ou intéressée, sans que les réactions affectives se missent à jouer.

Remarquons que l'attitude des jeunes, actuellement, dans les milieux intellectuels médicaux est rarement aussi affective et aussi résistante, et cela s'explique aisément.

Nous espérons que ce travail, dans lequel nous avons apporté des observations prises au jour le jour, des faits cliniques, montrera l'intérêt thérapeutique de la psychanalyse[1].

1. Que l'on mesure en 1971 le chemin parcouru depuis la parution de ce livre en 1939, livre qui était ma thèse de médecine.

2

Observations

Nous donnons d'abord quelques dessins, relevés dans le traitement des cas que nous allons exposer. Nous les avons fait précéder de deux exemples de rêves, pour montrer comment les conflits exprimés se ressemblent, quelle que soit la forme donnée à cette expression, et surtout quel que soit l'âge des sujets.

1. Rêve

« C'était la nuit, j'étais dans ma chambre, j'entendais du bruit dans la « chambre de maman », j'avais peur et je ne voulais pas y aller. Et puis j'ai pris un revolver, je n'en ai pas, et j'ai voulu y aller. La porte était ouverte, mais impossible à passer et je ne voyais pas le reste de la chambre comme c'est le cas quand une porte est ouverte. Je crois qu'il y avait un homme en noir, caché. La porte était comme une guillotine. Si on la passait, par un déclic cela faisait tomber un couperet qui coupait la tête. Je me suis réveillé en nage. »

(Ce rêve est d'un adulte de 25 ans impuissant. C'est un rêve d'angoisse en rapport avec le complexe d'Œdipe et avec la « scène primitive » du coït des parents. Cf. avec le dessin nº 4 d'un enfant de 7 ans.)

2. Rêve

Un enfant de 10 ans, énurétique, rêve deux jours après la cessation de son énurésie qu'il se bat avec des géants, il en tue.

Le jour suivant le rêve reprend, et il tue tous les géants, sauf un, puis il le tue aussi, et avec son épée il lui coupe les pieds, puis les poignets, et il essaye de lui couper la tête « mais c'était trop dur, et c'est mon épée qui s'est cassée, tant pis ! J'ai été obligé d'y renoncer ».

Ces rêves, loin d'être des cauchemars, étaient merveilleux. Il se sentait tellement content, fier et fort que c'est depuis ce jour-là que le travail scolaire lui a paru très facile et amusant, surtout le calcul, « comme si un rideau était tiré ».

Ce même enfant avait fait le dessin n° 6 à la séance précédente, ce qui avait entraîné de ma part une question qui lui avait fait compléter le dessin (p. 178).

3. Dessins

A. ANGOISSE DE CASTRATION *(garçons)*

I

Le cheval (garçon qui a la phobie des chevaux et des boucheries chevalines depuis l'âge de 3 ans. Leur seule vue le fait tomber dans la rue en sommeil cataleptique). Nez, pattes, queue sont coupés.

2

L' « enfant-lanterne-qui-voit-la-nuit » est emmené ligoté par un « homme-de-la-mer » comme le chat qui avait eu la patte cassée et qu'on avait conduit chez le vétérinaire, et le chien, à qui on a coupé la queue. « Et puis le vétérinaire coupe les chats » (même enfant).

3

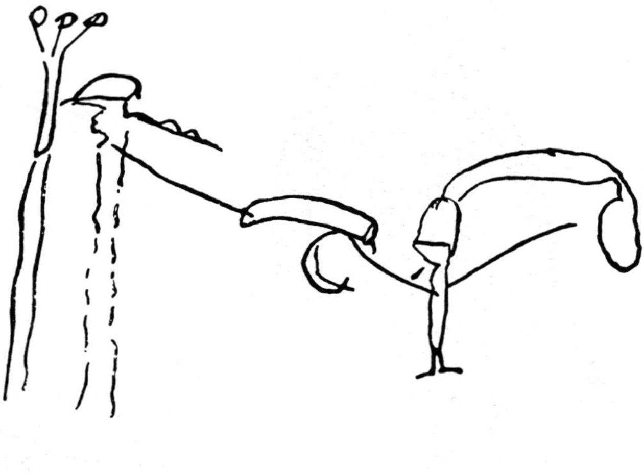

Dessin de l'histoire du Monsieur chinois qui perd sa banane qu'une dame lui prend (voir p. 76) (même enfant).

B. COMPLEXE DE CASTRATION *(garçons)*

4

Même enfant à 8 ans. Première apparition de la forme complexuelle, c'est-à-dire inconsciente, vécue, de la castration. Pendant la semaine il s'est pincé le doigt dans la porte de la chambre à coucher « de maman » (or, c'est celle des « deux » parents), à la suite d'une dispute avec sa sœur aînée (image pour lui de la mère « méchante »). Au cours de cette dispute il s'était réfugié dans la « chambre de maman », soi-disant pour « voir à la fenêtre », parce que sa sœur l'empêche toujours de « tout voir ». Le « Scaphan », c'est un « homme de la mer », mais le petit garçon Toto c'est « un malin qui ne se laisse pas faire »; il a un pompon rouge de marin; « et moi aussi je serai marin », dit l'enfant. Le père a fait son service et la guerre dans la marine. Le coup de crayon noir sur la tête du scaphandrier se retrouve toujours sur tous les dessins que l'enfant fait de son grand-père « qui a un grand rasoir » et qui se fait quelquefois des éraflures à la joue en se rasant.

5

Dessin symbolique de la « Scène primitive ». Possession sadique de la mère (même enfant; dessin qui a précédé de trois semaines le dessin précédent). « La baleine lui en fait *voir* de drôles! Il faut *voir* comme elle saute, mais il lui plante son machin et à la fin il gagne et ça saigne. » « Il », c'est « l'homme-de-la-mer ».

Cf. note 1 p. 49.

6

Garçon de 10 ans, énurétique. Dessin symbolique de mère phallique. L'enfant avait d'abord dessiné seulement le bateau sur la mer (représentation œdipienne fréquente). A ma question : « Savait-il que les femmes n'étaient pas faites comme les hommes ? », l'enfant a rajouté l'arbre dans la mer « parce qu'il manquait quelque chose, mais c'est pas un vrai arbre » (mère phallique) (voir p. 172.

C. ANGOISSE DE CASTRATION *(filles)*

7

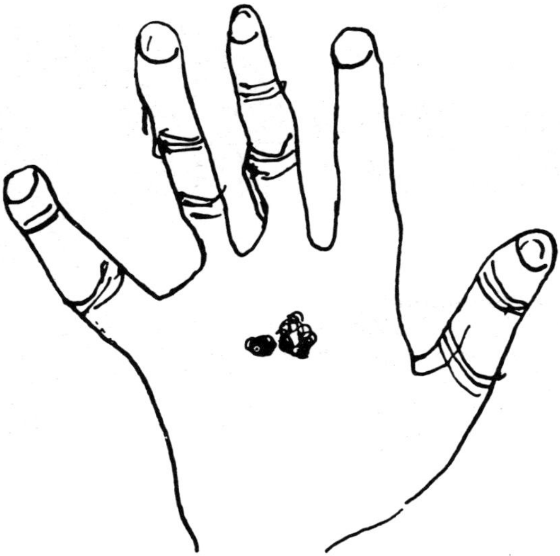

Dessin de Mauricette, 8 ans. Elle voulait être un garçon depuis la naissance d'un petit frère, qui date de quelques mois. Initialement, ce dessin n'avait rien dans la paume. Elle a rajouté les deux points après mes explications concernant sa souffrance de jalousie, et qui l'ont déculpabilisée.

8

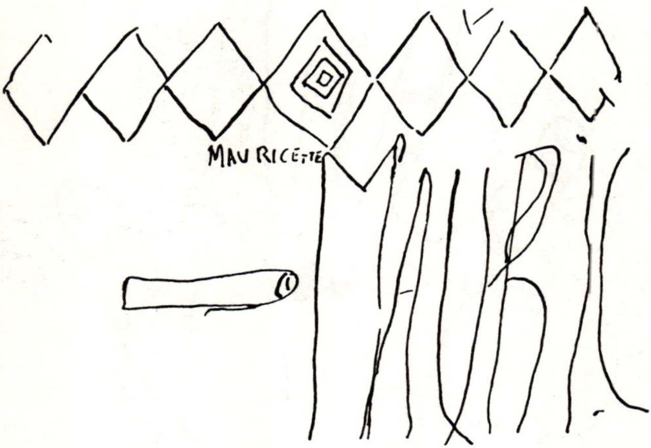

Deuxième dessin de Mauricette. On voit clairement le symbolisme : s'il n'y avait pas ce « doigt coupé », Mauricette serait Mauric (prononcer « Maurice » en tenant compte de la faute d'orthographe; Mauricette commence à écrire). « C'est une question d'ornement. » (Elle se croyait laide.)

Voir note p. 113.

D. DESSINS DE CLAUDINE

(voir p. 249)

9

I

II

Les deux dessins du 22 février

10

Claudine, 1er mars

II

Claudine, 8 mars

12

Claudine, 22 mars

(Voir observations de Claudine, p. 249.)

On ne s'étonnera pas de ne pas avoir vu de représentations imagières spécifiques du complexe de castration de la fille.

A noter que souvent un écueil grave à ce stade reste exclusivement vécu dans le corps — appendicite — mort de l'enfant — mort de la féminité. Ce n'est pas le cas de Claudine, qui a franchi cette étape en des conditions heureuses.

Nous avons vu quelle différence il y a entre le complexe de castration du garçon et celui de la fille.

4. Gustave

Trois ans.

Enfant bien portant. (D'après les notes prises au jour le jour par sa mère.)

Gustave n'a pas tout à fait trois ans. Sa mère est enceinte, il le remarque et pose des questions, il est intéressé par les réponses de sa mère : elle va avoir un bébé.

Il avait déjà vu des fillettes nues, mais n'avait jamais paru remarquer une différence sexuelle entre elles et lui. Il voit à ce moment une petite fille qu'on lange et la regarde attentivement sans mot dire. Quatre jours après, Gustave devient insupportable et dégoûtant. Quatre jours plus tard, encore, il fait ce rêve d'angoisse : la planche à repasser pliante, à charnières, venait dans son lit, le pincer, lui faire mal. Cauchemars, cris. Sa mère vient. Encore bouleversé, Gustave lui raconte son rêve :

— La planche à repasser ? fait maman étonnée.

— Oui, c'était bien elle, mais pas pareille, elle était peut-être grande comme toi, peut-être grande comme papa. (Il ne peut pas expliquer.)

Maman le rassure en lui montrant la planche qui est une « chose », elle ne peut rien faire toute seule, et maman dit qu'elle le protègera toujours. Bref, « on en parle » pendant une heure, cette nuit-là, puis Gustave se rendort. Le lendemain, maman lui demande s'il se souvient de son rêve. Oui, et on en parle encore longtemps, maman dit qu'elle ne permettra jamais que quelqu'un lui fasse mal.

Le caractère de Gustave se rétablit, il redevient gentil comme auparavant.

Quelques semaines après, Gustave se met à se gratter sur

tout le corps; la mère croit d'abord à une éruption prurigineuse, mais il n'y a rien. Elle fait néanmoins sa toilette avec une poudre calmante, mais rien n'y fait, Gustave se gratte de plus en plus, ce qui provoque même de petites lésions de grattage. Mais, chose curieuse, il se gratte partout sauf dans la région génitale. Sa mère, étonnée, lui fait remarquer que cela ne le gratte pas partout comme il le disait. Peut-être lui a-t-on défendu de jouer avec son « fait-pipi ? ». Oui, répond Gustave, il se grattait là aussi mais la bonne s'est fâchée une fois, et elle lui a dit que s'il touchait son « fait-pipi », il ferait pipi tout le temps, et Gustave ne veut pas cela, il faudrait lui mettre des couches comme à la petite fille. Maman parle de cela avec Gustave, elle sait mieux les choses que la bonne, et il n'y a pas de danger, et elle ajoute :

— C'est *ton* « fait-pipi » et tu peux en faire ce que tu veux, il est à toi.

Cette explication touchait bien la cause du grattage obsessionnel, car celui-ci disparut en quelques jours (la masturbation n'en devint d'ailleurs pas plus manifeste).

De plus, le lendemain de cet entretien avec maman, comme sa grand-mère voyant Gustave se gratter le visage, le lui reprochait et lui commandait de cesser, Gustave lui répondit :

— Grand-maman, c'est *ma* figure et je peux en faire ce que je veux.

La démangeaison de la peau après la menace de la bonne était due à la diffusion, sur toute la surface cutanée, de la tension libidinale originellement localisée sur la zone phallique.

Quelque temps après, Gustave devient craintif à tous propos, timide. Il raconte à sa mère qu'il fait constamment le même mauvais rêve : il voit un homme dangereux, qui a l'air méchant et qui a une grande pelle. « Un peu comme la mienne, dit Gustave, mais bien plus grande. » L'homme ne fait rien, mais il pourrait faire mal avec cette grande pelle, il est fort. Gustave ne pourra jamais porter une pelle aussi grande.

— Mais si, dit maman, quand tu seras grand. Les hommes

sont tous des petits garçons avant de devenir grands. Alors Gustave détaille toutes les extrémités de son corps : nez, doigts, mains, pieds (à l'exception de son pénis), en se comparant à sa mère, et ajoute : « Papa, c'est encore plus grand. » Maman affirme que ça poussera chez Gustave et que plus tard tout sera pareil à papa, et « même ton fait-pipi », ajoute maman.

— Mais il y en a qui n'en ont plus, il est tombé.

— Tu crois ? C'est une histoire vraie ? A qui est-ce arrivé ?

— J'ai vu une petite fille, elle n'avait plus son « fait-pipi ».

— Mais non, dit maman, les filles n'en ont jamais eu, et quand elles grandiront elles n'en auront jamais, maman n'en a pas, les femmes n'ont pas de « fait-pipi », les filles et les garçons ne sont pas faits pareils, et c'est pour ça que les papas et les mamans ne sont pas pareils.

Gustave réfléchit, puis dit :

— Les yeux, ils sont trop rentrés, on ne peut pas tirer dessus, mais les pieds, les mains, si on tire fort, ils peuvent tomber, n'est-ce pas ?

— Mais non, dit maman, c'est très solide, ce n'est pas possible que des choses comme ça arrivent.

— Tire dessus, pour voir, très fort. (Et il veut que sa maman tire fort sur ses doigts, sur ses mains, sur ses pieds.)

— Tu vois bien, dit maman.

— Mais mon « fait-pipi » ?

— C'est pareil, répond maman.

— Mais si c'était un homme méchant, très fort ?

— Personne ne pourrait. Ça tient trop bien. Ce n'est jamais ainsi. Et puis papa et maman sont là pour qu'il n'y ait jamais d'homme méchant près de toi.

Nous voyons donc que Gustave, constatant l'absence du pénis chez la fille, l'explique par une perte. Il associe son organe génital à ses extrémités, dont les petites dimensions semblent seules le préoccuper, et il traduit ses sentiments d'infériorité vis-à-vis des hommes forts comme papa et même vis-à-vis des femmes. La peur de mutilation sexuelle s'étaie sur des interprétations fausses. Son ambition de devenir fort se heurte à son infériorité vraie d'enfant. Le dépit qu'il en éprouve éveille son agressivité vengeresse et il projette ses sentiments sur un homme « fort et méchant » substitut du père, d'où l'angoisse du rêve. Et dans le conscient, le symptôme apparaît : timidité, pusillanimité, attitude de fillette. On voit là, sur le vif, comment s'amorce une des premières angoisses et le complexe de castration naissant, qui dans certains cas pourra marquer le développement entier d'un garçon.

La fille qui (selon son optique) possède un tout petit phallus caché, est enviable, elle ne risque rien. (Les yeux sont trop rentrés pour qu'on puisse tirer dessus.)

L'attitude objectale vis-à-vis de la mère se joue sur le mode passif. C'est ce que traduit le jeu symbolique de faire tirer fort à maman sur toutes les extrémités. Il aimerait, c'est clair, que maman jouât aussi avec son « fait-pipi », ce qui équivaudrait à un succès de séduction passive.

L'avantage de cette situation affective vis-à-vis de la mère, quand elle est encouragée par celle-ci (et il n'est pas rare d'entendre des mères dire avec orgueil de leur fils : « Il est sage comme une image, il ne donne pas plus de mal qu'une fille », ou interdire à leurs fils de jouer brutalement à des jeux audacieux de garçon par « crainte qu'il ne se fasse mal ») est que le garçon reste aimé de sa mère sans avoir besoin d'entrer en rivalité avec son père; au contraire, il parvient à séduire aussi papa. Cette attitude passive prégénitale, si elle se prolonge, s'opposera à l'épanouissement du complexe d'Œdipe normal qui, ici, commençait seulement à s'amorcer.

Encore un mot sur le jeune Gustave, qui prouvera que le symptôme a bien une valeur propitiatoire; et ceci confirmera l'interprétation que nous avons donnée de son comportement passif féminin qui avait bien pour but de supprimer magiquement les menaces de mutilation sexuelle :

Quelque temps après les faits précédents, Gustave se met à craindre énormément la guerre dont il entend les menaces. En effet, la famille de Gustave se trouve en Autriche et c'est la menace de l'Anschluss, puis l'atmosphère de guerre, les troupes, etc. La guerre, il la redoute, « il peut mourir ». Sa mère lui explique qu'il est Suisse et qu'il n'a rien à craindre. A ce moment Gustave toussait sans cesse, à l'auscultation le médecin n'en trouvait aucune cause; un jour, on parle d'aller au cinéma et maman dit : « Oui, quand tu ne tousseras plus. » Dès ce moment, on n'entendit plus Gustave tousser. Maman l'emmena au cinéma. Mais un reniflement constant au bout de quelques jours, alors que Gustave n'avait pas le moindre rhume, fit dire à sa mère : « Mais ne renifle donc pas comme cela », et Gustave répondit :

— Si je ne tousse pas, il faut que je renifle.

— Pourquoi donc ? Le docteur a dit que tu n'étais pas malade.

— Il faut bien que je fasse quelque chose, tu comprends, comme ça je resterai toujours Suisse.

5. Sébastien

Dix ans.

Amené d'une localité voisine de Paris, par sa mère. Enfant très nerveux, indisciplinable, menteur, autoritaire. Il n'apprend rien en classe, le maître ne peut plus le supporter. On fait un test (5 octobre).

12 octobre :

Le résultat du test de Binet-Simon (Mlle Achard) donne : âge mental 8 ans 6 mois (très probablement perturbé). Pendant les épreuves, l'enfant s'est montré très content de lui, instable, répondant sans réfléchir, convaincu de savoir, s'adaptant mal à des successions de plusieurs actes. La mère se plaint que la semaine a été mauvaise, colères, mensonges (genre mythomanies).

Il s'est levé un matin à 5 heures pour couper les boutons de son pantalon (il a été pris sur le fait, mais on ne lui a rien dit, il s'est recouché) et quelques heures plus tard il a dit que c'étaient les autres, à l'école, qui l'avaient fait. Ses boutons de pantalons sont constamment coupés, et il a toujours dit que c'est un camarade qui les coupait. Sa mère se demande s'il ment ou s'il est fou. On l'aurait tué sans le faire avouer.

J'ai assez vite un bon contact avec la mère, qui me raconte le détail de ses griefs, la vie odieuse que crée Sébastien à la maison, ses colères à tout briser. Rien ne peut l'intimider. La mère ne peut travailler régulièrement (elle fait des ménages), car Sébastien ne peut pas être gardé en classe, on ne peut le supporter nulle part. Il est toujours en retard pour l'école. Il ne fait pas ses devoirs, malgré les rappels à l'ordre de sa mère qui finalement l'aide à les faire ou les fait.

L'enfant, pendant notre conversation, est anxieux et buté, il ne répond à aucune question, et hausse les épaules quand sa mère parle.

La mère semble douce mais peu intelligente. Elle dit que l'enfant obéit en général à son père mieux qu'à elle. Le père est infirmier dans une localité voisine et ne vient qu'un jour par semaine à la maison. Il gagne peu, et la mère aurait vraiment besoin de sa liberté pour travailler. Elle nous demande, en somme, sur le conseil du maître d'école, l'adresse d'un pensionnat spécial où on prend les enfants difficiles.

Nous demandons à la mère de changer sur un seul point son comportement vis-à-vis de Sébastien pendant la semaine qui vient : ne pas lui dire deux fois de se lever pour aller à l'école. Tant pis s'il ne se lève pas. Qu'elle nous promette de ne pas s'en occuper. Sébastien est bien assez grand pour savoir que l'école n'est pas une brimade, et s'il aime mieux avoir mauvaise conscience, c'est son affaire, il n'en saura ni plus ni moins pour avoir raté l'école, et il aura appris qu'il est libre d'apprendre ou de rester en arrière sur les autres.

Nous expliquons à la mère que si Sébastien est méchant, c'est qu'il préfère cela. Il est libre. Les médecins ne sont pas là pour le gronder, mais pour comprendre. On essaiera de l'aider, si c'est possible. Sinon, tant pis, on lui donnera des adresses de pensionnats pour les enfants difficiles, où d'ailleurs il sera très bien, mais c'est dommage d'être définitivement classé dans les enfants difficiles, quand on a bon cœur.

La mère nous promet d'observer notre conseil, un peu inquiète des conséquences. Nous lui disons que, même s'il ne va pas du tout à l'école cette semaine, elle devra y rester indifférente, mais seulement nous ramener l'enfant dans 8 jours.

Au cours de la conversation avec la mère, Sébastien avait changé d'attitude, et écoutait.

Nous restons seuls tous les deux. Conversation générale sur ses retards à l'école et son comportement « bébé » dans la vie. Peut-être maman l'ennuie-t-elle en croyant bien faire et ça l'agace. Eh bien, à 10 ans, on est assez grand pour savoir si on veut apprendre ou non. Si on ne veut pas, ce n'est pas la peine que cela mette la maison sens dessus dessous.

— Oui, je vais être gentil, répond-il, je vais être gentil, c'est pas gentil d'être comme ça, je vais être gentil (avec un débit agité, d'un air blâmant et important).

19 octobre :

Sébastien est allé à l'école chaque jour, la semaine a été bonne pour la conduite à la maison jusqu'à hier, nous dit la mère. Hier, caprice épouvantable, à l'heure du déjeuner, Sébastien a refusé de venir à table, s'est sauvé dans la campagne.

Seule avec Sébastien. Une conversation générale à bâtons rompus s'amorce. Je le félicite de ses efforts jusqu'à hier. « *Mais que s'est-il passé hier ?* »

— Oui, c'est pas gentil, c'est pas gentil, je ne recommencerai pas. Oh non. Je sais bien que c'est pas gentil, etc.

Je lui demande : — *Quand voit-il papa ?* — Le jeudi. Alors, ils passent toute la journée ensemble à jardiner. Papa est gentil. Il lui a montré son cahier. C'était mieux.

Son débit est toujours agité, anxieux, avec un ton de condescendance et d'importance comme s'il parlait avec la voix d'un adulte qui fait la morale.

— *Rêve-t-il, dort-il bien ?*

Rêves d'angoisse, cauchemars. Il en a toujours. Il crie, ça réveille maman, et il a peur, même réveillé. Flammes, avions brûlés, voleurs.

A propos de l'école Sébastien se met à « cafarder », comme s'il était outré des manières des autres « qui font des saletés épouvantables ».

— C'est pas bien! Ils s'enferment au cabinet pour qu'on les voie pas.

Je demande :

— Tout seuls ?

— Oui[1], si c'est pas dégoûtant! (et à grand renfort de détails il me décrit des jeux masturbatoires, avec des chiffons, « parce qu'ils ne font pas ça sans rien! », descriptions destinées à me faire mal juger des chenapans pareils).

— Et pis, je le raconte à maman, et elle me dit c'est des salauds, faudra jamais faire ça. Mais, moi, je suis pas un dégoûtant. Oh, de quoi ça a l'air, et pis après on le voit sur leur figure.

Je l'écoutais (d'ailleurs la rapidité de son débit ne m'aurait pas laissé placer un mot) et en même temps je pensais aux boutons de culotte dont je ne lui avais jamais parlé. Sa mère l'avait dit au Dr Pichon, mais pas à moi-même. Sans doute, Sébastien ne m'en croyait pas avertie.

Comme il me semblait que l'haleine avait une odeur légèrement acétonique, je demande un examen d'urines; l'infirmière étant précisément libre, je lui confie Sébastien à qui je dis de revenir après.

On lui fait l'examen, qui d'ailleurs, ne décèle pas d'acétone, mais une scène instructive s'est passée. Quand il s'est agi d'uriner dans un verre, ce fut un désespoir, des larmes. Sa mère est accourue. Sébastien s'est caché la tête dans ses jupes, effondré, et il y était encore quand l'infirmière est

1. *Sic!*

venue me dire le résultat. Il ne voulait pas revenir avec moi. Sa mère souriait en disant :

— Voyez-vous, il a honte de faire dans un verre, il n'est pas habitué.

Je repris Sébastien, et l'emmenai par la main.

— Viens, n'aie pas peur, tu vois, maman croit que tu as honte, parce que tu as fait dans un verre, mais cela n'a rien de honteux. Et puis, tu n'as pas eu honte; quand on a honte, on n'a pas un désespoir aussi bruyant, et si tu avais honte, tu n'aurais pas peur de revenir me voir, moi qui l'avais demandé. Tu n'avais pas honte, tu avais peur. Peut-être un peu de ce que tu m'as dit sur les autres, tout à l'heure, c'est toi qui le fais, même peut-être tout. Tu as cru peut-être que cela se verrait dans ton pipi ?

Alors, effondré de larmes et en sanglots, Sébastien avoue que j'ai raison. Je le laisse pleurer et puis nous parlons de cette masturbation, que j'appelle « faire ça », selon son terme à lui. Je lui dis qu'il n'est pas le seul, beaucoup de petits garçons sont malheureux avec ça. Je le rassure sur les craintes de mutilations sexuelles, les menaces de maladie, d'imbécillité, de folie, de prison.

Je lui dis que ce ne doit pas être une occupation bien agréable quand on a peur de tant de choses, il faut donc croire qu'il en a rudement envie pour risquer tant de dangers malgré la peur qu'il en a. Eh bien, non, il n'arrive jamais d'histoires pareilles. Simplement, on se bourre le crâne de remords.

Je lui demande si peut-être ça le démange ? Est-ce qu'il sait se laver ? « Non, il n'y touche jamais » (*sic :* cela explique les chiffons). Alors je lui dis qu'il faut se laver là comme partout ailleurs, et je lui explique comment. A cette occasion, comme il est gêné, je lui dis : « Mais je suis comme une maman, et comme une maman docteur. » Il a des organes génitaux assez développés pour son âge, le gland est irrité.

Je lui dis :

— Et maman qui croit que tu es encore un bébé! mais tu es un grand garçon et tu sais bien des choses qui étonneraient maman, j'en suis sûre.

— Vous ne lui direz pas ce que je vous ai dit.

— Mais non, ça ne regarde personne que toi. Ce sont des choses personnelles. Tout le monde le sait, mais on n'en parle pas. Si maman t'a dit toutes les histoires de tout à l'heure, peut-être le croit-elle que cela te rendrait malade ?

— Oui, il y a un idiot au village.

— Eh bien, les idiots « font ça » tout le temps parce qu'ils sont idiots, mais ils ne sont pas idiots parce qu'ils « font ça ». Je suis docteur et je sais ça mieux que maman. Tous les garçons, tous les hommes font ça quelquefois, mais pas sans arrêt. Et puis, même si c'était mal, il vaudrait mieux se dire qu'on fait des choses mal, quitte à n'en pas être fier, plutôt que d'inventer des histoires pour accuser les autres.

Et j'ajoute :

— Je ne dis même pas que tu mens. Ça en a l'air, mais tu n'as pas plutôt commencé à inventer que tu le crois, n'est-ce pas ?

— Oui, et c'est alors comme si c'était plus moi.

— Oui, mais c'est toi tout de même. Est-ce que tes camarades le font aussi ?

— Oh non, oh, peut-être...

— Pourquoi, peut-être ?

— Je sais pas, je les ai pas vus. Mais quelquefois, il parlent des choses... et moi, j'écoute pas, je veux pas écouter, c'est pas beau.

— Quelles choses ?

— Eh ben, comme ça... des enfants... des gens mariés.

— Mais ce n'est pas laid. On dit que ce n'est pas beau aux petits enfants, mais quand on grandit, tout est intéressant, et ces choses-là aussi, naturellement. Papa et maman aussi ils ont été petits et ils ont grandi.

Je le laisse réfléchir, puis j'ajoute :

— Est-ce que tu veux que je te dise si c'est vrai ce que racontent tes camarades ?

— Oui, ils savent peut-être pas.

— Qu'est-ce que tu crois ?

— Oh je crois qu'ils ont raison, je pense pareil.

— Qu'est-ce qu'ils disent ?

Suit une vague description des rapports sexuels. L'homme

met quelque chose dans la femme. Je fais préciser. Il y a notion de l'absence de phallus chez la femme, mais non d'un autre organe que l'intestin. J'explique la constitution de la femme. Je dis :

— C'est l'homme qui met le germe, et quelquefois le germe se met à pousser dans la matrice de la femme. C'est naturel, ça ne lui fait pas mal. Le bébé pousse en 9 mois, et alors c'est la naissance. Comment ?

— Y en a un qui a dit par le côté, et pis un par en bas. Mais c'est une opération, « on » va à l'hôpital et « on » *(sic)* est couchée.

— Oui, c'est par en bas. Tu as vu comment une fleur s'ouvre, eh bien, la maman c'est pareil. Et c'est naturel. Elle a un peu mal, alors elle se dit « tiens, il va naître », et elle va à l'hôpital pour que tout soit bien propre, parce que le bébé naît tout petit, qu'il ne peut rien faire que crier, et que la maman est quelquefois bien fatiguée. C'est plus commode d'être à l'hôpital où on fait tout pour elle et pour le bébé. Et puis, bientôt, il y a du lait qui se fabrique tout seul dans la poitrine de la maman, et le bébé n'a qu'à têter. Et le papa et la maman sont contents parce qu'il est à eux deux et qu'il leur ressemble.

Sébastien réfléchit, puis il me dit :

— Et si maman savait ce qu'on a dit.

— Eh bien, elle serait peut-être étonnée parce qu'elle croit que tu ne sais pas encore comment elle est devenue ta maman, mais elle serait fière de te savoir grand.

— Oui, mais elle ?

— Elle, quoi ?

— Est-ce qu'elle sait tout ça ?... Oh que je suis bête, puisque je suis bien né. (Fantasme de mère tabou.)

Après cet entretien, je lui dis : « Alors, tu vois qu'il faut bien travailler pour passer ton certificat et apprendre un métier pour gagner de l'argent et devenir comme papa. »

Et, comme je savais les comédies tous les soirs pour les devoirs, je lui dis de se dépêcher de les faire vite en rentrant, pour aller, après, jouer toute la soirée.

En le ramenant (calmé et souriant) à sa mère, je lui dis :

« C'est un grand garçon, bientôt vous en serez fière. »

Je lui demande un dernier effort pour cette semaine : ne plus s'occuper de ses devoirs. Il les fera ou non. Ça le regarde. Elle vérifiera le cahier une fois par semaine, le jour des notes, mais qu'elle laisse Sébastien au seul contrôle quotidien du maître.

26 octobre :

Sébastien est *transformé*. Sa mère nous dit qu'elle ne le reconnaît pas. Nous le lui avons changé. Elle est encore plus étonnée du changement nocturne, car il parlait sans cesse et criait dans ses cauchemards toutes les nuits, sans même se réveiller. Il dort maintenant tranquillement. Il ne l'a pas mise en colère cette semaine.

Elle a suivi mon conseil pour ses devoirs, et c'est papa qui les a vérifiés jeudi. Il a eu 10 de conduite. *Elle est si contente qu'elle ne nous l'aurait pas ramené* étant donné leur éloignement de Paris, si Sébastien ne l'avait pas demandé avec insistance pour qu'on vienne me dire ces bonnes nouvelles.

Maintenant qu'il est gentil, pourrait-on le mettre en pension afin qu'elle puisse faire des ménages ?

Je demande à parler d'abord à Sébastien.

Il est calme, parle lentement, ou plutôt normalement, sur un ton simple et naturel. Il me redit ce que sa mère m'a déjà dit. Les notes de devoirs et leçons : 7 et 8. Le maître a dit qu'il y avait du mieux, et il n'avait jamais eu un 10 de conduite. Il fait ses devoirs tout seul, il croyait qu'il n'y arriverait pas, maman lui avait dit : « Je ne te demanderai pas de les voir et je ne t'en parlerai pas, mais si tu as besoin que je t'aide, tu me demanderas. » Et il ajoute : « Mais je n'ai pas eu besoin. »

Il me parle de papa, de sa bicyclette, sur laquelle il monte. Je m'en étonne (car il est petit) et lui demande comment papa est grand. « Oh, il est comme vos épaules, bien plus petit que vous. Maman est aussi bien plus grande que lui. » Et après un silence : « Je voudrais bien le dépasser. »

Pendant que je prends quelques notes sur son observation,

Sébastien dessine silencieusement. Les fois dernières, il jacassait sans arrêt. Ses dessins : un beau *Normandie* avec des drapeaux, de conception assez puérile, et des majuscules décorées. Initiales des prénoms de ses oncles, les frères de sa mère dont il me parle avec admiration. « Ils sont grands », il voudrait leur ressembler, « ils ont de bons métiers ». Or, son père a été deux ans en chômage avant de trouver ce poste d'infirmier dans un hospice, très peu payé. La mère dit qu'il n'est « pas fort ». (En fait, il doit être à la limite du nanisme.) Sébastien dit qu'il voudrait faire les mêmes métiers que ses oncles. Nous parlons de la pension et il est d'accord.

2 novembre :

Il va toujours très bien. La mère dit que ce n'est définitivement plus le même. Il n'est plus nerveux, n'a plus de colères. Il est sage sans l'être trop. Il joue, est gai, et n'a plus ni cauchemars, ni terreurs nocturnes. A l'école, on ne le reconnaît plus. Le maître en est satisfait.

19 janvier :

Sébastien m'écrit pour me donner de ses nouvelles. « Je suis gentil avec maman et papa, je travaille un peu mieux en classe, j'ai gagné des bons points. Je pense bien à vous. »

30 mars :

Nous écrivons à la mère pour savoir si elle a mis Sébastien dans une des pensions indiquées, et s'il va bien. Elle répond qu'elle l'a gardé, car il est devenu très facile. Elle peut travailler sur place et s'absenter, car il est sage, seul à la maison. Elle est très contente de lui à tous points de vue.

CONCLUSION.

Il s'agissait bien d'une angoisse de castration. Le symbolisme des boutons de culotte était d'une clarté touchante. Pronostic excellent.

Le comportement « content de soi », se faisant le porte-voix de la morale, tandis que sa mythomanie chargeait les autres de ses fautes, que signifiait tout cela ?

Sébastien projette sur les autres la responsabilité, et arrive réellement à les croire coupables. Son Sur-Moi parle comme maman, et les discours calomniateurs permettent à maman de renchérir, mais en définitive c'est Sébastien qui accumule des sentiments de culpabilité, qui, ajoutés à son angoisse de castration, cherchent un apaisement qu'il trouve dans la punition provoquée par des scènes ridicules à propos d'indocilités puériles et de négativisme systématisé.

Le dénouement exceptionnellement rapide de ce cas est certainement dû, pour la rapidité, à l'interprétation fausse que Sébastien s'était donnée de cet examen d'urine survenant fortuitement après ses propos mensongers et sa phrase « Ça se voit sur leur figure ».

6. Bernard

Huit ans et demi.

L'enfant est amené par sa grand-mère chargée par ses parents de le conduire à l'hôpital pour une énurésie qui n'a cessé que pendant un mois et demi à l'âge de six ans, lors d'un séjour à la campagne, et surtout pour l'apparition récente, d'abord épisodique, mais journalière actuellement, d'incontinence diurne des urines et des matières. Ces troubles sont rebelles à toutes les punitions.

La grand-mère dit de Bernard qu'il est « comme tous les enfants, têtu, brutal si son frère l'ennuie, étourdi ». Elle dit que les parents ont la main leste et que Bernard reçoit des gifles « plus souvent qu'à son tour, parce qu'il agace tout le monde, qu'il ne fait attention à rien, mais ce n'est pas sérieux, on l'aime bien ». Quant à l'école, la grand-mère ne peut pas nous donner de renseignements. Bernard dit qu'il est 27e sur 45.

Il a été en nourrice depuis son 12e jour jusqu'à 4 ans. Il a un frère de 4 ans, René. Les parents ont repris Bernard avec eux pour mettre René à sa place chez la nourrice, mais, René, ils ne l'y ont laissé que 2 ans.

A l'examen physique, absolument rien à signaler. Enfant joufflu, d'aspect infantile; assis, il semble affalé sur sa chaise; peu d'expression; il a encore une incisive de lait.

Seule avec Bernard, je n'en tire rien, à part un dessin qu'il me fait, très honteux de ne pas savoir dessiner. Cela représente un bonhomme qui conduit un camion (son père est camionneur).

Bref, enfant très instable, étourdi, refusant tout effort, pas agressif de lui-même, mais opposant une force d'inertie considérable.

Etant donné que l'énurésie a cessé à 6 ans pendant un séjour à la campagne sans ses parents, à un moment où le petit frère n'était pas non plus avec eux, et qu'elle a repris dès son retour, je pense que la jalousie à l'égard du frère joue un rôle. D'autre part, Bernard ne se montre brutal qu'avec son frère et quand celui-ci l'ennuie.

Je parle donc d'autres enfants comme Bernard qui sont jaloux de leur frère, j'explique que chez lui, il y a de quoi, puisque lui-même a été privé de ses parents si longtemps, et je dis que l'envie n'est peut-être pas un très joli sentiment, mais que cela existe et que, peut-être, il voudrait parfois faire vraiment du mal à René. J'ajoute que penser et agir ne sont pas synonymes, il vaut mieux savoir qu'on est envieux et essayer de s'arranger d'une autre façon pour provoquer l'envie de l'autre sur un plan d'où on ne peut être délogé. Lui, par exemple, qui est grand, ce serait en devenant un type fort, « un dur », un bon élève; alors papa et maman seraient fiers, il les obligerait à compter avec lui : « Notre aîné par ci, notre aîné par là. » Cela n'arrivera pas tout de suite, mais je l'aiderai et en attendant que la famille s'en aperçoive, moi je lui apporterai une récompense la semaine prochaine si le travail a bien marché. Quant aux histoires dans la culotte, moi je trouve que cela n'a aucune importance, lui dis-je, ou plutôt, cela le fait paraître bébé, et ça sent mauvais, mais si cela lui est agréable, et qu'il n'y ait rien qui lui soit plus agréable, je ne l'empêche pas (8 mars).

22 mars :

L'enfant n'a pas voulu venir mercredi dernier parce qu'il avait une composition, les parents n'y ont pas fait d'objection, car il avait déjà fait des progrès, mais *c'est surtout depuis le 15* (c'est-à-dire depuis le jour de cette composition) qu'il a fait de gros progrès. Quant aux symptômes qui les intéressent : énurésie, il n'a fait qu'une fois seulement et un début d'émission dans sa culotte dans la journée une seule fois.

La grand-mère me dit qu'il a changé un peu, il est moins tranquille et est plus brusque qu'auparavant avec son frère. René est odieux avec son grand frère, surtout depuis 8 jours. Il lui prend ses cahiers, les cache, l'empêche de travailler tranquille. La mère, pour avoir la paix, donne raison au petit, « alors ça crie tout le temps ». Avant, Bernard recevait des gifles et cédait.

Bernard est tout content de me dire qu'il a été 17e sur 45, je l'encourage et lui montre que son petit frère est jaloux de le voir aller à l'école. Si Bernard est un peu envieux de René parce que maman le gâte davantage, il a sans doute raison, mais grand-mère a l'air de le préférer à son petit frère (Bernard me le confirme) et c'est une compensation, et puis René aura beau faire, il ne sera jamais le grand, et il sera toujours 4 ans derrière lui, si Bernard ne se laisse pas mettre en retard en classe. Il ira en apprentissage 4 ans avant René et gagnera des sous 4 ans avant lui.

29 mars :

Bernard n'a plus eu d'incontinence ni d'urine ni de matières, ni de jour, ni de nuit. Il a fait beaucoup de progrès, dit grand-mère, et le maître l'a dit à son père. Il n'a plus jamais de reproches à lui faire, tandis qu'auparavant c'était celui qu'il réprimandait le plus. Je demande à voir le père.

19 avril :

Bernard vient avec son père[1], un homme grand et doux. Il me dit qu'il est content du changement de Bernard et du fait qu'il soit devenu propre. Il voit que son caractère change aussi. D'après la grand-mère j'aurais parlé de son caractère et dit que tout se tenait. Cela les étonnait, mais le père me dit qu'il s'aperçoit en effet, depuis le changement, que Bernard n'était vraiment pas plus débrouillé que son petit frère, et commence seulement à l'être. Il me décrit l'instabilité de Bernard : sa mère lui demande de l'aider à ranger la table, Bernard obéit, mais ensuite il touche à tout et sort tout ce qu'il y a dans le buffet. Sa mère le claque et le renvoie, et Bernard pleure. Souvent, il oublie les commissions qu'on l'envoie faire.

Je reste seule avec Bernard, et il me raconte que ce qui l'ennuie maintenant, c'est que son petit frère a tellement peur la nuit qu'il ne veut pas coucher dans la chambre de papa et maman et qu'il veut se mettre dans le lit de Bernard.

— Je ne dors pas bien, et puis quelquefois j'ai de mauvais rêves.

Après un moment, Bernard ajoute :

— René a de mauvaises habitudes parce qu'il est nerveux, peut-être vous pourriez le guérir de ses nerfs.

Je demande :

— Quel est ton avis à toi sur les mauvaises habitudes ?

— Oh, maman dit qu'il sera malade, elle le tape et elle dit que le docteur lui coupera.

Je réponds :

— Eh bien, ce n'est pas vrai, tu le diras à René. C'est des histoires de croquemitaine et tu sais bien que ce n'est pas vrai non plus. On dit ça aux bébés pour leur faire peur. C'est pour ça que René est nerveux, et puis tu viendras avec lui la prochaine fois.

On voit bien que Bernard, par cette entremise de son frère,

1. Qui, nous l'apprendrons ultérieurement, n'est que le père adoptif de Bernard, pour qui il est moins indulgent — bien qu'il l'aime beaucoup — que pour René, qui est son fils.

me parlait de sa propre masturbation qui provoquait les rêves d'angoisse.

CONCLUSION.

Ce traitement est encore en cours, mais nous avons pensé qu'il intéresserait par sa simplicité même : retour au stade anal passif. La revalorisation de ses capacités (à propos, par exemple, de ses sentiments d'infériorité pour son dessin) a autorisé la manifestation de l'envie, de l'ambition, de l'agressivité et a permis à Bernard de passer au stade anal actif. Mais l'instabilité et les rêves d'angoisse signent le complexe de castration, confirmé par les préoccupations masturbatoires.

7. Patrice

Dix ans.

Amené en médecine parce qu'il est lent, et très nerveux. Il remue sans cesse, son professeur s'en plaint. A table, il mange très lentement. Comédies le matin pour se lever. Scènes rituelles et quotidiennes soi-disant parce que sa prière n'est pas finie. Parfois soucis obsessionnels au coucher ou pour ses vêtements; d'autres fois, désordre, saleté, il « met tout en fouillis ».

Au point de vue scolaire, il est en septième au lycée, bon en dessin, en récitation, en lecture, très mauvais en orthographe, médiocre en calcul. Mauvaises notes de leçons, irrégularités des notes de devoirs, très mauvaises notes d'application et de conduite. Rien à signaler vis-à-vis de ses camarades. Patrice est enfant unique.

Avec son père, disputes continuelles. Le père est très nerveux, dit la mère, et ne peut pas supporter l'enfant (?).

Il y a des conflits continuels entre les parents à propos de lui.

Au cours de toutes ces querelles familiales, Patrice se montre fanfaron et impertinent, triomphant quand il marque des points, si bien que la mère engagée dans la discussion entre le père et le fils pour défendre l'enfant, se met à le gronder parce qu'il profite de la situation. Et c'est elle « qui prend », selon son expression. Bref, scènes perpétuelles, atmosphère familiale en effervescence pour « *des riens* » : par exemple, si Patrice mange ou non du pain avec sa viande, s'il s'assoit de travers sur un fauteuil, s'il remue sur sa chaise, etc.

Il semble clair que Patrice, fils unique, exploite une situation tendue du couple parental dans laquelle il n'est pour rien. Il lui est alors impossible d'arriver au complexe d'Œdipe sans un sentiment démesuré de culpabilité qui se met au service du complexe de castration et provoque l'échec autopunitif.

Le but thérapeutique qu'il faut viser, c'est de dissocier le trio en permettant à Patrice des triomphes réels, dérivés d'une situation œdipienne, mais jouant sur des substituts des objets œdipiens, c'est-à-dire hors de la famille.

Mais la mère travaille, et dit qu'elle ne pourra pas revenir. Il faut donc aller vite. (A la fin de notre entretien elle acceptera que Patrice revienne seul, s'il le faut.)

Sans mettre en doute ce que la mère nous dit à propos du père d'un ton assez passionné, nous n'envisageons que ce qu'elle nous dit de son attitude à elle vis-à-vis de Patrice.

« Qu'elle nous croie, Patrice n'a besoin ni de médicaments, ni de changement d'air. »

Suivent des conseils d'ordre général et très simples, donnés en présence de l'enfant, et visant à ramener les incidents familiaux à leurs justes proportions. Nous essayons de dévaloriser le rôle que la mère croit devoir y jouer. Patrice est assez grand pour avoir des querelles avec son père, sans qu'elle intervienne, disons-nous. Il n'a pas besoin d'être défendu. Et puis, manger lentement, manger du pain ou non, au strict point de vue de Patrice cela n'importe en aucune façon. Si Patrice n'a pas fini de déjeuner en même temps que les autres, il n'a qu'à prendre son assiette avec lui, finir dans un coin et la rapporter ensuite tout seul à la cuisine. S'il ne veut pas manger toute sa portion, il n'a qu'à laisser, cela ne gêne personne. Le jour où il aura faim, il mangera davantage. D'ailleurs, mieux vaut qu'il se serve lui-même au lieu d'être servi. Il en prendra selon son appétit.

Ces propos de bon sens semblent stupéfier la mère, autant que l'enfant. Cette conversation sans passion amorce le transfert de l'enfant et provoque la question de la mère :

— Mais alors, que dois-je faire? Si vous croyez que c'est facile!

— Je sais, lui dis-je, de loin on voit les choses froidement. Ne vous mettez point martel en tête, et si vous voulez me faire confiance, promettez-moi une seule chose pour cette semaine : le matin vous direz l'heure à Patrice une seule fois, et ne vous occuperez plus de rien! Qu'il aille au lycée ou non, qu'il parte en retard ou sans déjeuner, sans se laver, vous ne vous en occuperez pas. S'il est mis en retenue, tant pis pour lui, et s'il s'arrange pour ne pas être puni au lycée, tant mieux pour lui. Cela ne se passera peut-être pas sans anicroches, il en souffrira et vous aussi. Mais tenez bon, je ne vous demande cela que pour 8 jours. Et si vous voulez vraiment m'aider, agissez sans aucun esprit de brimade. S'il n'est pas arrivé à se lever à temps, s'il est puni, ne triomphez pas. Au contraire, consolez-le et encouragez-le pour le lendemain.

Patrice reste seul ensuite avec moi. Un très bon contact s'établit. Il me parle de choses et d'autres et me raconte un incident récent avec un air de fanfaron triomphant d'abord, et de victime à la fin. C'était à propos de l'achat par sa mère d'un service de table, qu'il avait choisi et conseillé. Son père était furieux et il « l'a grondé et giflé ».

Je reprends son récit et lui montre ce qui a dû se passer :

il a été flatté que maman achète ce qu'il trouvait beau — ce qu'elle a fait parce que son goût coïncidait sans doute avec celui de Patrice. Mais Patrice voulait voir là une victoire personnelle et il a dû s'en vanter pour taquiner son père, lui faire « la nique ». Naturellement, papa qui est malin, a compris l'intention impertinente. Patrice cherchait la gifle et il l'a reçue. En réalité Patrice savait fort bien que maman n'avait pas acheté ce service de table en vue de le flatter. Il a utilisé une occasion qui se présentait pour se disputer avec son père en prenant ensuite l'air de la pauvre victime.

Patrice est un peu vexé, mais il avoue que ce que je lui dis est la vérité.

Alors, je lui explique qu'il est jaloux de maman et qu'il est malheureux. Il veut crâner, se tromper lui-même, se dire que maman n'aime que lui, et triompher de son père. Mais il n'y a rien à faire, son père compte aussi. C'est comme cela. Ses parents n'ont pas eu besoin de lui pour vivre, tandis que lui ne pourrait se passer d'eux. C'est pour cela qu'au lieu d'être content, quand il remporte une victoire près de maman c'est comme s'il faisait quelque chose de mal et il ne peut pas en profiter. Il cherche à se faire punir (7 février).

14 février :

Une semaine après le premier entretien, Patrice revient seul et m'apporte une lettre de sa mère où elle me dit qu'elle est très satisfaite de Patrice. Elle avait commencé par désespérer les deux premiers jours qui ont suivi notre consultation. Il n'avait jamais été aussi terrible. Malgré tout, elle a tenu la promesse qu'elle nous avait faite pour le matin, et Patrice se lève maintenant tout seul et avant l'heure. Ce dont, surprise et ravie, elle me remercie.

Patrice est épanoui et calme en me racontant le contenu de la lettre qu'il connaît.

Il me dit qu'avec son père cela a été très mal les trois premiers jours. C'étaient des drames à tous les repas, toujours à propos de sa lenteur et parce qu'il mange, soit son pain seul en oubliant le plat, soit le plat en oubliant son pain. Papa se fâchait et maman ne disait rien. Mais il y a déjà quatre jours qu'il n'y a plus d'incidents à table, parce que — sans le faire exprès — il n'oublie plus et mange à la fois son pain et le contenu de l'assiette; et il en est le premier surpris.

Il a eu 6-7-8-9, en leçons puis hier... 3 ! Il en est navré pour sa moyenne. Il savait très bien sa leçon, pourtant, et voulait avoir 10. On a demandé les affluents de la Loire, et il a dit ceux de la Seine, mais sans faute et c'est pour cela qu'au lieu de 0, il a eu 3. Il veut faire remonter sa moyenne. Je l'y encourage et lui dis que ce n'est pas très grave; je lui montre le côté *échec psychogène* dans cette étourderie, *comme s'il n'avait pas le droit d'avoir* 10. Patrice ajoute qu'il redoutait les reproches de son professeur, mais celui-ci n'a rien dit. Il y a trois jours, voyant qu'il savait mieux ses leçons, le professeur avait dit : « Patrice remonte dans mon estime », et hier, peu après l'incident de géographie, comme Patrice avait compris le premier un problème oral, le professeur a dit « Patrice sera classé dans les intelligents ». Patrice est tout fier, et je lui dis qu'il me fait grand plaisir, ainsi qu'à sa mère.

Il me raconte encore qu'il a flanqué un coup à un sale type qui le menaçait tout le temps et qui, depuis longtemps, se vantait devant tout le monde d'être plus fort que lui. Patrice avait toujours évité de l'approcher parce que les autres en avaient peur. Il en avait déjà « amoché ». « Mais tant pis, cette fois j'ai dit « on verra » et puis c'est l'autre qui est tombé. Il était furieux et vexé, et tout le monde était content. Eh ben, vous voyez, je croyais que ce type-là, il m'aurait. »

Nous voyons donc comment l'ambivalence vis-à-vis du père a pu être déplacée sur le monde extérieur. La composante homosexuelle passive a été déplacée sur le professeur (qu'on est fier de séduire) et la composante agressive trouve à se déplacer sur « un sale type fort » qui sert de substitut à l'objet œdipien.

En même temps la situation familiale s'allège. Patrice peut être heureux de faire plaisir à maman, l'énergie libidinale est déplacée de la rivalité œdipienne vers la lutte pour la vie sur un plan réel : les victoires scolaires et autres, non seulement permises mais encouragées. Et nous voyons comment l'angoisse de castration joue encore au début sur ces conquêtes, en déterminant des échecs auto-punitifs (la mauvaise note par étourderie) infligés par le Sur-Moi.

Ce cas, d'aspect médical et compliqué, était donc très simple. Un entretien avec la mère devant l'enfant, et deux entretiens seul à seul avec celui-ci ont modifié les symptômes.

Mais ne nous leurrons pas. Notre thérapeutique n'a pas guéri Patrice.

Elle lui a uniquement permis de prendre conscience de sa place dans la vie, avec une optique nouvelle. C'est le déplacement réussi, avec des satisfactions à la clé qui ont permis à l'inconscient de l'enfant de renoncer à ses symptômes. Les trois premières journées (pires que jamais) montrent la résistance inconsciente de Patrice. Heureusement pour l'enfant, la mère tint la promesse qu'elle nous avait faite. Son silence, au lieu de l'intervention habituelle, pendant les incidents des premiers jours à table, a permis au complexe de castration de « *maturer* » le complexe d'Œdipe. Le « charme », au sens magique du mot, qui maintenait l'enfant dans une attitude sadomasochiste vis-à-vis de son père a été rompu, une énorme libération libidinale s'ensuivit qui a pu immédiatement servir à investir les possibilités de sublimation. Le rôle du psychothérapeute fut seulement catalyseur.

CONCLUSION.

Des cas semblables sont très nombreux. On pourrait même dire que Patrice est, plus ou moins, le type de l'enfant unique, doué, et chez qui le complexe de castration est obligatoirement très violent, car la situation œdipienne doit nécessairement se jouer sur le père, sans grande possibilité de déplacement.

Le *pronostic* est bon, mais un travail reste encore à faire que la suite de ses succès scolaires permettra à Patrice, espérons-le : c'est l'adoucissement de la sévérité du Sur-Moi.

8. Roland

Huit ans.

Enfant instable, amené par sa mère, sur le conseil du directeur de l'école, pour énurésie et pour nervosité chez lui et en classe.

Trois autres enfants, Jacqueline 5 ans, Lucienne 4 ans, Daniel 1 an, et la mère est enceinte. Entre Roland et Jacqueline une fausse couche spontanée de 4 mois 1/2.

Roland a été élevé au sein jusqu'à 1 an, il n'a jamais quitté ses parents. Il était propre à 2 ans 1/2, est resté propre encore après la naissance de Jacqueline, jusqu'au moment où la mère, enceinte de Lucienne, a envoyé Roland coucher tous les soirs chez sa grand-mère qui habite tout à côté d'eux.

C'est là qu'il s'est mis, presque aussitôt, à uriner au lit, et il n'a pas cessé, malgré tous les moyens éducatifs essayés (promesses de cadeau ou punitions).

Roland est très jaloux de ses sœurs, et méchant, très taquin avec elles. Il est taquin mais affectueux avec son frère Daniel, qui a un an. Les troubles du caractère — méchanceté, indiscipline, instabilité, caprices, colères — sont surtout apparus depuis un an. « Maintenant il faut crier tout le temps après lui », dit la mère. Je souligne la coïncidence : le petit frère a un an. Sans nul doute, à ses yeux, la naissance de ce garçon le déloge dans le cœur de maman. Tant qu'il n'y avait que des filles, il souffrait moins.

Au début de l'entretien avec sa mère, Roland nous regardait d'un air hâbleur et buté. Il avait refusé de dessiner et de s'asseoir. A la fin de l'entretien, il est honteux et triste, et écoute ce que nous disons.

Je garde Roland seul et je lui parle du chagrin que c'est, pour un aîné qui a eu sa maman pour lui tout seul pendant trois ans, d'en voir arriver d'autres. Roland pleure de grosses larmes sans rien dire. A ma demande « s'il veut guérir de son pipi au lit », il me répond : « Non ça m'est bien égal » et il semble sincère, « c'est maman qui veut ».

Je n'insiste pas, sentant que la mère est « brûlée » pour l'instant. J'exalte le rôle et les possibilités d'un « aîné » dans une famille. Pour Daniel, il est comme un géant qui sait tout. Plus tard il pourra travailler comme un homme.

Roland me parle alors de son oncle qui est dans les chemins de fer, et il veut faire comme lui. Son père est livreur de colis. « Il est sévère », mais au ton dont Roland le dit, je sens qu'il l'aime, admire sa sévérité. Je lui dis alors que s'il devenait un vrai grand garçon, son père serait fier de lui. Cela semble le toucher.

Nous abordons l'hygiène de la propreté génitale. Roland m'avoue qu'il ne se lave presque jamais et juste la figure. Sa verge le démange souvent, surtout la nuit. Je lui demande s'il se gratte même quand ça ne le démange pas. — Il répond « oui » tout bas en baissant la tête. Je demande qui l'a défendu pour qu'il ait tellement honte. « C'est grand-mère, elle dit qu'elle le dira à papa. » (Remarquons que c'est dès le coucher chez elle qu'est apparue l'énurésie.)

Je minimise l'importance de tout cela, en insistant sur la propreté journalière et surtout sur des choses plus intéressantes : le travail et les prérogatives de l'aîné (30 novembre).

21 décembre :

La mère n'est revenue avec Roland que trois semaines après. Il y a huit jours, Daniel a été si malade (congestion pulmonaire) qu'elle a dû le conduire à l'hôpital. On a craint pour sa vie. Maintenant il est sauvé.

Roland avait fait beaucoup moins au lit la première semaine après notre entretien, mais l'incontinence a repris de plus belle la deuxième semaine.

Pendant ces mêmes huit jours (depuis que Daniel était malade) il a fait l'école buissonnière. A l'école, la maîtresse dit qu'il ferait tout ce qu'on voudrait, si on pouvait s'occuper spécialement de lui.

Et la mère me demande de l'en débarrasser, parce qu'il est trop dur, et que je l'envoie au préventorium ou à la campagne! (le nombre de parents qui viennent demander cela pour les mêmes raisons!)

J'explique à la mère qu'en l'éloignant d'elle, elle lui fera croire qu'elle l'aime moins que les autres, et c'est ce qu'il croit déjà. Il en est malheureux, c'est pour cela qu'il se venge sur les autres et qu'il est insupportable.

Et devant la mère je parle de sa grossesse (non dissimulée).

Avec Roland seul, je continue à parler de ce sujet. Il me dit d'un air honteux qu'il le savait, mais qu'il faisait semblant de ne pas savoir, parce qu'on croyait qu'il ne comprenait pas. Je réponds qu'il ne faut pas être honteux d'être intelligent, au contraire. Je lui dis que lui aussi, il a été dans le ventre de sa maman longtemps avant de naître, et après elle l'a nourri de son lait, comme tous les autres, et quand il était malade, maman ne s'occupait plus que de lui, comme pour Daniel la semaine dernière.

Il me raconte que pendant ces huit jours d'école buissonnière, il a fait des commissions pour un monsieur qui est plombier. Il a voulu lui donner 4 sous, mais Roland aurait refusé. Les derniers jours, il allait demander des caisses vides au marché et il les rapportait sur son dos à maman pour faire du feu et pour qu'elle économise du fagot (donc pour se faire pardonner sa fugue et pour partager la culpabilité avec maman en même temps que pour jouer au « grand »). J'écoute sans répondre et ne le gronde pas du tout pour l'école buissonnière.

28 décembre :

N'a fait au lit que deux fois, les deux nuits passées chez ses parents. Les autres nuits, chez sa grand-mère, qui le menace de punitions, pas d'énurésie, mais des cauchemars avec réveil terrorisé.

A sa mère, il dit qu'il ne se rappelle pas ses rêves, mais à moi il me les raconte. On veut lui couper la tête. Un crocodile lui avale la main et l'avant-bras. On l'a enfermé en prison et il se sauve avec son copain. Il rêve souvent qu'un monsieur lui coupe la tête.

La nuit, dans le rêve de la prison, il avait d'abord joué avec son copain et une auto. Ils avaient accroché une carabine à l'auto et ils s'amusaient à tuer le chat en lui tirant sur la queue. « Ça lui faisait mal, mais on l'empêchait de se sauver, et c'était drôle, n'est-ce pas ? » Je réponds : « Sûrement ! »

10 janvier :

La mère me dit qu'il n'a fait au lit qu'une seule fois, et à peine; cela l'a réveillé. C'était après une journée particulièrement bonne où il avait joué au train et au loto avec papa. Roland a meilleure mine, il ne rêve plus. Il dort et mange bien. Il est de plus en plus gentil avec son frère, qu'il ne taquine plus jamais. Avec ses sœurs, il n'y a plus les mêmes querelles.

Seul avec moi, Roland se met à bavarder librement. Il est content de ne plus avoir ces mauvais rêves qui lui faisaient redouter le sommeil.

Il me raconte des tas d'histoires où il a le beau rôle. Il ira chez le coiffeur tout seul. Il aide papa à porter des caisses de 100 kg ! Maman a besoin de lui. À la maison, on a besoin d'un garçon qui aide à tout, chercher du bois, porter le petit frère, etc. !

Il me dit qu'il donnera tous ses jouets à son petit frère quand il sera grand, et « tout ce qu'il a, c'est à Daniel aussi ! ».

« Et pis... même à ma sœur. Vous comprenez, elle veut jouer avec mon train, alors quand moi j'ai à aider papa ou maman, pour des choses, ça m'est égal, j'y dis qu'elle peut jouer avec, pendant ce temps-là. »

Quant à l'école, selon le mécanisme de la projection « la maîtresse est devenue gentille ».

CONCLUSION.

Si Patrice était le type de l'enfant unique, Roland, lui, est le type de l'aîné récalcitrant d'une nombreuse famille.

Les symptômes qui ont pour but de donner du travail supplémentaire à maman ont du moins l'avantage de l'obliger à s'occuper de lui comme des plus jeunes; aussi tous les moyens de coercition qui visent à supprimer les symptômes (les menaces de la grand-mère) ont pour seul effet de provoquer des angoisses et des terreurs nocturnes.

Il fallait réconcilier Roland avec sa mère, les filles, les femmes, le considérer en grand garçon (lui parler ouvertement de la grossesse de sa mère) et lui donner le désir de conquérir l'estime des grandes personnes. C'est ainsi qu'on pouvait lui permettre de renoncer à l'attitude infantile.

Le complexe de castration non liquidé est symboliquement exprimé par le rêve de guillotine qui suit les jeux sadiques.

La liquidation du complexe de castration s'est traduite par le rêve où il se sauve de prison après avoir tiré sur la queue du chat, et surtout parce qu'en me racontant ses rêves (à moi seule) il me confiait, sur le plan symbolique, son angoisse de mutilation sexuelle et que, d'après mon attitude au récit du chat, il a vu que j'étais consentante à la vengeance sur le chat (symbole, ici, du père).

9. Alain

Huit ans et demi.

Enfant unique, n'ayant jamais quitté ses parents, intelligent (premiers mots à 10 mois), amené par sa mère, pour énurésie.

Alain urine au lit une fois au moins chaque nuit, parfois plusieurs.

De sa vie, il n'a cessé d'uriner au lit que pendant 15 jours, au début des vacances d'été.

Il couche seul. Examen négatif. Organes génitaux normaux. L'enfant paraît intelligent, est bon élève en classe, 3e ou 4e sur 30.

Le père est dans la Police (officier), il est très craintif pour l'enfant. Il ne veut pas qu'il joue de peur qu'il ne transpire, il ne peut supporter le bruit, il prédit toujours une maladie si Alain sort par la pluie ou le froid, et s'il joue avec d'autres il craint les maladies contagieuses.

Les deux parents sont d'avis contraire, et la mère voudrait mettre Alain aux louveteaux pour qu'il voie d'autres enfants. (Je l'y encourage.)

Les jeudis et dimanches, Alain reste seul avec ses parents ou avec sa mère à la maison, ainsi que le désire le père.

Seule avec Alain, un bon contact s'établit, après qu'il eut longtemps retenu sa mère, car il avait peur qu'en restant seul avec moi « on la lui coupe ». Maman le lui avait dit. Il y avait longtemps qu'on le menaçait de l'hôpital. Je le rassure et lui dis que cela ne s'est jamais fait. Cela n'existe pas plus que le croquemitaine. Je lui dis que le pipi au lit ne vient pas de la masturbation. « Je le faisais quand j'étais petit, mais ça ne m'arrive plus jamais de me toucher, j'ai compris que c'était laid. » — « Oui, lui dis-je, ce n'est pas joli non plus de mettre les doigts dans le nez, mais ce n'est pas épouvantable, et ça n'enrhume pas. Ça arrive de temps en temps, mais pas en public. Quand les enfants s'ennuient, c'est quelquefois plus fort qu'eux. »

Il me parle de papa qui est sévère. « Il est dans la Police! alors il est terrible » *(sic)*. Ça ne va pas du tout avec lui. Il tire les cheveux, et il gifle si on parle fort. « Il ne veut pas que je joue au train électrique, parce que ça fait du bruit, et c'est lui qui me l'a donné. » Je lui dis d'en profiter quand il n'est pas là et de dessiner ou de peindre quand papa est à la maison (2 novembre).

9 novembre :

Alain n'a pas une seule fois uriné au lit de la semaine, mais il a été bien plus désobéissant et intraitable. La mère est enchantée du résultat pour le pipi au lit, mais affolée de ce qu'il est devenu indiscipliné et répondeur.

Restée seule avec Alain, je lui montre le rôle auto-punitif de ses troubles. Il se donne le droit d'être un vrai garçon, et j'en suis ravie, je l'en félicite, mais il n'a pas besoin pour cela de se faire punir et gronder, comme un petit bébé, alors maman se décourage et ne l'estime plus.

Je conseille à la mère de le mettre aux louveteaux pour donner une issue à son besoin de remuer, de faire du bruit et de le mettre dans une atmosphère de jeunes, mais aussi de lui demander de faire quelques efforts pour lui faire plaisir en échange du scoutisme.

A l'école, toujours excellentes notes.

16 novembre :

La propreté a duré. L'enfant en semble fier. Alain est aux louveteaux et en est ravi.

CONCLUSION.

Nous voyons, dans ce cas extrêmement simple, le rôle économique du symptôme :

L'énurésie est doublement déterminée :

1° Protestation d'agressivité devant la menace de mutilation sexuelle.

2° Substitut, sur le mode régressif sadique urétral, de la masturbation phallique.

L'énurésie est donc coupable et entraîne les fantasmes et l'attitude masochique vis-à-vis du père.

L'assurance du médecin qu'on ne le châtrerait pas et que ce n'était pas défendu ni « horrible » de se masturber — bien que ce ne soit pas « joli » — entraîne la suppression du symptôme, mais la culpabilité devant le Sur-Moi paternel l'oblige à provoquer de nouvelles menaces d'être renié par la mère.

La prise de conscience de ce mécanisme apporte l'apaisement de cette angoisse et permet à Alain d'être soutenu par sa mère contre son père (c'est ce que signifient les louveteaux) et d'aller dans le sens normal, ce qui est aussi le vœu de son père.

Dans ce cas, il semble bien que le père d'Alain soit un anxieux, et que le choix de son métier trahisse un violent refoulement de ses pulsions agressives, que, dès lors, il ne peut que les interdire à ce fils unique (son alter ego) pour la vie duquel il craint tant.

10. Didier

Dix ans et demi.

L'enfant est amené en consultation de médecine pour son retard scolaire considérable, l'impossibilité dans laquelle il est de suivre la classe. Bon enfant, très doux, mais inattentif; il a un visage figé, inexpressif. Très bon état général.

L'enfant est né à 8 mois, l'accoucheur a dit que le délivre était aussi lourd que l'enfant (?). Pas de coryza à la naissance. Pas de grosse rate. La mère est bien portante, vive, gaie, bruyante, intelligente, type méridional, « n'a, dit-elle, vécu que pour son enfant » depuis la mort du père (tuberculose pulmonaire), « suites de guerre », quand Didier avait 5 ans.

Enfant unique, il a toujours vécu chez sa mère.

Didier est à l'école depuis l'âge de 7 ans. Vers 8 ans, le travail scolaire se mit à fléchir. Il est dans une institution religieuse où la question du renvoi ne se pose pas.

Au premier examen, le Dr Pichon note : « Il faut lui tirer les mots de la bouche pour lui faire dire que Paris est la capitale de la France, et l'Angleterre une île. Sur l'antériorité de Charlemagne par rapport à Napoléon, l'enfant dit l'inverse de la vérité et paraît peu se soucier de ce qu'on lui demande et de ce qu'on dit ».

On fait un test de Binet-Simon, qui montre une intelligence supérieure au niveau moyen de son âge, et on note : « Les troubles qu'il présente sont des troubles du caractère. Ils n'ont commencé qu'après la mort du père. » En effet, questionnée, la mère signale que le changement du caractère date de la mort du père; l'enfant qui avait 5 ans et demi a menacé de se suicider. On décide une psychothérapie (30 mars).

27 avril :

L'enfant a le visage parfaitement immobile, il ne tourne pas la tête, a les yeux baissés, il est figé comme une statue et sa voix est douce comme celle d'une petite fille; il n'ouvre la bouche que pour parler et la referme aussitôt. Au début, *totalement inattentif ;* peu à peu en le faisant parler de son père, de sa mère, des autres au collège, on voit que l'image de son père décédé, est celle d'un « surhomme », que sa mère ne lui inspire aucune confiance pour les choses sérieuses, mais qu'il l'aime beaucoup.

Sa mère paraît compréhensive.

Après avoir éclairé l'enfant sur les questions sexuelles, naissance des enfants, filles et garçons, etc. dont ils parlent ensemble en fabulant à l'école, j'ai conseillé à la mère de ne pas s'occuper, malgré sa crainte, du travail scolaire de son enfant.

4 mai :

Il a fait des progrès en classe. Le maître a signalé une très bonne application. (Notons un rêve d'angoisse : bandits qui voudraient le tuer; un rêve agréable : il était à l'hôpital Bretonneau et il me parlait.)

11 mai :

En bonne voie. Meilleures notes, 8-9-9, pas encore de 10. L'enfant pose des questions comme celles-ci : Pourquoi y a-t-il des gens qui chantent bien et d'autres qui chantent mal ? Détails sur les sortes de serpents. Comment sont grands les bébés qui naissent ? L'enfant lit d'un bout à l'autre ses livres de classe au début de l'année scolaire, puis est dépité de n'y pas trouver l'explication de tout. Ensuite, il ne trouve pas d'intérêt à apprendre ses leçons.

La semaine prochaine, retraite et première communion.

Recommandation à la mère de lui laisser lire des livres de Jules Verne, et *Sciences et Voyages.*

25 mai :

Didier a fait sa première communion. Il m'apporte une image et sa photo.

Il m'apporte aussi une dictée, mauvaise, où les fautes sont soulignées par le maître, mais non corrigées par l'enfant au moment où on épelle à haute voix. Un problème faux, mais non compris ensuite, car le maître refuse d'expliquer après la classe.

Je conseille de demander aux camarades, qui ont trouvé la solution, leur copie après correction.

Rêve : qu'il arrive trop tard, les autres sont déjà partis, il ne sait pas où, il est perdu. (Exactement les difficultés scolaires devant lesquelles il se trouve maintenant : toujours en retard sur les autres.)

Je conseille des leçons qui soient données par un étudiant ou, en tout cas, par un *homme* afin qu'il réussisse l'examen de passage.

La mère a revu le médecin traitant habituel, qui l'a chaudement encouragée à persévérer dans le traitement psychothérapique au moins trois mois. Elle s'attendait à ce qu'il en rît.

1er juin :

Didier, aujourd'hui, pendant tout l'entretien *me regarde en face.* Sa mère l'a fait inscrire aux Scouts de France. Didier en est *très heureux.* Il est sorti dimanche, a osé prendre le risque de monter aux arbres comme les autres, au début sans résultat, puis y est arrivé, malgré une chute d'une branche. Mais le soir venu, à la maison, en voulant sculpter son bâton de scout, il s'est entaillé le pouce gauche assez profondément.

Je lui explique le mécanisme d'auto-punition, je lui dis qu'il faut continuer à grandir comme un homme malgré ces petites épreuves qui voudraient lui faire peur comme les cauchemars du début du traitement.

Nous parlons de son père qui serait *fier* ici-bas et qui l'est de là où il le voit (car Didier est très croyant) de voir que son fils qui est son remplaçant, sa continuation sur terre, devient un type épatant comme lui. Il n'est pas jaloux. *Au contraire !*

Après quelques minutes de silence, Didier me raconte : « Aux Scouts protestants, il y en a un qui s'amusait à planter son couteau dans un beau chêne, le couteau a rebondi, est revenu et lui est entré dans la joue qu'il a percée de part en part. » Cette anecdote associée à son père est significative.

Parle à la mère. Je la félicite de son initiative des scouts. Alors elle me dit *le sacrifice que c'est pour elle de quitter le petit, de le voir heureux de faire son sac sans penser à elle ;* et elle lui en faisait le reproche l'autre jour. (Or, tout à l'heure, j'avais abordé avec Didier cet aspect de son mécanisme d'auto-punition et il m'a répondu : « Oh non, je savais que c'était maman qui m'avait inscrit elle-même ».)

La mère me dit que lorsque son mari est mort, elle a été longue à pouvoir supporter l'enfant, « qu'il vive, lui, et que son mari soit parti, c'était, expose-t-elle, terrible pour elle ». Ils auraient pu avoir un autre enfant pour remplacer celui-ci, s'il était mort au lieu de son père. Elle ne pouvait supporter sa gaieté, ses questions.

La mère ajoute : « C'est deux ans après, vers 7 ans, que tout d'un coup, je me suis aperçue que l'enfant n'était plus le même et pas comme les autres, et que je l'ai mené chez « les docteurs ». »

J'avais précédemment noté en parlant avec elle, malgré sa satisfaction de l'amélioration du petit, et la confirmation de la bonne influence de ce traitement par son médecin de famille (s'il avait dit le contraire, elle ne m'aurait plus ramené Didier), j'avais noté une jalousie visible à mon égard. « Vous êtes pourtant une femme, eh bien, il n'y a plus que vous qui avez raison et qui sachiez tout, je trouve ça un peu fort, moi qui ai toujours essayé de ne vivre que pour lui, et d'avoir sa confiance; par système il ne croit rien à ce que je dis ».

J'ai donc aujourd'hui insisté sur la très bonne idée qu'elle a eue d'elle-même, de le mettre aux scouts, et j'ai dit, devant l'enfant, qu'elle était une *aide pour nous.* Et que si Didier s'attachait à ses chefs, même au risque que nous passions, elle et moi, au second plan, il faudrait qu'elle s'en réjouisse.

Je lui dis *qu'à elle aussi,* la liberté des jours de camps et de sortie du petit serait salutaire, qu'elle avait le droit de vivre pour elle et non toujours *pour l'enfant,* pour qui c'est un poids un peu lourd de se sentir le centre exclusif de sa peine, de ses soucis, de sa satisfaction.

La mère me dit que ce qui la frappe le plus dans le petit, c'est que, depuis quelques jours, il regarde en face en parlant aux gens, ce *qu'il ne faisait jamais.*

8 juin :

Il a été passer les vacances de la Pentecôte au camp sans incident. Cette vie nouvelle lui plaît beaucoup. Prestige des chefs, admiration des camarades « gentils et calés », pas comme à l'école. Bien qu'il ait pensé qu'on serait mieux en auto, il ne l'a pas avoué et a marché comme tout le monde. Seulement, la courroie de son sac s'est cassée. Heureux hasard grâce auquel on le lui a porté.

La nuit, en somnambule, il est sorti de son sac de couchage pour s'étendre à côté d'un autre qui est son préféré.

15 juin :

En bonne voie. Il y a maintenant de petits conflits avec la mère, à propos de problèmes d'arithmétique qu'elle veut lui inculquer. Maman a la main leste, et Didier reçoit des gifles. Tout cela n'est pas dramatique et prouve que les relations familiales sont entrées dans une nouvelle voie.

Didier se plaint de douleurs à la marche dans le membre inférieur droit, genou, crête tibiale, hanche. Je l'envoie consulter en chirurgie. (On ne trouvera rien.)

Parlé à la mère qui s'étonne de son changement que tous remarquent. Didier parle ouvertement, il est plus vivant, etc.

« Mais quand il s'agit de problèmes, ses yeux deviennent sans expression, il n'écoute plus. *Et il aime les gifles !* »

Je fais comprendre à la mère que ce sont les *bases* qui lui manquent. Il lui faut des leçons qui reprennent les études à partir du commencement.

Interrogée sur l'habillement de Didier — car j'ai remarqué que, malgré les différents vêtements, il a toujours des culottes à pont — sa mère me dit qu'elle les arrange toujours exprès ainsi, même quand elle les achète à braguette parce *qu'elle trouve cela plus convenable et plus propre* (sic). Longtemps le petit a été habillé en fille et elle me dit encore — à ma demande — *que jusqu'à 7 ans il avait des boucles admirables* et que cela a été un sacrifice pour elle de les couper.

La mère se désole *bruyamment* en « comprenant maintenant » qu'elle a rendu un mauvais service à son fils. Dès maintenant, elle lui mettra des culottes comme les autres garçons. — « Ah, si on m'avait dit tout cela plus tôt! » Mais au lieu d'en être marrie, elle semble trouver cela drôle (?).

22 juin :

L'enfant va être changé d'école. Lettre au nouveau maître pour lui expliquer la nécessité de recommencer l'enseignement des bases.

A propos de la règle de trois, que je lui explique, et qu'il comprend pour la première fois, je lui montre : 1° qu'il doute de lui-même; 2° que, quand il voit un nombre, il perd complètement le sens de ce nombre (francs, mètres d'étoffe, pommes, etc.) cela devient un chiffre en dehors du réel dont on ne sait ni quoi faire, ni comment il est arrivé dans une opération.

Aujourd'hui, l'enfant est fatigué et fiévreux. Suite d'une vaccination infectée; ganglion axillaire.

Lettre de l'instituteur qui s'occupera de lui prochainement en leçons particulières.

29 juin :

La mère de Didier ne veut pas qu'il aille au camp cet été. Il n'y a rien à faire, car elle a fait le vœu d'aller avec Didier à Lourdes, demander la guérison des jambes du grand-père maternel!

Il est bien regrettable et significatif qu'elle ait fait ce vœu il y a trois semaines. Didier ira ensuite deux mois à Saint-Etienne, où son cousin instituteur va le faire travailler.

Psychothérapie sur le plan conscient. *A Didier :* conseils de vie (en vacances, il se laisse généralement apporter son petit déjeuner au lit, puis ne se lève qu'à dix heures!). Je lui soumets d'autres suggestions pour l'emploi de ses matins.

A la mère : qu'elle ne s'occupe rigoureusement pas du travail pendant les vacances. Qu'elle laisse au cousin la seule et exclusive direction du travail, et des sanctions s'il n'est pas fait; qu'elle ne s'occupe ni d'imposer les heures de devoirs ni de vérifier l'exécution du programme.

6 juillet :

Didier parle un peu de tout, surtout de l'extérieur des hommes adultes (chapeau, taille, air anglais du Dr Pichon, marques de coups au cours de petites batailles entre chefs scouts). Il me raconte les jeux sportifs, il veut apprendre à nager cet été et, tout seul récemment, il est arrivé à se maintenir pour la première fois dans l'eau en faisant des mouvements de bras, mais il n'ose pas encore faire des mouvements de jambes. « Et puis c'est trop fatigant. »

Il m'écrira cet été et reviendra en octobre.

Didier me dit qu'avant de me connaître, il rêvait souvent, et toujours des cauchemars; maintenant il ne rêve presque plus, et ce n'est jamais désagréable.

28 décembre :

Didier me revient, à la fin du premier trimestre; il va bien; il est à l'école communale. Une lettre du maître m'est adressée.

Le maître avait pris connaissance de ma lettre adressée au professeur éventuel qu'il aurait, et a dit à la mère que c'est cela qui lui a fait persévérer avec Didier au début, car il l'aurait cru arriéré et son cas désespéré, ce qui lui apparaît maintenant tout à fait faux. Didier a une admiration très grande et une réelle affection pour son maître « comme pour vous-même » me dit sa mère.

Il a repris les réunions scouts et son chef le trouve en progrès. Il parle aux autres, se mêle aux jeux. A l'école, il est copain avec tous, sauf avec deux ou trois, et fait corps avec le gros de la classe.

Au classement général, il était 27e sur 42 à la fin de décembre (même place qu'en novembre).

Depuis décembre, j'ai eu un mot de la mère me disant que les progrès scolaires et aux scouts continuaient. Elle ne veut plus nous ramener l'enfant, car elle préfère qu'il ne manque pas sa classe du mercredi matin.

Didier est loin d'être guéri, mais la mère développe une énorme résistance, sous une apparente bonhomie; et comme elle respire le bonheur pourvu que Didier ait quelques résultats scolaires et ne *lui* fasse pas honte (à elle, si forte en arithmétique, en orthographe, etc., quand elle était jeune, elle a passé son brevet supérieur, etc.), elle n'en demande pas plus.

Elle aurait pu reprendre un travail (infirmière ou institutrice, je ne sais plus), mais ne l'a pas fait pour ne pas se séparer de Didier. De même, elle n'a jamais voulu se remarier. D'ailleurs, elle considère les hommes comme « des enfants », et son enfant comme une « chose ».

La seule politique que j'aie pu employer devant une telle mère, plus que castratrice, il faudrait dire *dévorante* (d'ailleurs elle rit beaucoup en montrant toutes ses dents qui sont longues), c'est de la flatter par son faible, « l'intelligence », « une femme comme vous! », etc. Dans la salle d'attente de l'hôpital, elle faisait toujours recette en parlant au milieu des autres mères.

Elle n'osait pas me retirer l'enfant, car je lui avais dit qu'elle était « admirable d'avoir eu l'idée de nous l'amener ». Mais, on s'en souvient, elle m'avait ingénument avoué qu'elle était allée, après la troisième séance, conduire Didier chez son vieux médecin traitant habituel pour lui raconter le traitement psychothérapique qu'il suivait; elle s'attendait à ce qu'il en rît. S'il en eût été ainsi, je ne les aurais jamais revus. Mais le vieux médecin, au contraire, trouvant l'enfant très amélioré, lui avait recommandé de continuer le traitement au moins trois mois, (dommage qu'il n'ait pas dit un an!).

Voici ce qui s'était passé, à cette époque, dans l'esprit de cette femme :

Quand elle avait mis Didier aux scouts (après avoir appris d'une autre mère que je l'avais conseillé à son enfant), elle voulait rivaliser avec moi en lui faisant ce plaisir; et je l'en félicitai chaleureusement. « On voyait bien qu'elle était intelligente, sans elle, que ferais-je ? etc. »

Mais elle devait être furieuse, ensuite, que l'enfant fût content de faire son sac scout et de la laisser seule pour aller avec « des gens qu'il ne connaissait pas!! ».

C'est pourquoi, la semaine suivante, elle faisait, sans le dire à personne, à la Sainte Vierge, la promesse de venir prier *avec Didier,* à Lourdes cet été. Naturellement, en mettant le ciel de son côté, par un vœu, il n'y avait plus d'arme humaine, fût-ce la persuasion d'un chef scout ou le désir d'une psychanalyste, qui pussent rivaliser avec elle! O ironie, la mère phallique et le fils châtré vont prier la Sainte Vierge pour qu'elle rende ses jambes, c'est-à-dire sa puissance, au vieux grand-père paralysé! Si ce n'était si triste et que l'avenir d'un homme ne fût en jeu, ce serait du plus haut comique.

CONCLUSION.

Ne serait-ce que pour la résistance de la mère, le cas de Didier est intéressant, car l'attitude de cette femme a des mobiles inconscients. Elle croit aimer son enfant, et elle le détruit.

Nous voyons comment cet enfant, gai, vivant, bruyant, et plus avancé que son âge dès la petite enfance, s'éteint, se ferme, après la mort du père; son extérieur traduisant l'inintelligence et la nullité scolaire l'aurait fait prendre pour un arriéré, si le maître n'eût été averti par nous des lacunes de base et de la vive intelligence de l'enfant, jointe à une grande sensibilité, que rien ne traduisait dans son comportement.

A 5 ans, Didier était en pleine époque œdipienne; fils

unique, et bien qu'il fût déguisé en fille, il avait un rival, son père.

La mort du père charge l'enfant du sentiment de culpabilité attachée au souhait magique de sa mort, car l'enfant, à cet âge, raisonne encore selon la pensée dite sadique anale, non rationnelle.

De plus, la mère, au lieu de serrer dans ses bras le petit garçon qui lui reste, explose d'un désespoir agressif vis-à-vis de l'enfant. Pourquoi n'était-ce pas lui qui était mort au lieu de son père ? elle aurait alors pu le remplacer par un nouvel enfant.

Le désir de suicide qui se fit jour dans l'enfant à la mort de son père montre jusqu'où l'angoisse de culpabilité devant sa perte avait pu aller. Non seulement, il avait été coupable, mais maman le reniait. En outre, l'extérieur féminin, les culottes à pont, l'interdiction ultra précoce et véhémente de la masturbation, avaient fixé une attitude prégénitale insexuelle, c'est-à-dire masochiste et séductrice vis-à-vis des adultes quels qu'ils soient, *hommes et femmes sans distinction,* donc aussi de son père, et l'enfant devait, à cette époque, être non pas dans un complexe d'Œdipe normal, mais avoir régressé au stade anal devant le complexe de castration, et jouer son complexe d'Œdipe sur le mode anal, dont l'ambivalence est caractéristique.

L'angoisse résultant de la réalisation du souhait de mort devait inhiber non seulement le développement libidinal phallique, mais encore interdire l'agressivité du stade anal, responsable magiquement de ce meurtre œdipien. D'où l'impossibilité du moindre effort, de la plus petite activité musculaire, du moindre bruit. Didier nous a souri, mais à peine (et sans montrer ses dents), il n'a jamais ri encore avec nous (mais je sais qu'il rit aux scouts). Il ne peut s'identifier à sa mère (elle l'a renié) ni à son père (il l'a tué et celui-ci se vengerait; cf. association du couteau dans la joue, après avoir parlé du père à la séance du 1er juin).

Il régresse alors au stade oral passif et, même à ce point, il n'est pas à l'abri du complexe de castration qui jouera encore, pour lui donner des rêves d'angoisse à symbolisme non caché (des bandits le tuent). Chaque progrès sera suivi d'un échec auto-punitif à symbolisme castrateur (pouce coupé, mal au genou). Didier est loin d'être guéri.

Mais il nous aime bien, sans se sentir coupable de nous préférer les hommes — le Dr Pichon — car nous lui avons permis de s'attacher à son chef scout, et grâce à nous, son maître d'école lui a montré une patience dont il a été récompensé. Didier obtient maintenant des satisfactions scolaires et affectives dans le monde extérieur. Enfin, il n'a plus de cauchemars.

Mais sa situation libidinale actuelle vis-à-vis des objets d'aimance est encore la situation d'homosexualité, non plus telle qu'elle se présente à la phase orale ni au début de la phase anale, mais au moment de la phase urétrale, avec valorisation du pénis (chapeau des hommes, voix masculine), selon le mode qui précède l'apparition du complexe de castration en rapport avec le complexe d'Œdipe. *Il faut laisser Didier vivre tranquillement cette époque périmée comme s'il avait 3 ans,* malgré ses 11 ans et sa stature de garçon bien découplé de 12 ans. Le somnambulisme au camp scout, où Didier sortait de son sac de couchage au risque de prendre froid et allait s'allonger près de son ami préféré, traduit cette situation affective. Aussi, nous n'avons pas relevé la situation. Par bonheur pour l'instant, la mère trouve cela *très amusant,* et le chef scout a été assez compréhensif pour interpréter cela comme une preuve anodine d'enthousiasme puéril chez un enfant à la sensibilité maladivement fermée.

A notre avis, le pronostic social de Didier est bon, mais au point de vue sexuel, la puberté étant proche, Didier ne nous paraît pas capable, avec la mère qu'il a, de résoudre la question autrement que par l'homosexualité manifeste. Ceci dans le cas le plus favorable, car chez lui, l'homosexualité représente la seule modalité inconsciemment autorisée par son Sur-Moi, calqué sur le Sur-Moi maternel.

Didier ne nous paraît pas capable de faire mieux que de reconquérir un complexe d'Œdipe négatif. C'est dire que son Sur-Moi est pervers, et ne lui permettra que le rôle passif dans des rapports pédérastiques. Au cas, possible, où ses objets d'amour l'obligeraient à refouler son homosexualité dans les années d'adolescence sous peine de perdre leur estime, Didier perdra alors la plus grande partie de ses moyens de sublimation, et sera sans doute obligé de vivre, impuissant sexuellement, aux dépens d'une femme riche, autoritaire, qui éventuellement, lui racontera ses aventures avec d'autres hommes. Ce sera plus ou moins ouvertement un voyeur, et en tout cas un inhibé social masochiste.

Il nous est cependant encore permis d'espérer, bien que très faiblement, car la mère n'a plus d'intérêt à faire soigner son fils, maintenant qu'il réussit dans ses études, que nous pourrons quand même suivre Didier dans son adolescence et laisser entrevoir à la mère la nécessité, pour lui, d'une véritable psychanalyse, pour laquelle nous conseillerions de préférence un psychanalyste masculin.

11. Marcel

Dix ans et demi.

L'enfant est amené par sa mère pour une plaque de pelade. Elle aurait succédé à un échec à un examen de catéchisme. C'est un enfant grand et gros, largement taillé, blond, d'aspect mou. Son faciès n'est pas pathologique. Visage rond, peu formé (hypothyroïdie fruste), organes génitaux peu développés. Le travail est médiocre. La mère signale que l'enfant fait souvent des fautes d'orthographe par interversion de lettres. Il est mou, indifférent, égoïste, paresseux.

Antécédents personnels, néant.

Père bien portant, représentant dans l'industrie automobile.

Mère très nerveuse, « a eu la danse de Saint-Guy à 11 ans, et plusieurs dépressions nerveuses ». Son corps est couvert de plaques de Vitiligo (qui respectent le visage). Elle a un gros corps thyroïde qui augmente de volume à certaines périodes, diminue à d'autres.

Un frère, Maurice, 15 ans, bien portant (5 janvier).

12 janvier :

On met l'enfant au traitement médical : opothérapie thyroïdo-orchitique.

Le test ne montre pas de retard intellectuel.

23 février :

La plaque de pelade diminue. L'enfant est plus attentif à l'école. Le traitement endocrinien a été arrêté depuis le 1er février. Pas de progrès sensibles du côté des organes génitaux. Reprendre les cachets opothérapiques.

6 avril :

La pelade a presque disparu, mais on n'est pas satisfait du travail scolaire.

En résumé, on note : « Enfant probablement hypothyroïdien, mais dont la paresse comporte un élément psychogène net. Il ne comprend pas la nécessité du travail scolaire. Il préférerait une situation agricole vers laquelle il y aurait peut-être lieu de l'orienter en effet. »

L'enfant nous est alors confié. La mère, à l'idée que son fils pourrait faire un tel métier, frémit de honte, car elle désire que ses enfants fassent des études et aient des situations honorables *(sic)*. Son père était médecin!

Très mauvais contact avec la mère, pressée et nerveuse, parce que nous demandons à voir Marcel régulièrement tous les mercredis. Elle n'admet pas la psychothérapie. Devant son attitude, nous abandonnons, après lui avoir dit qu'elle a tort, car peut-être serait-elle moins nerveuse malgré ses troubles endocriniens, si on l'avait soignée moralement elle aussi, étant jeune.

27 avril :

A notre surprise, elle revient trois semaines plus tard; elle a réfléchi, dit-elle. Elle est plus indulgente quant à la paresse de Marcel, et à son égoïsme. En effet, ajoute-t-elle, ce que je lui ai dit l'autre jour n'est peut-être pas faux. Elle a eu dans sa vie des dépressions, qui jouaient sur ses nerfs, et même sa danse de Saint-Guy à 11 ans avait suivi la mort de sa mère. Son père, médecin sévère, ne supportait pas que l'on s'écoutât. Elle avoue être nerveuse à l'extrême, avoir besoin d'expédier des gifles à tout bout de champ, et c'est Marcel qui les prend, car il peut tout encaisser, lui *(sic)* alors que son frère aîné est un hypersensible scrupuleux, une vraie fille. Et lui, d'ailleurs, ne lui donne que des satisfactions. Le père est un homme absorbé par son travail. Chez lui, il ne parle guère et jamais à Marcel autrement qu'en langage « petit nègre », « bébé », comme s'il avait encore deux ans.

Je m'aperçois que Marcel a l'esprit ouvert derrière son apparence figée. Mais il faut attendre 20 à 30 secondes avant qu'il réagisse à ce que je lui dis. Je prends son rythme.

Comme je lui dis que cela me ferait plaisir s'il travaillait mieux, et à un autre moment, comme je lui parle en égal, disant que « la différence entre les grandes personnes et les enfants n'était pas une infériorité de ceux-ci », il a les yeux pleins de larmes. Je réhabilite devant lui la vocation d'agriculteur, et lui demande d'où lui est venu ce goût. J'apprends que c'est d'un maître d'école qui lui a plu autrefois, et de ses vacances, où un fermier voisin était très gentil avec lui et le laissait s'occuper du jardin. Le maître actuel l'a nommé surveillant des plantations de la classe.

Marcel et Maurice couchent dans le même lit, et ce sont des disputes sourdes. Maurice est un garçon aux mécanismes obsessionnels, travailleur, tâtillon et brillant dans ses études. Marcel en est jaloux et je lui dis que je le comprends. Mais si maman les compare, cela n'a pas d'importance, car ils ont chacun leur vie qui peut être très différente, deux frères sont deux hommes différents sans comparaison possible.

Etant donné le milieu relativement aisé, on pourrait conseiller à la mère de faire coucher les garçons dans un lit chacun, mais intervention à remettre prudemment à la fois suivante, car la séance avec Marcel tout seul a déjà fortement énervé sa mère. A ma demande, elle me promet de le laisser travailler seul cette semaine.

4 mai :

Grosse amélioration, « du tout au tout » dit la mère, après les deux premiers jours qui suivirent la visite et où il fit un peu trop son important.

Au lieu de six fautes par dictées, il n'y en a plus qu'une ou deux. Il fait ses devoirs entièrement seul. Auparavant, sa mère les vérifiait et l'aidait, le croyant incapable de les faire seul.

L'enfant parle beaucoup plus ouvertement avec moi, *et rit !* Il n'a pas osé venir seul à la consultation, ni rester seul pendant que sa mère s'absentait pour une course, malgré les encouragements de sa mère et sa promesse de revenir le chercher.

La mère se montre donc satisfaite dans l'ensemble, mais son frère aîné, taciturne scrupuleux, désire vivement encore une chose : que Marcel le laisse tranquille. Marcel l'empêche de travailler. Je demande qu'ils aient des lits séparés, la mère me répond que c'est impossible. J'insiste.

(Marcel m'a apporté un dessin de poires et de pommes, fait à mon intention.)

11 mai :

La mère se fait notre collaboratrice, malgré ses difficultés personnelles. Elle a obtenu du père l'autorisation d'acheter un divan pour Marcel. Elle le trouve en progrès non seulement au point de vue scolaire, mais en « débrouillardise », et en attention générale à ce qui se passe autour de lui.

Le lendemain de la dernière séance, Marcel a fait une réaction affective hostile contre sa mère et son frère, après un achat qu'elle l'avait envoyé faire seul pour la première fois (petit pain au chocolat) et où il avait échoué, n'osant pas parler dans la boutique pour le demander, alors qu'il n'en voyait pas à l'étalage.

Cette fois, il m'avait apporté un dessin copié représentant deux chats étonnés devant un chat qui fait l'important.

18 mai :

En mon absence, Mme Codet (ma collègue en psychothérapie dans le service de M. Pichon) le voit et note : « L'enfant est venu seul. Il parle avec confiance. Les progrès continuent. Très bonne impression. »

1er juin :

Cette fois aussi, Marcel est venu seul et sans appréhension. Il a eu 9 sur 10 en composition de récitation (la fois précédente 0). Il a eu 6 et 1/2 en moyenne de leçons pour le mois (il n'avait jamais dépassé 4). Comportement général en progrès nets, je l'encourage. Il s'est risqué à sortir seul, par un itinéraire inédit, malgré l'inquiétude du frère aîné, qui aurait voulu que la mère le lui interdise, sous prétexte qu'il s'égarerait. Marcel avait peur de donner raison à son frère, il avait eu chaud, mais il ne l'a pas montré et ne s'est pas trompé de route. Il n'y a pas eu de réaction agressive avec la séance précédente. Mais, depuis quinze jours, il a le hoquet plusieurs fois par jour, de 14 h à 19 h.

15 juin :

Progrès continuels. Quelquefois il s'avoue paresseux : bâcle ses devoirs. La mémoire est excellente et il ne lit pas ses leçons, il lui suffit de les écouter quand on les explique ! Mais quelquefois on n'explique pas tout, alors il est « pincé ». Je l'encourage à faire l'effort de lire tous les jours sa leçon. Cela lui donnera une preuve qu'il mérite de réussir, les jours où il est découragé par un échec.

Le hoquet a disparu. L'enfant me signale un autre trouble du sympathique. Quand il est fatigué, il a l'oreille gauche brûlante et l'autre froide. C'est désagréable. Autrefois, un médecin a ordonné du Sympathyl à cet effet, mais cela ne fait rien. Je minimise l'importance de ces légers « désagréments » qui ne m'inquiètent pas.

29 juin :

Les notes du mois montrent un progrès scolaire net.

Marcel a doublé chacune de ses notes de leçons, de devoirs de calcul et d'orthographe, par rapport au mois précédent, et il a la note maximum en application et conduite. Le maître est très satisfait. Et, contrairement aux prévisions de février, il entrera en octobre dans la classe du certificat. Vives félicitations.

Quelques conflits avec le frère, réglés par des pugilats que la mère tolère plus ou moins.

Marcel a demandé à nager et il a commencé à plonger. Depuis huit jours, il ose plonger du tremplin de 4 mètres. Sa mère l'y encourage par une pièce.

L'enfant n'a pas suivi de traitement organique depuis février. On prescrit une série de cachets en août, et on leur dit de revenir dès la rentrée d'octobre.

30 novembre :

La chute de cheveux recommence.

Pendant les vacances, il y avait eu une si grosse amélioration que la mère n'avait pas jugé nécessaire de ramener Marcel à la rentrée.

Au début de l'année scolaire, il s'est montré très différent d'avant : sérieux, observateur, gentil, grand garçon. Son influence est nettement bonne, sur elle et sur son frère, dit-elle. Quelques difficultés, fléchissement scolaire, la semaine de la Toussaint, et depuis réapparition de la pelade.

Pour moi, qui n'ai pas vu Marcel depuis juillet, je suis frappée par l'épaississement des cuisses infiltrées, l'aspect plus obèse de Marcel, son gros ventre, son regard abêti, au milieu de joues plus infiltrées, et ses cheveux ternes, laineux.

L'enfant est abattu par son fléchissement scolaire de la quinzaine, il est visiblement désireux de bien faire. Ses yeux s'éveillent en me parlant. Recommencer série de cachets. Le peser et le mesurer.

26 janvier :

Au point de vue physique, aspect un peu meilleur qu'en novembre. Cuisses moins infiltrées, ventre diminué, visage encore bouffi, mais je suis frappée par l'expression anxieuse, le front contracté, l'apparence d'effort pour écouter ce qu'on dit et la lenteur de compréhension. Aspect d'hypothyroïdie joint à un hypofonctionnement mixte; organes génitaux encore peu développés.

Au point de vue scolaire, le maître est satisfait. Mais les résultats sont encore médiocres, surtout en orthographe. Marcel est souvent comme « abruti », il se plaint d'une boule dans la gorge. A la maison, ce sont des criailleries continuelles de la mère pour qu'il se mette à ses devoirs, dit-elle.

Il semble y avoir eu une régression. La mère recommence à s'accrocher à Marcel du matin au soir pour le houspiller. Elle semble terriblement anxieuse aujourd'hui. Elle le trouve de plus en plus gros (mais elle ne l'a ni pesé ni mesuré). J'ai l'impression que c'est la mère qui se montre actuellement incompréhensive et résistante, pour deux raisons. Elle est humiliée personnellement si le succès de Marcel au certificat d'études ne s'annonce pas certain, et au lieu de chercher à comprendre la situation physiologique et psychologique de son fils et de l'aider, elle en fait une affaire personnelle et l'abrutit de remontrances à tort et à travers. Elle le submerge de paroles et de prévisions défaitistes.

L'autre raison (qu'elle veut bien s'avouer), c'est que Marcel commence sa puberté. Il perd l'aspect enfantin, je le trouve mieux. Il a maigri, ses cuisses sont moins infiltrées, mais plus musclées, et la mère dit d'un air dégoûté et agressif en le toisant de haut en bas — parce que j'ai dit « qu'il devenait un homme » — « Eh bien, vous n'êtes pas difficile, je le trouve de plus en plus gros. Je le vois de pire en pire à tous les points de vue! »

Traitement : une série d'injections pluriglandulaires Choay. A Marcel nous disons seulement que nous sommes très satisfaites de lui et de ses efforts persévérants. Puis, prenant la mère à part, j'essaie de lui expliquer son attitude affective, dont le résultat est néfaste à Marcel, alors qu'elle est de bonne volonté. Avec un père très dur, quoique vénéré cependant, elle a souffert. Et elle souffre peut-être de voir Marcel devenir un homme solide, largement bâti, au contraire de Maurice, dont elle apprécie la finesse, la douceur de fille et la complexion délicate.

8 mars :

L'enfant a été transformé par ses piqûres. Il a maigri, est de nouveau gentil, travailleur. Le maître en est satisfait. Marcel n'a plus de boule qui lui remonte dans la gorge. L'orthographe reste le seul point faible qui rend l'enfant soucieux. Il a abandonné les idées d'agriculture, et pense à une école commerciale.

CONCLUSION.

Cette observation est intéressante à cause de la complexité du cas, à la fois dysendocrinien et psychologique.

De janvier à avril, le traitement organique améliore physiquement Marcel tandis que les troubles du caractère se précisent davantage et les mauvais résultats scolaires s'accentuent.

D'avril à novembre, sans thérapeutique médicale, l'enfant se transforme au point de vue des résultats scolaires et du caractère, tandis que, tout de même, à partir d'octobre, de nouveaux symptômes dysthyroïdiens apparaissent, sans altérer les progrès psychiques. L'enfant ne nous est ramené qu'à fin novembre, alors que le fléchissement endocrinien est notable, et que sa répercussion sur le travail scolaire ramène des difficultés avec des sentiments d'infériorité légitimes — sans auto-punition surajoutée. La thérapeutique médicale suffit alors à rétablir l'équilibre.

Actuellement, le garçon commence sa puberté. Il n'a plus de troubles du caractère, s'accorde avec sa famille et avec le milieu scolaire, il manque encore de confiance en lui, mais a gagné l'estime de ses maîtres.

Marcel est sur le chemin de la guérison, que peut-être, il n'atteindra jamais; en tout cas, l'adaptation heureuse à son milieu familial névrotique, tout en lui permettant une vie sociale normale, est le compromis auquel nous avons essayé de le conduire, seule solution actuelle des conflits tant qu'il devra rester dans sa famille.

La difficulté essentielle de ce cas est surtout la mère. Malgré sa bonne volonté consciente, c'est une grande névrosée et une malade organique. Marcel a des difficultés à abandonner vis-à-vis de sa mère une attitude masochique, d'autant plus que son frère aîné (dont l'influence est très estompée à présent) rend sa libération difficile.

Pour suivre Marcel et continuer le traitement, il faut user de diplomatie avec la mère, la tempérer, alors qu'elle est toujours dans les extrêmes, sans la heurter, et, tout en neutralisant le plus possible son influence castratrice sur Marcel, permettre à celui-ci d'aimer sa mère quand même. Le préféré dans la famille, ne l'oublions pas, c'est Maurice, « parce que c'est une vraie fille ». Quant au père, sa carence morale est totale. Il ne joue aucun rôle dans la vie de famille sauf celui du banquier muet et préoccupé.

Dans de telles conditions affectives, un complexe d'Œdipe normal chez Marcel était impossible. Ce père ne permettait pas d'identification; le rival à la maison, c'est le frère féminoïde, triste, tracassier et scrupuleux, toujours anxieux de Marcel qu'il considère à peu près comme un *minus habens*. Et la mère castratrice joue le rôle de la mère phallique. Le complexe d'Œdipe devait nécessairement s'inverser et Marcel, de constitution forte, devait rivaliser par la passivité avec la complexion délicate de Maurice, favori de la mère. D'où l'inhibition de l'agressivité sur tous les plans, et la formation d'un Sur-Moi interdisant l'effort, quel qu'il soit.

C'est en cultivant son masochisme que Marcel pouvait conserver l'objet d'amour maternel — d'où les gifles dont il était volontiers le perpétuel bénéficiaire, tandis qu'il ne se permettait pas de lâcher les jupes de sa mère.

Cette attitude est celle d'un enfant stagnant à un stade anal passif, c'est-à-dire avec refoulement du sadisme.

L'enfant avait besoin de substituer à l'intérêt pour les excréments le goût pour le jardinage. Et par cette vocation d'agriculteur, il tentait une identification aux « pères » dont il s'était senti aimé (fermier, maître d'école). C'est sur le plan de cette identification que sa mère le châtrait : cette vocation lui paraissait déshonorante.

Privé du droit à l'agressivité sadique anale d'une part, à l'objet d'intérêt libidinal d'autre part, il ressentait tout effort non seulement comme inutile, mais comme nuisible pour le confort affectif inconscient. Les résultats scolaires se devaient d'être nuls. Mais ce fait augmentait les sentiments d'infériorité de Marcel vis-à-vis de son frère, brillant sujet dans ses études. Pour n'en pas souffrir, Marcel régressait névrotiquement au stade pré-anal.

Ce que sa mère appelait *égoïsme* n'était que *passivité orale,* à laquelle nous voyons bien que Marcel était inconsciemment obligé de régresser.

Dans une attitude placide de Bouddha indifférent, avide d'amour sur le mode captatif, incapable de supporter l'absence de son objet, il cherchait avec une sûre vigilance — et savait provoquer — les criailleries, les reproches, les gifles, les bourrades au prix desquels enfin il se faisait inconsciemment posséder par sa mère.

La thérapeutique psychanalytique *a visé d'abord a obtenir le transfert de la mère,* qui était indispensable, si bien que j'ai préféré risquer de ne les revoir jamais l'un et l'autre plutôt que de n'être pas franche au premier entretien que j'eus exclusivement avec la mère, bien que l'enfant fût présent. Par bonheur, à la réflexion, elle put reconnaître un aspect d'elle-même en son fils, et nous le ramena. *Armé du transfert de la mère, nous avons cherché à obtenir celui de Marcel,* et grâce à ce transfert, nous avons revalorisé à ses yeux sa vocation d'agriculteur, c'est-à-dire permis les fantasmes symboliques du stade anal. L'enfant nous apporta la fois suivante un dessin de quatre fruits, l'un à côté de l'autre, bien coloriés et appétissants. (Il nous faisait cadeau de son érotisme oral.) Les sentiments d'infériorité avaient diminué, grâce à notre attitude et aussi à la réussite dans ses devoirs, sans l'intervention continuelle de sa mère.

Marcel se transforme et *rit. Ce jour-là,* il m'apporte deux chats qui en admirent un autre (il nous abandonne sa passivité orale); et il se permet sur le mode ludique et verbal quelques tentatives agressives vis-à-vis de son frère.

Nous avons alors cherché à encourager son agressivité générale (se débrouiller pour nous faire plaisir) et à stimuler sa lutte avec son frère, au risque de disputes, au nom desquelles nous obtenions le lit particulier et neuf que sa mère lui acheta.

A partir de ce moment, les progrès scolaires allaient se précisant. L'indépendance par rapport à sa mère n'était plus redoutée, l'ambivalence vis-à-vis de l'objet œdipien, le frère, s'est dissociée en attitude affectueuse et admirative pour son maître d'école, et hostilité, non dissimulée, vis-à-vis du frère quand celui-ci le provoque.

Au point de vue libidinal, Marcel n'est pas encore très avancé, et notre rôle thérapeutique n'est pas achevé; mais du point de vue pratique, à la maison, il « fait du bien à son frère et à sa mère », et en classe, il ne se sent plus le cancre.

Ajoutons qu'il a abandonné l'idée de l'agriculture, et pense à une école commerciale, car « il veut gagner de l'argent et devenir riche », et il a ajouté : « je ferai peut-être comme papa, représentant de pièces automobiles, ça rapporte bien ».

Sa mimique est encore pauvre, limitée à la bouche dans le visage, il ne fait pas de gestes et n'est guère expansif. Mais, calme et réfléchi, il dit ce qu'il veut dire et ses mots sont pesés. Il donne l'impression d'un garçon solide, de bon sens, observateur et un tantinet « normand ». C'est grâce à ce caractère peu perméable qu'il résiste à l'ambiance pleine de remous dont sa mère l'entoure.

Laissons-lui sa cuirasse; car actuellement il est content; il me l'a dit spontanément. Il voudrait être reçu à son certificat d'études, et pense à son avenir. Nous sommes loin du garçon qui, il y a un an, ne comprenait pas « à quoi ça servait de travailler, quand on voulait devenir fermier, ce n'était pas la *peine* ». Tel qu'il est, il est au même niveau que bien des enfants de son âge qui deviennent des adultes fort adaptables, c'est-à-dire « normaux » bien que n'atteignant jamais le stade génital du point de vue objectal, ce qui signifie que leur activité sexuelle pourra être adulte, mais avec une affectivité infantile et un objet d'amour choisi sur le type œdipien inconsciemment homosexuel : la femme phallique, autoritaire et frigide.

NOTE CONCERNANT MARCEL

En 1967, Marcel, de passage en France, a réussi à retrouver ma trace. A Bretonneau, inconnue; l'ordre des médecins lui a dit la mort du Dr Pichon et lui a donné mon nom de femme mariée et mon adresse. Il n'a jamais oublié — il y a trente ans de cela — que nous l'avions sorti d'un marasme affreux. Après, il y eu la guerre. Ils sont restés en province. Il a réussi des études commerciales supérieures et a décidé d'aller dans des pays neufs, au loin. Il s'est marié à 29 ans, est heureux en ménage, a trois enfants, un fils Jean avec qui il est venu aujourd'hui et deux fillettes plus jeunes. Il a une situation commerciale touchant l'agriculture en Afrique. Il réussit bien. Son père est retraité. Sa mère, toujours la même, active, bonne grand-mère quand on se voit en vacances. Sa femme s'entend bien avec elle. Son frère a une santé fragile, s'est marié après lui; sa femme et ses enfants ont des accrocs de santé; il a une bonne situation, est resté près de ses parents.

Lui, Marcel, il est venu avec Jean pour que je lui dise si tout va bien pour ce dernier. Son fils atteint ce même âge où lui a failli devenir idiot au lieu de se développer. Il ne veut pas que son fils coure le même risque. Marcel est devenu un homme grand, robuste, il n'a jamais plus eu de pelade. Il est calme, ne boit pas, c'est un danger en Afrique. Lui-même, sa femme, ses enfants, se portent bien et supportent bien le climat.

Il pense que la santé fragile de son frère et de sa famille vient beaucoup du moral, et il voudrait être sûr que le moral de son fils va bien. Jean réussit assez bien en classe, il a des amis, il se plaît mieux à l'extérieur qu'à la maison, où il se dispute beaucoup avec ses sœurs. Il est même parfois méchant avec elles, comme s'il était jaloux. A part ça, il n'a pas de gros défauts, mais il y a des jours où l'on ne sait pas comment le prendre. A moi qui lui demande ce qu'il pense de ce que dit son père, Jean répond : « Maman et papa leur donnent toujours raison! c'est toujours moi qui dois céder, alors j'en ai marre! J'aimerais mieux rester chez grand-mère, au moins, j'aurais la paix! Je ne dis pas que je veux les quitter... mais c'est toujours de ma faute. » Il a pris un ton de victime.

— Cela ne t'ennuierait pas de quitter l'Afrique, tes copains ?

— Oh si, bien sûr, mais bah! je m'en ferais d'autres. Mes sœurs, je dis pas, chacune toute seule est gentille avec moi, mais ensemble, elles font que m'embêter et c'est toujours moi qui ai tort!

Jean est vif et intelligent. Seul garçon, aîné de cinq ans de deux sœurs plus jeunes et rapprochées, il regrette son enfance de fils unique. Les deux petites tigresses lui font la vie dure. Papa et maman ne s'en rendent pas compte. Il aime mieux ses copains, et même retrouver une vie de fils unique chez sa grand-mère qui déclare que ce serait mieux pour ses études et pour qu'il soit suivi médicalement (« Il est nerveux... c'est son âge. »). Nous parlons, son père, lui et moi, d'eux et de lui; son père n'a pas eu de sœur, sa mère n'a pas eu de frère; nous parlons de sa place dans la famille, pas commode depuis les intruses. « Pourtant, dit-il, j'étais content quand j'ai eu mes sœurs. C'est après, j'aurais bien voulu un petit frère. »

Jean est en fin de période de latence. Il a envie de conserver une vie d'enfant et de retrouver une tranquilité imaginaire loin des conflits de différence sexuelle avec les sœurs, et loin de parents qui ne le « comprennent pas ». Chez sa grand-mère, il serait le caïd — plus de difficultés œdipiennes.

Jean se croyait moins aimé que ses sœurs. Mais il comprend, de cette visite et de tout ce qu'il a entendu, que son père s'intéresse à lui, que son père veut l'aider.

Père et fils partent très heureux de cette visite à la doctoresse qui avait aidé le père au même âge. Nous avons parlé tous les trois du passé, du présent, de l'avenir, de la sexualité génitale et de son éclosion prochaine pour Jean. En partant, le père me dit : « Alors qu'est-ce qu'on fait pour la rentrée ? » ; je me tourne vers Jean : « Qu'est-ce que tu en penses ? ». Il regarde son père et dit : « Maintenant, j'aime mieux rester avec vous, je dirai à grand-mère que j'ai changé d'avis. » Je lui dis : « Oui, mais tes sœurs ? » Il me regarde en riant et dit : « Oh, elles sont petites et puis j'aurai qu'à pas les embêter... »

Le transfert de Marcel sur la consultation de Bretonneau l'avait soutenu, il avait besoin par moi d'être confirmé dans sa réussite d'homme, dans la valeur de son fils, dans ses capacités de père au moment où s'annonce la puberté de Jean, au lieu d'en déléguer l'éducation à sa mère. Marcel ne s'était jamais senti le fils de son propre père.

Marcel est le seul des cas de Bretonneau consignés dans ce travail, dont j'aie su par la suite l'évolution.

12. Tote

Quatre ans trois mois.

Fragment de vie d'une enfant dite normale.

J'ai en traitement son frère, de 11 ans, pour une grosse arriération scolaire. Inhibition dans le comportement, et inhibition totale dans tout ce qui n'est pas le dessin où il se montre très doué; et leur mère dessine bien.

Tote se sent malheureuse parce que désormais ce frère ne lui cède plus tout. Quand il l'ennuie, elle lui dit qu'elle va le dire à maman; or maintenant il reprend : « Eh bien, dis-le », au lieu de céder aussitôt comme avant. Elle devient triste, pleure pour un rien. Elle tombe malade : gros rhume. Mais alors, elle redevient comme un bébé, il faut que maman ne la quitte pas, elle fabrique des revolvers en papier et tue « les autres » (papa et son frère).

Guérie, elle a gardé son revolver avec elle et quand papa remue son journal, elle dit : « Pan », et s'il cesse de remuer, elle triomphe : « Ça y est, je l'ai tué ». Pendant cette maladie, elle s'est remise à sucer son pouce de plus belle. L'habitude a été prise l'année dernière à 3 ans et demi lors d'une otite dont elle a beaucoup souffert.

Un soir, maman couche Tote, et la voit qui revient à ses habits; Tote dit à sa mère : « Mais on me l'a pris! Où est-ce qu'il est ? » — « Quoi ? » dit la mère. Tote ne répond pas, fouille dans son linge, dans sa culotte, regarde par terre autour d'elle, mimant la personne qui cherche quelque chose. — « Quoi donc ? » dit maman. Tote la laisse sans réponse, continue à chercher, puis elle répond : « Mais mon robinet! Il était dans ma culotte, je l'avais et je le trouve plus. C'est toi qui me l'a pris, dis ? » (d'un air câlin). Sa mère n'y comprenant rien d'abord, puis amusée, lui explique : mais non, voyons, je ne t'ai rien pris. Tu n'avais rien. — « Si, si » et elle se met à pleurer. Sa mère essaye de lui expliquer la différence des sexes. « C'était comme ça », et elle ajouta, car elle-même avait souffert d'un complexe de virilité pas encore liquidé : « Que veux-tu, ma pauvre fille, c'est comme ça, il faut bien s'y faire, quand on est une fille, même si c'est pas agréable. »

A 4 ans et demi Tote suce son pouce quand elle s'ennuie, depuis sa maladie. Un jour où elle avait aidé sa mère à éplucher quelque chose qui donnait un mauvais goût à son pouce, elle s'écrie désespérée : « Maman, mon pouce n'est plus bon », comme si le monde n'était plus que détresse. Sa mère lui dit : « Prends l'autre ». — « Non, l'autre pouce n'a jamais été bon, il n'y en a qu'un de bon. »

Quelques jours après, Tote dit : « Je voudrais avoir un petit robinet comme Michel (son frère). Je voudrais faire pipi debout. » Sa mère lui dit que les filles ne sont pas faites comme les garçons, et que les mamans n'ont pas plus de robinet qu'elle. Elle a une petite poche dans le ventre, que les garçons n'ont pas, c'est pour avoir les enfants.

La même semaine, elle dit à sa mère : « Je ne voudrais pas que papa t'embrasse, même pas qu'il te touche pour t'embrasser. Je voudrais qu'il t'envoie un baiser comme ça » (et elle fait le geste d'envoyer un baiser avec un doigt sur les lèvres). Pourquoi ? dit la mère. — « Je veux que tu sois à moi, pas à lui ». (Cette réponse était-elle sincère ?)

La même semaine, elle redemande à sa mère une grande poupée dont on lui avait fait cadeau 6 mois auparavant, mais qu'elle avait trouvée trop grande. Elle dit cette fois : « Mes petites sont trop petites pour jouer avec ». Et elle commence vraiment à « jouer avec » la grande poupée, lui parle, la déshabille, la rhabille, l'assoit, la fait manger.

La semaine suivante, Tote, en ouvrant la fenêtre, aperçoit tout à coup des feuilles vertes au marronnier d'en face. Elle s'exclame et vient raconter à sa mère : « Maman, notre arbre est plein de salade ! » Sa mère lui explique les bourgeons qui s'ouvrent et les feuilles qui en sortent. Tote dit : « C'est alors comme les poussins ».

Le même jour, elle demande à sa mère : « Est-ce que j'en aurai aussi des gros ventres (seins) comme toi ? Est-ce que ça poussera, ça ? » Sa mère la rassure et lui dit que oui.

Quelques jours après, Michel revient du bord de la mer et raconte ce qu'il a vu : un phare, et il explique ce que c'est : ça voit sur toute la mer, et quand la mer est mauvaise, ça empêche les marins de se perdre ou de se noyer. Tote écoute sans en avoir l'air, et tout d'un coup, comme Michel ne dit plus rien, elle dit : « C'est une belle histoire que tu racontes là, « mon frère » (!) » *(sic)* (« mon frère » comme disent les grandes personnes).

Cette semaine-là, elle a invité son père et sa mère en grande cérémonie à prendre un goûter de dînette. Papa s'est fait beau pour « aller chez elle à 4 heures ». Tote devient de plus en plus empressée à flatter son père. La semaine suivante, Tote tue sa mère avec son revolver en papier et dit : « Je ne t'aime plus. »

Elle revient un jour et dit à sa mère :

— Quand je serai grande je me marierai avec papa.

Sa mère lui répond :

— Et moi, alors ?

— Oh toi... toi, oh ça fait rien.

— Mais non, dit maman, toi tu auras un autre mari, papa, c'est mon mari à moi.

Tote ne répond pas.

Un jour qu'elle a joué gaiement avec papa pendant la soirée, maman la déshabille, la couche. Elle dit alors à son père qui vient lui dire bonsoir : « Non, va-t-en, je ne t'aime pas », et refuse de l'embrasser. Et elle dit d'un air fâché à sa mère, quelques instants après : « Je ne l'aime plus papa. » Puis, après un silence, et avec ferveur : « Il est trop gentil! Je voudrais me marier avec lui, je voudrais tant! »

La semaine suivante, elle pleure pour que Michel ne la quitte pas. C'est un désespoir. « Tu reviendras! » Elle devient de plus en plus gentille avec lui, et coquette avec papa. Des amis viennent à la maison, un monsieur et une dame. Tote dit : « Il est gentil, le monsieur, je l'aime bien, mais papa est bien mieux. Tu sais, papa, c'est toi que j'aime le mieux. »

En même temps, elle ne *sait plus* s'habiller. Si on la laissait faire cela durerait deux heures. Elle reste sur place à attendre maman, elle ne *peut* pas.

Quelques jours après, au grand étonnement de sa mère, car Tote ne s'intéressait pas beaucoup à son habillement, elle dit à sa mère : « Je ne veux pas mettre ma robe d'hier, je veux une autre robe; à l'école, les petites filles ont des nouvelles robes; la mienne, elle n'est plus jolie maintenant. »

Tote est une enfant saine, ce fragment d'observation le prouve, mais elle vit à quatre ans et demi ce qu'elle aurait dû vivre à trois ans. Sans le traitement de son frère aîné, elle serait devenue, comme son frère, une enfant névrosée. Le père est moralement absent de l'éducation de son fils, qui l'a déçu. Celui-ci paraissait normal à la mère jusqu'à la naissance de sa sœur, doux et tranquille. Il n'a posé aucune question concernant la grossesse de sa mère et la différence sexuelle. Il n'a pas montré de jalousie, plutôt indifférent et passif. Il n'a pas fréquenté l'école maternelle, la mère ne travaillant pas. La naissance de Tote a été très désirée, la mère ayant fait une fausse couche naturelle quand son fils avait quatre ans. Elle avait craint la stérilité et s'était fait soigner. Michel a commencé la grande école au moment de la grossesse de sa mère. Tote est née quand il avait six ans et demi. A ses difficultés scolaires, qui avaient nécessité le redoublement des deux classes préparatoires, on avait été très tolérant, un test de niveau mental ayant prouvé qu'il avait peu de moyens. C'était un enfant sage et, heureusement, il avait hérité de sa mère un don pour le dessin. Il était considéré comme un débile simple : ce n'est qu'à onze ans, devant son inhibition croissante, ses difficultés de contact avec ses camarades et son état dépressif apparent, qu'un maître a conseillé à la mère de le conduire à la consultation du Dr Pichon. Michel souffre d'une névrose obsessionnelle passée inaperçue jusqu'alors. Son cas, en cours de traitement, n'est pas relaté ici. J'ai pensé que l'impact de ce traitement d'un aîné sur le développement de sa petite sœur — encore saine — intéresserait le lecteur.

13. Denise

Six ans.

Amenée pour énurésie. Elle urine au lit 3 ou 4 fois par semaine au moins, et en classe environ une fois tous les quinze jours; il lui arrive de demander à sortir au moment où elle commence à uriner.

Bon état général, réflexes normaux. Organes génitaux externes normaux. Colonne vertébrale aussi.

L'enfant couche dans une pièce différente de celle des parents, dans le même lit que sa sœur Janine, de deux ans plus âgée qu'elle, et qui n'urine jamais au lit. C'est un grand lit, et Denise couche du côté du mur.

Au point de vue caractère, Denise est gentille et câline comme un bébé; d'ailleurs à la maison on lui parle « bébé »;

elle joue avec des plus petits qu'elle. Denise prononce « t » tous les « c » durs (ou les « qu »). Elle dira : « te j'ui dis », pour « que je lui dis ». Cependant la maîtresse d'école est contente d'elle, elle sait écrire et commence à lire.

Je ne prends pas Denise seule, car elle est trop bébé, et surtout d'une timidité extrême. Je conseille qu'elle ne couche plus du côté du mur et qu'on lui mette un vase de nuit à sa disposition tout près du lit. Que maman la lève une fois avant de se coucher elle-même, et surtout qu'elle encourage les progrès : vivre comme une fillette. Je conseille de consulter pour ses yeux que je vois fatigués et rouges pour le moindre effort (dessiner). La mère est extrêmement myope (1er mars).

8 mars :

Denise n'a pas fait une seule fois de la semaine, ni au lit, ni dans sa culotte en classe. Elle n'a eu besoin de se lever qu'une seule fois dans la nuit et l'a fait seule, et elle ne s'est même pas réveillée entièrement.

La petite a fait plusieurs fois remarquer à sa mère que « Mlle Marette[1] avait dit te j'n'étais plus un bébé ». Les parents sont enchantés. Denise n'a jamais encore été aussi charmante. Il n'y a pas eu un incident de caractère cette semaine. Le docteur a dit que sa vue est bonne.

Seule, elle me dessine une pipe, une pomme, un oiseau et un aéroplane en écrivant, au-dessous de chaque dessin, ce qu'il représente. Ses yeux ne sont plus rouges.

22 mars :

La mère me la ramène pour me remercier. Il n'est plus question, depuis trois semaines maintenant, de la moindre incontinence d'urine, et Denise devient « vivante » encore qu'elle soit un peu timide. Nous restons seules toutes les deux. Elle me raconte Blanche-Neige, me parle de chansons. Elle aimerait être maîtresse d'école, parce qu'on écrit au

1. Le nom de jeune fille de Françoise Dolto. C'est en 1942 que le docteur Françoise Marette épousa le docteur Boris Dolto; ce travail date de 1939.

tableau, qu'on peut avoir des bébés (il y a une pouponnière à son école) et qu'on a des élèves « ti font ce t'on dit »[1].

29 mars :

Il y a eu un accident dans le lit cette semaine! Denise est désolée, elle prend devant moi un air penaud. Caractère toujours parfait. Bonne attitude à la maison et en classe.

Sa sœur de 8 ans, en revanche, devient jalouse et réagit en accusant mensongèrement de jeux sexuels et de gros mots, une petite fille de l'école. Elle avoue ensuite son mensonge parce que l'autre se défend, mais elle ment aussi pour des riens à la maison. La mère et le père estiment que Denise est guérie, malgré l'incident de la semaine. On ne la lève plus la nuit, même une seule fois, comme au début du traitement.

19 avril :

La mère revient. Cela avait été parfait jusqu'à la semaine après Pâques, mais depuis huit jours, Denise a fait trois fois au lit.

La seule chose nouvelle qu'on relève dans sa vie pendant les vacances, c'est qu'elle a joué avec un petit garçon de son âge, Bernard. Les parents désireraient qu'on envoie Denise à la campagne, car elle est pâlotte.

Denise reste seule avec moi. Elle dessine un petit garçon. Elle écrit au-dessus : « mimi ». Or, Mimi est un garçon avec lequel elle n'a pas joué mais qu'elle a vu et « te je trouvais beau parce t'il était tout frisé et moi je frise pas des boucles ». (Denise est très coquette de son nœud sur la tête.) Elle me raconte, en enchaînant, qu'elle a eu peur du paravent de l'hôpital qui a failli tomber sur sa tête tout à l'heure, comme elle a eu peur!... puis en continuant son coup d'œil circulaire sur la salle, elle regarde longtemps le lavabo, puis dit : « A l'école, c'est pas tomme ça, les garçons y z'ont des robinets, mais pas tomme toi, plus petits et pas si hauts (elle veut dire des urinoirs à cuvette basse) et les filles, elles ont des tabinets pour aller assise, sans ça on fait *(sic)* dans ses souliers;

1. Même désir que Zazie, de *Zazie dans le métro* de R. Queneau.

y a une porte avec un petit trou, tout petit. » (Aux cabinets des filles, bien entendu.)

Suit qu'elle aurait bien voulu être un garçon, « pour avoir un robinet tomme ça. Papa aussi (sous-entendu en a un), mais maman ne veut pas t'on y aille parce t'il faut descendre l'escalier. Et puis on n'aurait pas (les filles) un derrière tomme ça, alors c'est pas possible. Et pis, papa, il dit te les garçons, c'est pas aussi bien. Il aime mieux les filles, oh ça oui! »

Ce qui est intéressant et amusant, c'est le langage à sens double, réel et figuré. Robinet = urinoir des garçons (et papa aussi) et cabinet des filles, ce dernier terme sert à symboliser aussi le sexe, car la porte du cabinet des filles est décrite comme si l'enfant voulait expliquer l'intérêt des cabinets des filles par ce petit trou au milieu de la porte en compensation des captivants « robinets des garçons », et, par association, on comprend que ce que papa préfère, c'est le sexe des filles à celui des garçons.

Malgré la préférence de papa pour les filles, Denise a peur que Janine, la plus âgée, ne l'emporte sur elle à la maison, et que, maintenant qu'elle devient une grande fille, on ne veuille plus l'aimer autant.

En effet, Denise continue à bavarder pendant que je prends des notes sur sa fiche, et me dit que Janine veut la battre tout le temps. « Elle est jalouse te j'grandis », mais il n'y a plus rien à faire, Denise se défend, « ah mais oui! ».

Je dis à la mère qu'il serait tout à fait contre-indiqué de la faire partir à la campagne maintenant.

Et j'encourage Denise dans son droit à grandir, sans se sentir coupable vis-à-vis de Janine, car il est évident qu'il y a projection de sa propre intention dans celle qu'elle prête à Janine, même si c'est exact, car Janine ne l'a pas dit et n'admet sans doute pas le fait de sa jalousie vis-à-vis de Denise.

Je dis que les cheveux plats sont aussi jolis que les cheveux frisés, surtout quand on est coquette et avec un joli nœud comme Denise.

Denise me demande si j'ai gardé la pipe (un dessin) qu'elle m'avait donnée l'autre jour : je dis oui, et la lui montre.

29 avril :

Denise n'a fait qu'une seule fois. Elle a essayé de se lever, mais c'était trop tard; or, cette nuit-là, papa avait exigé qu'elle couchât de nouveau au fond du lit (côté mur) sous prétexte qu'elle donne des coups de pieds à sa sœur et défait les couvertures davantage du côté extérieur. Denise va mieux, n'est plus pâle et est très en train.

Elle me raconte des rêves où elle voit son père qui mange et la quitte ensuite sans lui dire bonsoir.

— C'est dans la nuit et c'est comme si je voyais.

Je réponds :

— Mais tu sais bien que papa t'aime et ne ferait pas ça.

— Oui, je sais.

Depuis, tout va bien. L'énurésie a cessé et Denise se développe normalement.

CONCLUSION.

Excellent pronostic. La guérison clinique est probablement durable.

L'intérêt, dans le cas de Denise, consiste dans la rechute, après plus d'un mois de guérison. Le symptôme reprit à l'occasion d'une nouvelle sollicitation de l'angoisse de castration (absence du pénis)[1], jointe à l'angoisse de grandir (parce que cela signifie rivaliser avec la sœur aînée qui en serait jalouse, situation œdipienne déplacée), et coïncidant avec le désir des parents de l'éloigner d'eux sous prétexte qu'elle n'avait plus d'énurésie (obstacle important et classique à l'envoi d'enfants en colonie).

Les propos de Denise, rapportés à dessein ici, mot à mot, sont intéressants, car on y voit la façon dont l'enfant raisonne

1. Etre inférieure en beauté capillaire, en comparaison d'un garçon, telle est la rationalisation choisie par l'inconscient; l'envie des boucles symbolise l'envie « d'un autre ornement » caractéristique de Mimi et de Bernard.

avec sa pensée globale. Le détail désigne le tout, et l'objet désigne la partie du corps à l'usage duquel il est destiné. Dans ce cas, la compréhension de la psychanalyste, qui écoute et répond sur le même ton naturel : « ah, oui, tu crois, comment, sans doute », aux propos non rationnels de l'enfant, et qui y répond sur le même ton, a un effet thérapeutique. Ces propos à double sens étaient riches de sentiments sous-jacents de culpabilité, en raison des sujets défendus auxquels ils font allusion, et de l'envie du pénis qu'ils traduisent. La « conversation » libre avec l'adulte donne issue à l'angoisse cachée sous le sentiment de l'infériorité due à l'état de castration phallique des filles; et, l'angoisse apaisée, l'enfant peut voir plus objectivement les avantages d'être une fille, surtout avec une mère qui s'avoue non phallique. Le symptôme (l'énurésie) réapparu était dû à l'angoisse découlant du complexe d'Œdipe. L'infériorité affective vis-à-vis de l'objet œdipien, que traduit le rêve anxieux (papa qui, à elle seule, ne dit pas bonsoir), après avoir été passée avec la doctoresse au crible de la vraisemblance, disparaît aussi : « Papa ne ferait jamais ça. » Le symptôme n'est donc plus sous-tendu par la charge affective libidinale. Il disparaît. Quant à la libido, elle peut se diriger de nouveau normalement, c'est-à-dire se lier à des fantasmes œdipiens, sans danger pour le Sur-Moi, qui amorce déjà un refoulement harmonieux. Nous voyons d'ailleurs que Denise a des possibilités réelles de sublimations — et que la tendresse pour papa est encouragée même par sa mère. La rivalité avec Janine, au lieu d'être coupable, devient méritoire aux yeux des parents, et Denise, malgré la jalousie naturelle de la sœur aînée, n'est plus astreinte, par sentiment inconscient de culpabilité, à une inhibition autopunitive.

Ajoutons que la question par laquelle, à la fin du traitement, Denise me demandait si j'avais gardé « la pipe » qu'elle m'avait dessinée cinq semaines avant, montre clairement le rôle du transfert positif vis-à-vis de la doctoresse, dans l'abandon du symptôme de protestation urétrale virile; cette question cachait symboliquement celle-ci : Est-ce que tu te rends compte de la valeur de ce que je t'ai donné : ma guérison, mon renoncement à être un garçon ? Si tu t'en rends compte, c'est que tu es une maman qui m'aime autant que si j'étais un garçon, tout en permettant que j'aime papa davantage que toi.

14. Claudine

Six ans neuf mois.

L'enfant est amenée à l'hôpital Bretonneau pour sa nervosité et son incontinence d'urine diurne.

Elle est maigre et présente de la polymicroadénopathie. Les réflexes sont normaux. Les organes génitaux externes normaux. Cuti-réaction positive. La radioscopie montre un hile droit un peu chargé. Des calcifications aussi, anciennes, parahilaires gauches.

Les parents sont bien portants. Deux oncles, un du côté paternel et un du côté maternel, décédés de tuberculose pulmonaire avant la naissance de l'enfant.

Dans les antécédents personnels, la mère ne signale rien de particulier, à part de gros rhumes et des incidents à symptomatologie vague, dominés par les troubles du sommeil, l'anorexie et la nervosité. Claudine a un frère de 12 ans, Daniel, bien portant.

Jusqu'à l'an dernier, Claudine a uriné au lit chaque nuit, et dans sa culotte le jour. Les émissions d'urine diurne surviennent à l'école ou, moins fréquemment, au domicile de ses parents, et dans ce cas, le plus souvent, à l'occasion d'une réprimande.

L'été dernier, l'enfant a été envoyée en colonie de vacances où elle a uriné toutes les nuits. De retour dans sa famille, depuis octobre, l'enfant n'urine plus au lit qu'exceptionnellement, parce que maman la lève deux fois dans la nuit.

Mais chaque jour, elle urine plusieurs fois dans sa culotte. L'émission est impérieuse, et survient en classe, en récréation, à la maison, alors même que l'enfant vient d'uriner quelques instants auparavant. La maîtresse d'école se plaint. Elle s'oppose à présent à laisser sortir l'enfant, car elle devrait sortir tout le temps, et ça dérange la classe; en outre, même ces sorties, auparavant tolérées, n'excluaient pas les émissions d'urine impromptues. A la maison, dès que Claudine est grondée, elle se met à crier d'un air anxieux « pipi », et incapable de bouger, elle reste figée sur place. Si sa mère ne vient pas à son secours, en l'emmenant au cabinet, toutes affaires cessantes, elle fait dans sa culotte.

Quel est le comportement de Claudine à la maison ? et à l'école ?

A la maison, il faut distinguer les heures des repas et les autres.

Aux repas, Claudine a très peu d'appétit. Ce sont des « *comédies* » suivant l'expression consacrée des parents.

Claudine repousse son assiette, pleure, veut quitter la table, se dit malade, est prise de son pipi impérieux. Papa se fâche, maman l'emmène, puis la ramène, on réchauffe son assiette, on la supplie, elle fléchit pour deux cuillerées de potage et cela recommence. On s'inquiète. Elle est maigre, elle sera malade, on parle de campagne, l'air de Paris ne lui vaut rien. « C'est comme ses oncles », sirops, drogues, médecins, tout est en question. Les repas familiaux sont gâchés, maman est soucieuse, papa s'énerve. Daniel de son côté la taquine, se moque d'elle, les choses s'enveniment.

Bref, la mère nous supplie de donner de l'appétit à Claudine (notons que Claudine ne mange presque jamais entre les repas).

En dehors des heures de repas, Claudine est à la maison une enfant modèle, à condition que Daniel n'y soit pas. Elle est docile, gaie, gentille, affectueuse avec ses parents, davantage avec son père, qui le lui rend. Mais si son frère est là, cela ne va plus du tout. La mère dit qu'il est d'une taquinerie épouvantable avec sa sœur, et qu'elle ne se laisse pas faire. Ce sont des cris, des disputes entre eux, des colères, des revendications de chacun des enfants auprès des parents pour les faire intervenir. Dès que Daniel est parti, Claudine redevient douce et gentille.

Elle est *en classe* depuis octobre. Si ce n'était pour l'énurésie, la maîtresse en serait assez contente. Instable, il faut s'occuper d'elle pour qu'elle suive bien. Malgré cela, elle sait déjà lire et un peu écrire. Elle s'entend bien avec ses petites camarades.

Devant l'enfant, nous conseillons :

Pour la nuit : qu'on mette un vase de nuit auprès du lit de Claudine et que maman ne s'occupe plus de la faire lever. Elle est assez grande pour ne plus avoir besoin de maman tout le temps. Tant pis si elle n'y arrive pas tout de suite. On ne la grondera pas, mais elle fera plaisir à papa en lui montrant qu'elle devient une grande fille.

Pour les repas : ne pas forcer Claudine, qu'elle mange ce qu'elle veut et laisse tout le reste. Je convaincs la maman de s'en désintéresser tout à fait pendant au moins 3 jours. Il y a des cas où on met des enfants, plus maigres qu'elle, à la diète. Claudine est bien portante, elle peut supporter de se passer à l'occasion d'un repas tout entier, ce qui — j'en préviens la mère — pourra se faire à titre de chantage inconscient; qu'elle me promette de ne pas s'en frapper. Et je suis convaincue, dis-je à la mère, que c'est en grande partie dans le désir inconscient de jouer au bébé dont tout le monde doit s'occuper, qu'elle s'est peu à peu habituée à ces scènes rituelles. Il faut l'aider à grandir. On mange quand on a faim. On s'arrête quand on n'a plus faim. Cela n'intéresse pas les autres. La mère, un peu inquiète, me promet de suivre mes conseils. Je prescris, en outre, des gouttes d'Appétyl, à lui donner au début du repas, cela pour étayer moralement l'enfant, et surtout pour aider la mère à ne pas se croire coupable de négliger la santé de Claudine. Je demande que maman insiste à l'école pour que la maîtresse permette à Claudine de sortir autant qu'elle le demandera, pendant quelques semaines.

Je garde Claudine seule et lui demande de me dessiner ce qu'elle veut. Elle me fait son portrait et celui de Daniel[1], sur deux feuilles différentes. Nous parlons de ses poupées;

1. Voir dessins p. 181.

elle en a deux préférées, Maurice et Blanche-Neige; ainsi baptisées, Blanche-Neige pour l'histoire qu'elle aime, et Maurice parce que c'est un beau nom. Mais elle ne connaît pas de Maurice. Je lui demande si Maurice et Blanche-Neige s'entendent ensemble. Elle rit et me dit « pas toujours, ils se disputent ». Je dis : « Eh bien, Blanche-Neige qui est si adroite et gracieuse dans la maison des nains, n'a pas de raison d'être jalouse de Maurice, même s'il est plus vieux qu'elle. »

— Mais elle n'est pas jalouse, *ils* se taquinent, alors je les gronde. Mais *elles* sont gentilles tout de même. Je les aime toutes les deux.

— Oh, tu sais, lui dis-je, d'un air attentif, quand les poupées ne s'entendent pas, c'est comme les gens, c'est comme toi et Daniel.

« Tu expliqueras à Blanche-Neige que le beau prince, ce n'est pas pour Maurice, c'est pour elle qu'il viendra, avec son beau cheval et il l'emmènera dans son beau château. Alors c'est Maurice qui devrait être jaloux. Alors, tu diras à Blanche-Neige de consoler Maurice au lieu de se fâcher. Et puis toi, tu expliqueras à Maurice qu'il n'a pas besoin d'être méchant avec Blanche-Neige puisque tu les aimes tout pareil. »

Nous convenons de nous revoir la semaine suivante. Et si les poupées n'ont pas compris, Claudine n'aura qu'à me les apporter. Je serai contente de les voir et on leur expliquera ensemble.

Nous nous quittons très bonnes amies (22 février).

1er mars :

Claudine a fait de gros progrès. Maman est enchantée. Claudine n'a pas fait une seule fois au lit, ni dans sa culotte. Maman la lève une seule fois le soir avant de se coucher elle-même. Claudine s'est relevée toute seule, certaines nuits, et d'autres nuits elle n'en a pas eu besoin.

Dans la journée, elle court très souvent aux cabinets, mais toute seule.

Aux repas : après avoir mal mangé le premier jour,

presque rien au déjeuner du lendemain, elle s'est rattrapée au dîner et, depuis elle mange normalement.

A l'école, la maîtresse s'étonne du pipi impérieux et fréquent, mais ne s'y oppose plus.

Mais il y a encore « *cette nervosité qui m'inquiète* », dit la mère ; « les états dans lesquels elle se met parfois, surtout lorsqu'on gronde Daniel ou qu'on le punit. Claudine s'arrache les cheveux, se griffe, trépigne, pleure, crie, supplie, elle devient comme folle, on ne peut la calmer ; ensuite, elle est démolie, fatiguée pour le reste de la journée ». Il y a eu précisément cette semaine une telle séance.

Restée seule avec moi, Claudine est bien plus calme ; elle n'a pas apporté ses poupées (je ne lui en fais pas la réflexion). Elle me dessine une maison. « C'est la maison de papa. » Elle me dit « qu'il y a des robinets » à la maison « comme le vôtre » en me montrant le lavabo de la salle. « Est-ce qu'il marche celui-là ? » Je réponds : « Va voir. » Elle n'y va pas et me dit : « Quelquefois, ils sont démolis, alors on les arrange. » J'acquiesce.

Je la félicite de ses progrès, elle devient une grande fille. Je lui parle de sa grande colère de la semaine, elle ne se « rappelle plus rien après », me dit-elle.

Je lui explique que, si elle est bouleversée de la sorte en voyant punir Daniel, c'est que, peut-être, au-dedans d'elle-même, sans le dire à personne, elle lui souhaite des choses méchantes. Il est plus grand qu'elle, c'est ennuyeux, il veut peut-être faire son malin quelquefois pour montrer à Claudine qu'elle est bête, mais ce n'est pas vrai. Quand Claudine aura 12 ans, elle sera aussi maligne que lui. Elle me répond que Daniel est bien moins taquin maintenant. — « C'est peut-être que toi aussi, tu es moins taquine avec lui », et je continue : « On peut quelquefois être jalouse et penser que c'est de la chance d'être un garçon. Je connais des petites filles très gentilles qui auraient voulu faire pipi comme les garçons, et elles ne pouvaient pas. Ça les vexait, elles croyaient qu'elles n'étaient pas faites comme tout le monde. C'est parce qu'elles croyaient que les dames, maman, la doctoresse, avaient un robinet comme Daniel. C'est les garçons qui en ont, les papas aussi. Mais les mamans n'en ont pas, les filles n'en ont jamais, sans ça, elles ne pourraient pas devenir des jolies dames et des mamans, et les papas ne les aimeraient pas. Ce ne serait pas joli si maman et Mlle Marette avaient de la moustache, de la barbe et une grosse voix. »

(Claudine rit.) — Ah non, alors, je voudrais pas être comme ça. Je voudrais être jolie comme maman.

— Mais ça viendra, quand tu seras grande, et Daniel sera comme papa.

8 mars :

Claudine urine beaucoup moins souvent dans la journée. Mais cette nuit, pour la première fois depuis un mois, elle a fait pipi au lit. La mère n'est pas trop fâchée de cet accident, car elle ne l'avait pas levée avant de se coucher elle-même, et d'autre part, dans la journée d'hier, Claudine a percé un gros furoncle à la fesse qu'elle avait depuis quelques jours et qui avait nécessité qu'elle reste à la chambre.

Cette semaine, il n'y a pas eu de colère. Claudine et Daniel se disputent moins, ils ont bien des petites querelles, mais ils se débrouillent seuls, sans rapporter ni l'un ni l'autre, ni demander le secours de papa ou de maman.

Par contre, depuis quelques jours (depuis qu'elle a le furoncle), Claudine demande tout le temps quelque chose, surtout à boire, pour une seule gorgée, ou un sucre, ou un bonbon.

Restée seule avec moi, Claudine me fait un dessin (p. 183) au symbolisme phallique. Elle m'explique que c'est un bateau de guerre sur la mer, qu'il y a des « machins », des drapeaux, et un monsieur « qui regarde dans un grand machin ».

Je lui demande qui sont les deux personnages ?

« C'est ceux qui restent. » Je dis : « C'est peut-être toi et Daniel. » Elle rit et dit oui. (Elle, c'est le personnage de gauche, « celui » qui n'a rien pour regarder loin.)

J'explique à Claudine qu'elle a de la peine à devenir une grande fille. « C'est difficile, on a peur que maman ne s'occupe plus de vous, mais maman n'est pas fâchée, au contraire. » Je conseille d'arrêter l'Appétyl, qu'on avait suspendu depuis le furoncle, ce qui n'avait pas ramené de difficultés pour manger.

Je propose qu'on laisse passer deux semaines avant de me la ramener.

Mais avant de me quitter, Claudine reprend son dessin et un crayon et le barre d'une grande croix. Je lui demande pourquoi ? Elle rit et me répond : « Parce que », puis elle me le rend.

22 mars :

Claudine va très bien. Elle n'a plus de mictions impérieuses. Elle passe des classes entières sans demander à sortir. Elle est beaucoup plus sage, n'a plus eu de colères depuis celle qui nous avait été racontée le 1er mars.

Il y a même du nouveau sur ce point : il y a quelques jours, papa menaçait son frère du martinet qu'il tenait à la main droite, tandis que de l'autre il empêchait Daniel de se sauver, et Claudine, amusée, restait à les regarder « parce qu'ils étaient drôles à tourner », et elle a ri « parce que papa il est toujours grognon, mais il ne bat jamais pour de vrai ».

Claudine fait un dessin (p. 184) : toute la famille se tient par la main, elle se place délibérément du côté de papa, qui est séparé de maman par Daniel. Elle n'est plus comme au début avec une grosse tête, au contraire; elle se dessine bien aussi grande que Daniel, à titre de compensation, mais elle renonce à maman. De plus, en m'expliquant son dessin terminé, et après m'avoir montré le sac de maman, elle s'en rajoute un à elle-même; elle n'est plus comme au dessin précédent « celui qui n'a rien » tandis que le monsieur et Daniel avaient des « machins », elle opte pour sa féminité, et se donne « un sac comme maman, mais plus petit ».

29 mars :

La mère ramène Claudine toute rose de fierté, pour me remercier, car elle n'est vraiment plus la même. Elle va très bien. Elle n'est plus nerveuse, n'a plus de colères. Elle dort et mange bien. Il n'y a plus aucun trouble de la miction. Papa, maman et la maîtresse d'école sont bien contents.

En rentrant de la dernière consultation, me dit la mère en riant, Claudine a été chercher le martinet dans le placard et l'a jeté dans la boîte à ordures. « Comme ça, Daniel, on ne le battra plus. »

Aujourd'hui, Claudine me dit, timide et glorieuse, qu'elle aura 7 ans à 1 heure de l'après-midi. Je la félicite sincèrement : « Tu es vraiment une grande fille. »

CONCLUSION.

A lire cette observation, on ne peut manquer d'être frappé, comme je le fus moi-même, en confrontant les progrès d'une séance à l'autre, et la minime intervention thérapeutique nécessaire. L'analyste obtenait chaque fois le maximum de ce qu'on pouvait espérer. Il faut dire que la mère de Claudine est une femme féminine et qu'elle ne nous a pas une fois opposé de résistance, ce qui est rare, et que le père tient parfaitement la place du chef de famille, sévère sans être méchant « pour de vrai ». Il a du prestige, il est affectueux.

Les symptômes de Claudine traduisaient *le refus d'admettre l'absence de pénis.* Elle restait petite et, par ce moyen, faisait du chantage. Le pipi impérieux désarmait maman et servait de vengeance à l'école contre la mère phallique. Mais ce symptôme agressif devait nécessiter son corollaire infantile, le besoin d'être nourrie par maman, de lui faire pitié.

L'acceptation de l'agressivité vis-à-vis du père, l'abandon de maman pour la nourriture lui rendirent la possibilité de grandir. Remarquons que chez Claudine, ni elle, ni la mère (à qui je l'avais demandé) n'ont jamais fait allusion à la masturbation, ni moi non plus naturellement. Le désir d'un pénis se traduisit par l'envie de se renseigner sur le robinet de la doctoresse (à l'hôpital). La fois suivante, elle renonce aux grands « machins », tout en restant près du bateau, puis en barrant le dessin, elle renonce à cet ordre de fantasmes.

Enfin, par le sac, Claudine montre comment la fille a la notion intuitive du vagin, et elle met son sac entre elle et papa.

Elle atteint affectivement le complexe d'Œdipe avec un comportement normal, sans symptômes. L'épisode du martinet doit probablement être interprété comme une manifestation masochique normale de la sexualité, surtout féminine, et comme un essai symbolique de châtrer le père méchant, pour qu'il ne s'occupe plus de Daniel (seul bénéficiaire du martinet). Ainsi pourra-t-elle l'aimer tendrement et lui donner son sac sans danger.

15. Fabienne

Treize ans et demi.

L'enfant est amenée par sa mère, femme relativement âgée, indulgente avec elle, et inquiète de sa santé, pour un état général très médiocre, et surtout pour des crises d'apparition récente et de plus en plus fréquentes d'aspect pseudo-comitial.

Il n'y a jamais eu d'épileptiques dans la famille. Celle-ci comprend :

— la mère, bien portante, d'aspect âgé;

— le père, plus jeune que la mère, « très nerveux », réformé à 10 %; ne travaille plus depuis longtemps;

— André, 31 ans, en bonne santé, marié;

— Simone, 24 ans, en bonne santé, mariée;

— Raymond, 20 ans, en bonne santé, au service militaire;

— René, 18 ans, en bonne santé, ouvrier;

— Odette, 16 ans, en bonne santé, couturière;

— et Fabienne, la consultante, 13 ans 1/2, la dernière.

Dans les antécédents de Fabienne, on ne relève rien de

particulier. Le premier développement semble avoir été normal. Il n'y a pas eu de maladies marquantes. Elle n'est pas encore réglée.

La première crise est survenue à la maison, sans qu'on ait pu trouver aucune raison. Depuis lors, ces « malaises » ne surviennent qu'à l'école.

L'enfant se trouve mal, elle tremble pendant toute la durée de l'évanouissement qui dure parfois une demi-heure. Ce ne sont pas des secousses cloniques, mais une sorte de frisson. Les crises surviennent subitement, l'enfant sent la tête qui lui tourne.

Il n'y a pas de cri initial, il n'y a ni morsure de la langue, ni émission involontaire d'urine et la chute n'est jamais brutale. Il n'y a pas d'état crépusculaire, ni de céphalée intense après les crises.

Par contre, les maux de tête sont quotidiens, fugaces ou tenaces selon les jours. L'enfant est maigre, manque d'appétit, est d'une pâleur cireuse, son regard est sans éclat, l'expression générale est triste, découragée.

L'examen et l'observation de nos collègues de médecine générale sont négatifs, et ils nous les adressent.

Au test de Binet-Simon l'enfant donne un niveau mental de 8 ans 6 mois, mais, dit Mlle Achard, c'est un test perturbé, et l'enfant a certainement un niveau réel supérieur à ce chiffre (26 juin).

6 juillet :

Je la vois pour la première fois. La timidité est extrême. Si on lui parle, ses lèvres tremblent avant de répondre, et elle bégaie quelques monosyllabes.

Il y a un retard scolaire considérable. Le travail scolaire n'a jamais été excellent, mais jusqu'à l'âge de 9 ans, elle « suivait ». Actuellement, quelle que soit la classe où on la mette, elle est incapable de suivre.

Elle apprend ses leçons avec une grande conscience et les récite à sa mère assez bien, mais le lendemain matin elle ne peut pas même se souvenir d'en avoir su quelque chose, ni même de quelle leçon il s'agissait.

L'orthographe peut être très mauvaise, ou bonne par hasard, pour quelques lignes. Fabienne se trompe parfois dans un mot qu'elle a écrit normalement quelques lignes plus haut.

Le calcul est exécrable. Devant nous, elle arrive à faire les additions et soustractions très simples, mais encore faut-il pour cela qu'avant de poser le chiffre qu'elle annonce timidement (sans y croire) elle regarde tout le temps l'adulte et qu'il acquiesce. Pour les multiplications et les divisions, la difficulté est insurmontable. Fabienne sait sa table si on lui demande de la réciter tout entière, mais elle est incapable de s'en servir pour réaliser une opération. « En 30 combien de fois 6 ? », elle répète cette question d'une voix blanche et se met à pleurer, en tremblant. Si on lui demande combien font 6 fois 5, elle dit 30, mais elle ne peut établir aucun rapport entre cette solution et la question qu'elle s'est posée l'instant précédent.

Bref, Fabienne est demeurée depuis trois ans dans la même classe avec des enfants de 10 ans, classe qu'elle ne peut suivre, et en récréation elle ne joue qu'avec des plus jeunes encore (entre 6 et 8 ans).

A la maison, elle se comporte en petit enfant, aime à se mettre sur les genoux de sa mère, et à se pelotonner dans ses bras. Elle a traversé une période où elle était raisonneuse, impertinente et négativiste avec sa mère qui était obligée de sévir. *Cette attitude hostile a cessé à l'époque de l'apparition des crises.*

A la maison, on la traite comme une petite. Elle ne prend jamais part à la conversation. Elle veut quelquefois une chose que son frère a en main, alors elle crie, va se plaindre à sa mère, qui oblige le grand à céder « parce qu'elle est petite » et aussi parce que son père, toujours à la maison, ne veut pas de bruit.

Le père est un homme nerveux, anxieux, toujours malade depuis la guerre, où il aurait été gazé. Il est réformé à 10 % et son état pulmonaire semble suspect. Mais il n'a jamais de fièvre, ni de vraie maladie. Dans cette famille aux nombreux enfants, on ne voit personne, et le père interdit qu'on fraye même avec les voisins. Il tolère seulement, à la demande des propriétaires, que leur fille joue avec Fabienne dans la cour. Ces propriétaires, riches, bien habillés et qui ont une auto, impressionnent le père. Il est aigri et tient des propos jaloux contre eux chaque fois que Fabienne fait allusion à eux. Il trouve soi-disant de bonne politique de laisser les enfants jouer ensemble. Mais en fait il est charmant quand ces gens lui parlent, et, sans l'avouer, profondément flatté.

A part cela, le père ne s'occupe absolument pas de Fabienne, pas plus que des autres d'ailleurs. Bref, son comportement est caractéristique de névrose.

Il y a encore un homme à la maison, René, qui a 18 ans, et qui, nous l'avons vu, n'a avec Fabienne que des rapports de taquineries puériles, et il cède toujours. D'ailleurs, il n'est pas souvent à la maison en dehors des heures de repas.

Quant à la sœur couturière, Fabienne en parle comme d'un être qu'elle aime et admire, mais sans établir de point de comparaison avec elle-même. Elle fait partie des « grandes personnes ».

Telle est la situation d'ensemble, signant l'arriération affective. Les troubles semblent d'origine hystérique, ils ont pour conséquence de dispenser l'enfant de l'école pendant plusieurs jours et même des semaines entières, sur le conseil de la directrice d'école, car le spectacle de Fabienne en crise trouble les enfants et a provoqué l'intervention de certains parents.

Je prends Fabienne à part, car devant sa mère elle ne peut répondre et regarde celle-ci d'un air de naufragée qui appelle au secours. Au début, elle tient la tête toujours baissée, elle répond tout bas et d'une façon polie d'enfant bien élevée et indifférente : « Oui madame, non madame », avec des syllabes saccadées.

Puis, quand je la réconforte, l'émotion arrive à fleur de peau, les yeux sont pleins de larmes, ses mains et ses lèvres tremblent, elle reste pâle et incapable de me regarder.

Quand je lui demande s'il y a longtemps qu'elle est toujours triste, elle me regarde avec une expression touchée, pleure et le contact s'établit. A partir de ce moment, elle me répond gentiment, et peu à peu un transfert positif s'établit.

Je résume sur sa fiche, au fur et à mesure, ce que j'apprends d'elle.

Ses « malaises » arrivent à l'école, quand elle a fait quelque chose « de mal ». Exemples : retard en classe, leçons pas sues. « Alors, ça lui tourne, dit-elle, elle est mal à son aise », et elle ne se réveille qu'en voyant des gens autour d'elle. Ou bien encore, les malaises surviennent dans la cour de récréation « quand on joue à des jeux mal », par exemple : « jouer au voleur, jouer à s'attraper », même quand ce sont les autres qui jouent et qu'elle les regarde. Il faut, explique-t-elle, « qu'elle ne les regarde pas ».

Les « malaises », c'est comme « *une peur qui dépasse* » et qui « *fait fort* », « *ça m'écrase* ». *On ne peut mieux traduire l'angoisse.*

Fabienne m'a dit que, depuis ses crises, il y a moins de conflits avec sa mère, qui la dorlote maintenant. Il y a eu des conflits entre ses deux frères, de 6 et 4 ans plus âgés qu'elle, depuis leur petite enfance. Moins depuis un an, « parce qu'ils sont grands ».

Sa dépression morale, sa tristesse, viennent des préoccupations angoissantes « des accidents de la vie qui peuvent arriver à ses frères ». L'année dernière, René a eu la scarlatine (c'était avant ses crises à elle), c'était grave, on était inquiet. Maintenant, « maman se cache pour pleurer à cause de Raymond qui s'ennuie depuis qu'il est soldat ». (Elle-même, la mère, s'ennuie partout maintenant) mais « surtout parce qu'il est sur les côtes d'Espagne sur un bateau. Et il y a la guerre, il va être tué. » C'est quand elle a su qu'il allait en Espagne qu'elle a eu sa première crise. Elle ignore, d'ailleurs, ce qu'est la guerre d'Espagne et qui la fait.

Grande agressivité — qu'elle n'avoue que pour le passé — contre ses deux frères. Scènes continuelles, jalousie réciproque, coups, larmes de Fabienne, qui obligeait la mère à intervenir pour faire céder les garçons, sous prétexte qu'elle était « la petite ».

Mais la mère n'en était pas plus aimée pour cela, car, jusqu'à la première crise, elle faisait de l'opposition systématique et impertinente vis-à-vis de sa mère pour les moindres petites choses, attitude qui provoquait des remontrances et des gifles.

Pendant cet entretien, surtout au début, Fabienne fait lapsus sur lapsus. En deux phrases, elle dit : « torpetlume » au lieu de porte-plume (elle ne peut plus le tenir quand ses malaises commencent), « l'année prochaine » pour l'année dernière, sa première « quise a crommencé », ses frères la « quatinaient » tout le temps..., etc. Bref, interversions des consonnes des deuxièmes syllabes qui sont mises à la place des premières.

Je soulage un peu son angoisse de culpabilité pour « l'agressivité passée » contre Raymond : peut-être qu'elle se sentait malheureuse d'être la dernière, de ne pas être à sa place. Je lui dis que les pensées méchantes n'ont pas de répercussion sur la réalité.

Je dis à la mère que Fabienne peut aller à l'école, ce n'est pas la peine de la garder à la maison, mais que cela n'a que peu d'importance parce qu'il n'y a plus qu'une semaine avant les grandes vacances.

Il faudrait qu'elle aide Fabienne à grandir, à s'occuper de la maison, lui parler en femme.

13 juillet :

Il n'y a pas eu de crise. Fabienne a été pourtant à l'école. C'est la dernière consultation de l'année scolaire.

Je parle à la mère et lui fais comprendre la nécessité d'un traitement psychothérapique; elle nous ramènera l'enfant à partir d'octobre, tous les huit jours, pendant quelques mois.

Seule avec moi, Fabienne parle plus fort et regarde en face, elle est beaucoup moins émotive que la dernière fois.

A propos d'une conversation que j'ai devant elle avec deux autres médecins du service sur un autre cas, elle me dit (à ma question « Qu'est-ce que tu en penses de tout cela ? ») qu'elle n'a pas écouté puisque ce n'étaient pas des choses pour elle. J'en profite pour lui expliquer que les préceptes de la politesse qui engagent à la discrétion sont destinés à rendre la vie plus agréable à tout le monde, y compris à celui qui s'y soumet. On s'abstient de faire de la peine aux autres en ne leur disant pas des choses désagréables par exemple, mais cela n'empêche pas les opinions du for intérieur. Quand on dit des choses devant vous, qui ne vous sont pas destinées, cela n'empêche pas qu'on les écoute, quitte à ne pas les répéter.

Elle m'avoue alors qu'elle a tout de même un peu écouté mais qu'elle croyait que c'était très mal. « Les choses qui ne sont pas pour moi, je croyais que c'était pas bien de les écouter, même si on les disait devant moi. »

Fabienne sourit (!); à ma question : « comment ça va », elle répond : « je me sens plus heureuse de vivre, ça me fait drôle. J'étais toujours triste avant! »

Son langage est encore plein de puérilisme. Exemple : en vacances, elle va s'amuser avec des « petit'-amies » et bien d'autres expressions infantiles analogues. Il n'y a plus d'inversion de syllabes.

12 octobre :

Dans l'ensemble, l'été s'est bien passé. Pas une crise. Fabienne n'est pas partie à la campagne, mais elle a passé toutes ses journées en compagnie d'une petite fille de 11 ans qu'elle aime bien (la fille du propriétaire). Elle a eu quelquefois des étourdissements, les uns au réveil, d'autres après les repas, mais sans plus. Elle s'asseyait et ça passait.

Elle est beaucoup moins émotive, sourit souvent, encore timide, mais sans tremblements, elle rougit un peu, mais me regarde bien en face.

Elle a encore été très triste au moment des événements de fin septembre [1]. Elle pleurait dans son lit le soir, regardait les journaux pour voir (elle qui m'avait dit une fois que c'était mal de regarder les journaux, ce n'était pas pour les enfants) et, dans l'ensemble, elle a compris les événements. Donc, attitude bien différente de celle concernant Raymond sur les côtes d'Espagne.

Elle reviendra dans huit jours.

Elle m'avait envoyé une carte postale cet été, mais sans y

1. L'envahissement de la Tchécoslovaquie. Munich.

mettre son adresse, et je n'ai pas pu répondre. Cela lui avait fait de la peine. Elle avait peur que je l'eusse oubliée. Nous parlons de son omission, peut-être se dit-elle que ce n'est pas vrai que je l'aime bien. (Je lui dis cela à cause du mécanisme de projection.)

19 octobre :

La mère la trouve « plutôt mieux, enfin il n'y a rien à dire ».

Bon début à l'école.

Elle m'avoue une découverte : il y a différentes sortes d'écoles, elle ne s'en était jamais aperçue, mais elle sait maintenant qu'il y a l'école ordinaire et l'école libre, où il y a des bonnes sœurs.

— De quelle religion es-tu ?

— Je suis chrétienne, dit-elle (mais elle ignore ce que c'est. Elle a fait « sa communion », mais ne sait pas ce que ça veut dire non plus : « On se met en blanc, il y a un cierge et c'est une fête »).

A toutes les conversations, on sent qu'elle essaie de trouver une réponse de « livre », qu'elle se sent fautive de n'avoir pas apprise ou de ne pas se rappeler. Qu'elle puisse raisonner avec ce qu'elle peut percevoir par ses sens, semble dépasser son entendement.

J'essaie, par de nombreux exemples, de stimuler sa confiance en ses propres jugements. Par exemple : « Comment sont faits les objets qu'elle voit ? » — « Du bois. » — « Où le prend-on ? » — « Dans une cave. » — « Comment y arrive-t-il dans cette cave ? » — « On l'a mis. » « D'où l'a-t-on pris ? » — Attentive et humiliée, Fabienne répond : « Je ne sais pas, j'ai pas appris. » — « Eh bien, lui dis-je, le tronc des arbres, qu'est-ce que c'est ? » — « C'est des arbres. » — « Mais c'est du bois. » — « Ah ! alors c'est ça, qu'on voit couper des arbres ? » — « Oui, puis on les porte à scier, pour faire des planches et ce sont les planches qui sont mises dans des entrepôts et qu'on vend aux ateliers qui emploient des ouvriers. » Je l'amène à faire de tels raisonnements sur la plupart des objets, carreaux, paille, métal, rideaux.

Fabienne me parle alors de sa cousine qui a 16 ans et qui

apprend « toutes les choses de la vie dans son livre qui parle de tout ça » *(sic)*, « comment il faut élever les enfants et attacher les mains des bébés pour qu'ils ne se frottent pas » (?).

Je réponds « ah oui, cela doit être bien intéressant. S'il y a des choses que tu aimerais savoir et qui ne sont pas dans ce beau livre, tu n'auras qu'à me les demander. Je te les expliquerai. »

Puis nous passons au calcul, et je parle de la monnaie à rendre, en essayant de déplacer la question, du scolaire sur le plan de l'adaptation à la vie. Fabienne ne connaît pas la valeur des pièces de monnaie. « Je n'ai jamais de sous. Oh non, je ne fais jamais de commissions, je suis trop petite. Si, pour le pain, mais la marchande met « sur le compte ». » Je lui enseigne la valeur des pièces en les lui montrant, et je lui dis, « voilà ce qu'il faut donner à la boulangère pour 1 kilo de pain, voilà ce que coûte un litre de lait, etc. ».

Nous terminons par des achats fictifs, additions, soustractions de sous, et rendre la monnaie. Au début, les réponses sont criblées d'erreurs. Patiemment, je recommence.

Le type des réponses de Fabienne est celui-ci (à ma question « 1 franc, moins 13 sous ? ») : « six sous, non ? ».

Toutes ses réponses sont immédiates, sans réflexion et accompagnées de : *non.*

2 novembre :

Fabienne dit qu'elle se sent bien.

A l'école, elle parle à tout le monde; l'année dernière, elle ne causait ni ne jouait avec personne, et si on lui parlait, elle se mettait à pleurer tellement elle était timide.

Son retard est considérable, mais maintenant, aux récréations, elle va jouer avec celles de son âge, des grandes classes. Elle est encore très infantile, aime à câliner maman, à être assise sur ses genoux.

Nous reprenons les achats fictifs. Nous restons 1/4 d'heure sur la moitié de 5 francs, les 5 francs sont représentés par quatre pièces d'un franc et deux de 50 centimes. Toutes les réponses sont données, sauf deux francs cinquante, et cela, même contre l'évidence, après avoir partagé en deux groupes semblables les six pièces.

Finalement, au bout d'un quart d'heure (au cours duquel, patiemment, je l'encourage), après avoir été au bord des larmes, elle y arrive subitement, complètement abasourdie de ne l'avoir pas compris plus tôt. Je lui explique que tout ce que je lui demande est aussi facile, et qu'elle peut y arriver.

Je lui demande si elle a une idée de ce qu'elle fera plus tard. Elle a des idées, elle voudrait être vendeuse, parce qu'elle aime faire la marchande. Je lui dis : « pourquoi pas », et lui montre la façon pratique d'y arriver, d'abord bien savoir rendre la monnaie, puis bien savoir faire les paquets, et connaître un magasin où on prendrait une apprentie. « C'est bientôt, c'est l'année prochaine, tu auras 14 ans bientôt! Dans 4 ans tu pourras te marier. » Tout cela est intégralement nouveau pour elle. Elle voulait être vendeuse comme un petit garçon veut conduire une locomotive ou devenir général. La pensée d'une réalisation lui paraît extraordinaire.

Dans l'ensemble, gros progrès du comportement. Il y a un fond certain de débilité mentale, cependant vu les progrès depuis juillet, on peut espérer adapter Fabienne à une vie sociale acceptable.

9 novembre :

Fabienne a eu un évanouissement. Elle ne va pas à l'école depuis. Je la vois, à dessein, très rapidement, juste assez pour lui dire devant sa mère que cela ne m'inquiète absolument pas, qu'elle a peur de grandir, et, sans faire exprès, veut jouer à la petite fille. J'interdis à maman de la prendre sur ses genoux comme un bébé. Nous parlerons ensemble la semaine prochaine, je la verrai, s'il n'y a pas eu de crise.

Elle doit retourner dès cet après-midi à l'école. Tout cela dit sur un ton ferme, mais en prenant Fabienne affectueusement par l'épaule.

16 novembre :

Etant souffrante, je ne suis pas là, et en mon absence, Mme Codet la voit et note : « Bon état, pas de malaise cette semaine. Bien meilleure présentation qu'il y a six mois où je l'avais aperçue. »

23 novembre :

Fabienne a bien meilleure mine qu'il y a 15 jours.
Pas de nouveaux malaises.
Elle me raconte des terreurs au moment de s'endormir. Elle « *voit des grosses têtes* ». Ces grosses têtes ne sont ni laides, ni grimacières, ni terribles, mais pourtant « je me cache la figure dans mon coude et j'ai très peur ».

Je ne dis mot, et Fabienne continue : « La nuit aussi je me récite mes leçons, et le matin, je les ai oubliées. On m'appelle tête de linotte. » Je lui demande :

— Qu'est-ce que ça veut dire ?

— Je ne sais pas, dit-elle, c'est mal, c'est quelque chose de mal.

— Crois-tu ? Qu'est-ce que c'est une linotte ?

— Un petit oiseau.

— Oui, alors, tête de linotte ?

— Ah oui, ça veut dire la tête d'un petit oiseau.

— Mais oui, et quand tu as peur des grosses têtes, c'est parce qu'elles te reprochent de ne pas retenir tes leçons, comme si « c'était mal », comme si tu le faisais exprès. Une linotte, c'est très gentil et ça sait bien assez de choses pour faire son nid, couver ses œufs, soigner ses petits qui ne savent pas quitter le nid, ça a un cœur qui peut aimer autant que les grosses bêtes qui ont une grosse tête savante.

Elle me dit qu'elle est souvent fatiguée avant les repas parce qu'elle a très faim et qu'elle ne peut pas assez manger pour aller sans fatigue jusqu'au repas suivant. Elle n'a pris aucun remède depuis le mois de juin.

14 décembre :

Elle va bien, est plus rose et se dit plus forte. Il n'y a pas eu le moindre incident, ni de santé, ni de caractère depuis le 23 novembre. *Les terreurs du soir ont cessé.*

Fabienne me raconte de menus incidents d'école, avec la volubilité des récits de fillettes de pensionnat. C'est nouveau.

« ...Je lui dis... qu'elle répond... qu'elle va dire à la maîtresse... qu'elles disent... qu'on fait, etc. » Dans l'ensemble, elle traduit son bon comportement.

Nous reprenons les essais de calculs de monnaie. Résultat meilleur qu'au début, et bon ensuite. Jusqu'à présent, il n'était question que de francs et de sous. Je me risque à lui expliquer patiemment la correspondance des centimes et des sous. Elle comprend, mais n'arrive pas encore à calculer avec les centimes.

Après quoi, Fabienne me demande si elle peut me dire quelque chose qu'elle voudrait savoir. Je réponds :

— Oui, bien sûr.

— C'est comment on fait les enfants ?

Je lui demande d'abord ce qu'elle croit.

Elle me dit qu'elle pense que c'est l'homme qui intervient, mais elle ne sait pas comment, peut-être « en blessant », et les enfants naissent par le côté du ventre, « ça se déchire ou bien l'homme ou les docteurs y font un grand coup de couteau pour ouvrir le ventre. Ça s'appelle l'accouchement, c'est épouvantable et on meurt très souvent. »

Mes explications sans réticences la rendent attentive et semblent la rassurer beaucoup, et même lui faire plaisir. Je lui explique aussi ce que signifie à son sujet le terme « pas formée » que sa mère emploie souvent à propos de Fabienne. Elle me dit alors qu'elle croyait que c'était « une chose mal » et que « ce n'était pas pour les enfants ».

Fabienne m'avoue qu'elle voulait me demander la vérité parce que c'était sa cousine, si calée sur les choses de la vie, qui lui avait dit tout ça. Elle comprend aujourd'hui qu'avec ses airs de savoir, elle ne savait pas du tout. Elle me remercie et en est tout heureuse.

En la rendant à sa mère, je dis à celle-ci que sa fille est devenue une grande fille et que je pense qu'elle n'a plus peur de grandir.

La mère est contente et me dit qu'en effet Fabienne n'est plus comme avant, elle s'intéresse au ménage, écoute la T.S.F.

25 janvier :

Fabienne a encore fait des progrès depuis la dernière fois, c'est même une transformation, pour le moral, et de plus, au point de vue physique, elle a eu ses premières règles normalement, sans fatigue ni douleurs, elle en était toute fière.

Seule avec moi, elle a l'air contente et calme. Elle sourit. Nous parlons de l'année prochaine. Elle quittera l'école. Elle voudrait toujours être vendeuse, et il y a une mercière chez qui se fournit sa mère qui la prendrait peut-être, elle prend des jeunes filles qui commencent, comme apprenties. Elle ira lui demander.

Il y a un progrès considérable pour le calcul. Elle rend très bien la monnaie et fait même des calculs simples mentalement. Elle me dit qu'elle a demandé souvent à sa mère de faire semblant de rendre la monnaie, et « quand j'ai su, j'ai dit à maman que j'irais faire les commissions, elle a bien voulu ».

A la maison, l'attitude est donc bien meilleure.

Vis-à-vis de René, elle est ennuyée qu'il ne soit pas gentil avec elle.

Elle a récrit à Raymond pour qu'il s'ennuie moins. Elle ne pense plus à la guerre. « On verra bien, personne ne sait. »

En classe, ce n'est pas merveilleux, sauf pour la couture. Elle ne coud pas aussi bien qu'Odette qui est couturière, mais Odette dit que c'est bien. Fabienne aime le tricot et la couture.

Je l'engage à faire quelque chose (un cache-col par exemple ou un chandail) à René, pour sa fête. Comme cela, il verra qu'elle est devenue une jeune fille, peut-être deviendra-t-il plus gentil avec elle.

Je lui conseille aussi d'aller à un patronage le dimanche. Elle me dit qu'il y en a précisément un où vont ses camarades de classe. « Et quand il fait beau, on va dans les bois en pique-nique. » Je le dis à sa mère qui est tout à fait d'accord. « Il faudra aller contre papa, mais tant pis », dit la mère.

Depuis le 25 janvier. Je ne devais revoir Fabienne que si quelque chose n'allait pas. Je ne l'ai point revue. D'ailleurs, la dernière séance annonçait un comportement véritablement adapté malgré le niveau mental déficient.

CONCLUSION.

On voit dans ce cas, d'une part les sentiments d'infériorité, d'autre part l'angoisse; l'envie de puissance (grosse tête) et de domination sur les frères n'étant qu'une envie du pénis.

Les sentiments d'infériorité, déjà légitimes, étaient renforcés par une inhibition auto-punitive, due au retour sur l'enfant des souhaits de mort primitivement dirigés sur ses frères, dont la scarlatine grave, pour René, et la guerre d'Espagne, pour Raymond, semblaient confirmer la toute-puissance magique.

L'angoisse de castration en était arrivée à inhiber le développement tout entier de l'enfant, à lui interdire de « regarder », « d'écouter », de « penser », car une contagion obsessionnelle faisait tache d'huile et provoquait la phobie de tout ce qui, par associations d'idées, pouvait être qualifié de « chose mal ».

L'enfant était alors obligée de régresser jusqu'au stade oral passif pour satisfaire au principe de plaisir à l'échelon le plus facile et le plus rudimentaire (se faire câliner sur les genoux de sa mère).

L'agressivité œdipienne vis-à-vis de la mère, qui s'était traduite par les impertinences, avait dû être refoulée secondairement sous la menace du Sur-Moi, et avait fait place à l'attitude masochique et infantile de la crise d'hystérie qui désarmait et inquiétait la maîtresse et la mère. Les crises survenaient alors chaque fois qu'une « chose mal » (jeu agressif ou constatation de son infériorité scolaire) faisait entrer en résonance le complexe de castration.

16. Monique

Quatorze ans et demi.

Ce n'est pas une enfant dont l'entourage ait notion qu'elle soit malade, et elle-même encore moins.

On vient me consulter pour que je l'examine et dise si, oui ou non, elle est susceptible de continuer ses études jusqu'au brevet, car sa maîtresse de classe l'en dissuade et ne lui prédit qu'échec si elle le tente. On a eu l'idée de nous l'amener à Bretonneau à cause du traitement de son cousin, un tiqueur, que nous soignons à la consultation du mercredi et qui est très amélioré. Ses parents donnent Monique pour normale. Nous verrons comme elle est gravement névrosée.

La mère de Monique est infirmière; intelligente, d'aspect net et propre, de visage et de coquetterie féminins, bien qu'elle soit habillée très sobrement d'une façon un peu masculine. Son extérieur est calme, avenant, son langage posé, elle semble désirer vivement la réussite de sa fille, à qui elle parle très gentiment.

Monique est une fillette déjà réglée, de corps un peu formé, mal soignée, aux ongles noirs, aux mains sales qu'en parlant elle porte à sa figure d'un air gêné.

Elle a des cheveux gras, mal peignés, tirés en arrière et maintenus par un ruban crasseux. Ses yeux sont assez beaux, mais son regard instable, son sourire est grimaçant et gêné, elle rit par contenance en tournant la tête de droite et de gauche, et montre des dents sales; il manque des boutons à sa robe; son col est sale et à demi décousu.

Elle me raconte la situation en classe et ses difficultés de mémoire, non pas pour les leçons, mais dans la vie courante (elle ne peut faire deux commissions sans en oublier une). Je remarque qu'elle ne peut pas dire une phrase sans regarder sa mère, comme pour se faire contrôler et approuver tacitement.

Elle a passé son certificat en juin dernier à 13 ans 1/2, bien qu'elle fût dans la classe au-dessous du certificat. Elles étaient cinq dans les mêmes conditions. L'une d'elles a pris l'initiative de se présenter au certificat, les quatre autres l'ont suivie et elles ont toutes les cinq été reçues. Mais à l'école, on les a jugées très sévèrement, paraît-il, et dans le cours complémentaire elles ont été « prises en grippe ».

La maîtresse prétend que Monique est incapable de passer en deuxième année du cours complémentaire.

Or, Monique voudrait devenir professeur de gymnastique, ce qui nécessite le brevet. Elle m'apporte ses cahiers. Contrairement à sa personne, ils sont tenus correctement.

Le test de Binet-Simon montre un niveau mental normal, mais une difficulté à lâcher une besogne pour s'adapter rapidement à la suivante, ce que Mlle Achard traduit par « enfant glischroïde, avec réponses embrouillées, souvent en mauvais français; hésitante dans le choix de la valeur des réponses ». La cotation globale des épreuves donne un total de 14 ans 4 mois d'âge mental pour un âge réel de 14 ans 6 mois. Mais l'observation détaillée des épreuves du test et de leurs résultats est particulièrement intéressante, pour appuyer ce que nous avons dit du niveau mental et de l'intelligence d'une part, de l'intelligence névrotique d'autre part.

Après avoir bien répondu à toutes les questions de l'âge de 9 ans, Monique échoue à deux sur cinq des questions de 10 ans, réussit toutes celles de 12 ans, 4 sur 5 de celles de 15 ans et 2 sur 5 de l'âge dit adulte.

En considérant l'ensemble du test, on voit que Monique *échoue dans les épreuves qui demandent une participation importante des sens, de la mémoire pratique, et du jugement, où doivent intervenir l'objectivité et l'esprit d'initiative, c'est-à-dire le bon sens.*

Voici en effet où elle échoue :

— ordonner 5 poids (10 ans);

— reproduire deux dessins de mémoire (10 ans);

— interpréter une gravure (15 ans); elle l'a décrite comme à 10 ans;

— épreuve de découpage (adultes);
— reconstruction d'un triangle (adultes);
— différence de mots abstraits (adultes).

Au contraire, elle réussit les questions où les connaissances livresques sont indispensables (3 rimes; roi et président), où la mémoire verbale intervient (répétitions de chiffres, de phrases). L'astuce intellectuelle et la réflexion philosophique sur la vie lui sont également accessibles (questions difficiles, pensée d'Hervieu).

Dans le comportement de Monique, les mêmes lacunes se retrouvent sur un autre plan. De même qu'elle reste accrochée longtemps à un raisonnement non complet, de même elle reste à une position libidinale de la grande enfance, dont elle a peine à sortir.

Dans un entretien que j'ai seule avec la jeune fille, elle me raconte qu'elle fait du camping depuis longtemps, mais ce n'était pas avant « comme c'est maintenant ». Elle me dit que les garçons les taquinent (les filles) « quand elles sont ensemble ». — « Ils sont après elles » et en sortant de l'école « ils leur font des misères et leur disent des choses ». « On ne peut pas être tranquille. » « Alors, ce n'est pas de leur faute » (aux filles). Les compagnes rient, se sauvent, ne discutent pas, et quelquefois elles grognent un peu, mais elle, ça la rend folle! Elle a « peur que les gens croient qu'elle en est contente, que la concierge la voie et le dise aux voisines ou à sa mère ». Bref, elle part en guerre contre les garçons, elle leur répond des sottises, furieuse, elle tape dessus, elle rentre à l'abri ensuite, traquée, dans les portes cochères, et se réfugie dans des escaliers inconnus; et surtout elle n'ose pas s'arranger en jeune fille, elle est sale et a des allures garçonnières.

Elle commence à être « avertie de la vie » par les propos des autres, m'avoue-t-elle en rougissant, mais elle a une peur terrible de sa mère, elle ne pourrait jamais rien lui demander, me répond-elle, au moment où je lui dis que celle-ci lui donnerait les explications qu'elle voudrait avoir.

D'après la conversation que j'ai eue avec la mère, je n'ai pas eu du tout l'impression que celle-ci bridait sa fille, au contraire. Aussi, après beaucoup de lutte avec Monique, j'obtiens de faire venir sa mère et de lui parler devant elle. Monique tremble, me supplie, puis cède avec une grosse appréhension. Or, comme je m'y attendais, la mère se montra absolument compréhensive et parla à Monique exactement comme moi à propos des histoires avec les garçons. La mère me dit que les allures garçonnières et pas soignées de sa fille l'ennuient, et que c'est pour cela qu'elle la pousse à faire du camping mixte afin qu'elle apprenne à fréquenter les garçons et qu'elle devienne un peu coquette. Elle rit des craintes de Monique et lui dit qu'elle devrait être fière que les jeunes gens la taquinent, et s'en amuser.

Mais la mère se tournant vers moi, ajoute : « J'ai toujours dit à son père qu'il avait tort : il veut que sa fille soit sportive, qu'elle soit courageuse, dure, il voudrait toujours que, moi-même, je ne m'arrange pas, que je ne mette pas de poudre, et il aime voir sa fille comme cela. »

Parfois, je lui dis : « Mais elle est trop grande, tu la traites comme un garçon, c'est bientôt une femme, elle ne sait même pas coudre, et aucune chose de la maison ne l'intéresse. » Il répond : « Elle en sait bien assez et j'espère qu'elle ne sera pas assez bête pour devenir comme toutes les petites oies qui s'attifent en actrices de cinéma. » Bref, son père l'aime à sa manière, il s'en occupe beaucoup, il l'encourage à devenir professeur de gymnastique, mais il ne veut lui voir que des qualités de garçon, et, ajoute la mère : « Il est nerveux et exigeant avec elle, jamais satisfait. »

Tel est le tableau psycho-affectif de ce cas. Le comportement de Monique traduit une névrose caractérisée.

Il est évident qu'intellectuellement Monique est très capable de passer le brevet et autres examens où les épreuves sur les matières « d'acquisition pure » sont les plus nombreuses, et il est plus que probable que l'avis défavorable de sa maîtresse est dicté par une certaine partialité ayant elle-même ses motivations. Mais, pour être reçu à des examens, surtout à des concours, il n'y a pas que les épreuves écrites ou les propos tenus pendant les épreuves orales. Il y a les notes individuelles concernant la manière de se présenter, de parler, la conduite, l'esprit de camaraderie, etc., et tout ceci est au désavantage de Monique, et lui sera dans la vie sociale un sérieux handicap. Il est certain que le comportement de Monique est névrotique, c'est-à-dire mal adapté à la réalité [1].

Au point de vue diagnostic, il s'agit d'un complexe d'Œdipe insoluble à cause de l'attitude hostile inconsciente du père vis-à-vis des femmes; et l'ensemble des réactions du « Moi » donne lieu à un syndrome de virilité [2].

Monique a été obligée de régresser à un stade prégénital; pour elle, le plus satisfaisant est le stade sadique anal. Elle est alors dans la situation infantile d'inacceptation rageuse devant la supériorité musculaire et phallique des garçons, à laquelle elle réagit par une valorisation des études et un comportement agressif. Mais celui-ci est irrationnel, et la protestation inconsciente ne modifie pas la réalité, le résultat en est l'angoisse, la terreur panique qui l'oblige aux retraites tragi-comiques dans les immeubles inconnus. La poursuite des garçons est inconsciemment *provoquée* par cette attitude ridicule et exhibitionniste de faiblesse révoltée, et cela réveille la culpabilité vis-à-vis du Sur-Moi. « Les gens vont croire qu'elle le fait exprès », et le « dire aux voisins et à sa mère ». C'est l'entrée en résonance de l'angoisse de castration, angoisse absolument irrationnelle quand on connaît la mère! Ce n'est pas elle, ni les voisines, que l'enfant redoute, c'est son propre Sur-Moi qui parle en mère phallique, toute-puissante et magique. Ce Sur-Moi, c'est la mère telle que se la représentent toutes les fillettes au stade pré-œdipien sadique anal; dotée en outre de la jalousie que l'enfant lui prête du fait du début de l'Œdipe, et qui n'est autre que la propre jalousie de l'enfant projetée sur sa mère.

L'Œdipe n'étant pas résolu, Monique a vis-à-vis du monde extérieur une attitude rigoureusement subjective, découlant de l'attitude archaïque du stade anal — qui est, nous le savons, l'ambivalence.

1. Noter que « réalité » n'est pas synonyme de « réel ».
2. Cf. p. 113.

Tous les êtres féminins sont homologués à la mère. « La mère » ne peut pas être telle, tout simplement, elle doit être « bonne » et « mauvaise » tout à la fois avec des proportions variées de positif et de négatif dans l'ambivalence.

Vis-à-vis des maîtresses, substitut de la mère mauvaise, Monique se comporte en frondeuse, impertinente, révoltée, par sentiment d'infériorité, ce qui entraîne nécessairement des réprimandes. L'enfant est alors trop contente de justifier ses griefs en les rationalisant, elle dit « la maîtresse m'a prise en grippe » et va s'en plaindre à la « bonne » mère (sa mère). Mais, même vis-à-vis de celle-ci, l'attitude n'est pas absolument positive, et l'enfant la craint, parce qu'inconsciemment elle (l'enfant) lui est hostile. C'est ce que prouve son attitude masochique : soumission infantile et besoin de son approbation constante pour les moindres mots et les moindres initiatives. Cette attitude nécessaire, étant donné l'ambivalence inconsciente, fait équilibre à l'autre, l'attitude sadique agressive, vis-à-vis des maîtresses de classe et des directrices d'école.

Parallèlement, les objets d'affection de Monique sont choisis sur le mode homosexuel inconscient, latent, qui soude ses amitiés avec les filles « pareilles à elle », c'est-à-dire mues par les mêmes conflits (les quatre rebelles, prises en grippe).

Vis-à-vis des autres jeunes filles, les amitiés amorcées dans l'enfance se dissocient, car elles réagissent aux attaques des garçons d'une autre façon et abandonnent la bizarre et mal soignée Monique à son triste sort d'arriérée affective. Un fossé se creuse entre Monique et les autres fillettes de sa génération, augmentant encore ses sentiments d'infériorité à l'égard des femmes.

Monique n'est donc pas armée pour la vie. Si intelligente soit-elle, elle manque de bon sens et ne peut réussir qu'en marge de la norme. Elle est animée de gros sentiments d'infériorité. Elle ne saura pas lutter dans la vie sociale pour triompher des femmes. De plus, l'entrave inconsciente au libre jeu de son agressivité — même quand celle-ci n'est pas au service de la féminité taboue — la rend incapable de réussir dans la lutte pour sa vie sexuelle sans mécanisme d'échec.

Nous verrons plus loin le pronostic que doit faire envisager un tel cas, sans psychanalyse. Or, la psychanalyse ne peut être conseillée à Monique, actuellement, parce que ni les parents ni l'enfant ne peuvent comprendre la gravité du cas, surtout le père, qui y opposerait une résistance insurmontable. Tant que sa fille sera légalement sous son autorité, il est impossible de la soigner sans la placer humainement dans une situation trop douloureuse à supporter.

Nous n'avons donc soufflé mot de psychanalyse, nous avons essayé de la seule arme qui nous restait : répondre à la question pour laquelle on était venu nous consulter, en profitant de cette occasion pour avoir une action directe sur le Sur-Moi en le confrontant avec la réalité : la mère non phallique, non jalouse, non castratrice. Nous-même, qui la rassurions totalement sur son niveau mental, sur ses capacités intellectuelles, nous, « femme docteur » (qui « commande » aux infirmières), donc qui devrions être une « femme phallique, masculine » et « dangereuse au maximum », nous parlions avec des mots de bon sens et de simplicité au sujet des altercations avec les garçons. Nous stimulions sa coquetterie en lui détaillant les éléments naturels de sa personne qu'elle pourrait mettre en valeur, sans même recourir au rouge ni à la poudre, ajoutions-nous. « Car il y a des femmes charmantes et féminines qui n'utilisent pas d'artifices de toilette. »

Nous la *félicitions* de son initiative rebelle pour le certificat d'études et nous soulevions l'hypothèse que, dans le fait d'avoir été « prise en grippe » par les maîtresses, elle était peut-être responsable. N'avait-elle pas triomphé maladroitement pour « vexer », comme si la véritable attitude forte n'eût pas été plutôt, le succès assuré, de jouer la modeste! Cet argument la fit rire, car il pouvait trouver un écho fertile dans le mécanisme de défense autorisé par son Sur-Moi sadique anal, « l'astuce ». De plus, notre manière objective, sans passion, de parler de son père et de son évidente jalousie des femmes, ne pouvait choquer Monique. Et la collaboration de sa mère, malgré sa terreur qui s'est révélée non fondée, collaboration que nous avons sollicitée à la fin de l'entretien, aura peut-être un salutaire effet correctif, sur le Sur-Moi de la jeune fille.

Cependant, en notre for intérieur, nous en doutons. Le pronostic du cas de Monique nous semble très mauvais. Une psychothérapie chez elle ne pourrait donner qu'un résultat superficiel et momentané. Il est trop tard. Il faudrait une véritable psychanalyse, mais elle ne sera possible que lorsque Monique aura *perdu* son père.

De telles jeunes filles ne peuvent devenir, sans psychanalyse, des femmes à comportement sain. Si elles arrivent, pour faire comme tout le monde, ou pour toute autre raison de plus-value sociale ou de libération familiale, à « prendre » un amant ou à se marier, elles sont frigides dans les rapports normaux (insensibilité vaginale), peut-être même totalement frigides et méprisant les « choses du sexe », qu'elles traiteront (selon l'expression concernant les excréments) de « cochonneries ». Cela suivant le degré de leur sentiment de culpabilité inconsciente à « usurper » la place d'une autre femme.

Leur agressivité non liquidée vis-à-vis du sexe masculin les rend insupportables et *castratrices* vis-à-vis des hommes que, de préférence, elles choisissent inférieurs à elles (milieu, fortune, intelligence). Si ce sont des hommes de comportement viril ou de valeur manifestement supérieure à elles, elles tentent de les « châtrer » sur tous les plans, de les rendre impuissants (vaginisme) ou de les ridiculiser socialement (querelles publiques, gaffes, dépenses, vie extra-conjugale ostensible). Si elles ne réussissent pas à amoindrir leur vitalité, elles projetteront alors sur eux tout leur sadisme et joueront les martyres, malades, écrasées, trompées, jouées, sadisées, ruinées en provoquant ou favorisant inconsciemment elles-mêmes les circonstances qui satisferont leur masochisme.

Si ces femmes ont des enfants, ceux-ci ne seront pas investis d'un amour maternel de stade génital oblatif, mais d'un « amour » ambivalent, possessif et autoritaire, marque des relations objectales sado-masochistes du stade anal. Ces femmes pourront avoir vis-à-vis de leurs enfants, suivant la classe sociale à laquelle elles appartiennent, des raffinements de cruauté — leur enseignant à mépriser ou mal juger leur père, posant en « sacrifiée » à qui ils doivent tout, et qu'il serait criminel d'abandonner pour mener leur vie affective et sexuelle d'hommes et de femmes sains.

Voilà donc encore un exemple éloquent de ce que nous appelons la névrose familiale. Dans le cas de Monique, nous voyons la lourde responsabilité d'un père névrosé — lui-même ennemi des femmes, et homosexuel qui s'ignore. Cependant, ne l'accusons pas trop vite. Lui-même répercute peut-être sur sa fille la souffrance qui lui a été imposée dans sa jeunesse par une mère frigide ou des sœurs castratrices contre lesquelles il n'a pas pu réagir, et auxquelles inconsciemment, il ne pardonnera jamais. D'ailleurs, nous le savons, il souffre, car, malgré la névrose docile de sa fille, il « n'est jamais satisfait de l'enfant ».

Conclusion

— Le complexe d'Œdipe est inéluctable au cours du développement humain individuel.

— Il dresse des écueils sur le chemin de la vie à beaucoup d'entre nous.

— Dans tous les cas où le complexe d'Œdipe n'est pas résolu, on assiste à des anomalies (entraves ou exagérations) des tendances libidinales agressives et passives, dont le libre jeu est indispensable à l'adaptation sociale.

— En effet, l'angoisse de castration impose trois attitudes.

L'une, la soumission, c'est-à-dire la liquidation du complexe d'Œdipe, est sa seule solution heureuse et adéquate à l'attitude sociale dite normale.

Les deux autres sont, l'une, la fuite devant l'angoisse de castration, l'autre, la protestation et la lutte ouverte contre elle.

— Quand il y a fuite, le sujet la traduit soit par une inhibition totale de son activité, soit par l'instabilité, fuite mentale, soit par des fugues réelles. (Nous n'en avons pas donné d'exemples, car ces enfants-là sont conduits directement chez les psychiatres.)

— Quand il y a protestation véhémente de l'inconscient devant le cruel dilemme qui lui est imposé, le sujet l'exprime par des troubles du caractère accompagnés de régression à des stades d'organisation archaïque de la sexualité. Et ce sont les manifestations plus ou moins fortes d'insociabilité et les perversions. A cause des effets incestueux qu'elles visent à défendre, ces satisfactions, quoique régressives, entraînent une culpabilité inconsciente. Celle-ci doit être apaisée, sous peine d'angoisse. Si la punition ne vient pas, l'angoisse devient intolérable, l'échec auto-punitif est nécessaire. Mais si elle vient, elle renforce encore les sentiments d'infériorité et de révolte qui entraîneront à leur tour de nouvelles manifestations agressives. On voit donc à quelle « course à la mort » un sujet peut être ainsi entraîné. Le cas de Jean en est un exemple éloquent. Ils peuvent aussi conduire le sujet à la délinquance.

— Derrière des symptômes apparemment semblables chez les filles et chez les garçons, il existe une différence réelle entre le complexe de castration de la fille et celui du garçon.

L'angoisse de castration du garçon est une angoisse de castration phallique. Elle s'intrique au complexe d'Œdipe.

L'angoisse de castration de la fille est à deux étapes : la première, angoisse de castration phallique, se passe dans l'atmosphère pré-œdipienne ; la seconde, l'angoisse de castration utéro-ovario vaginale est seule intriquée au complexe d'Œpide, c'est une angoisse d'éviscération punitive du désir génital féminin.

Ce travail n'a pas permis d'aborder les questions fort nombreuses qui se posent à propos du complexe de castration. Son but est d'intéresser nos confrères non psychanalystes à ce moment fondamental qu'est l'Œdipe dans l'histoire du développement individuel et à son rôle dans l'étiologie des symptômes physiques fonctionnels et des troubles du comportement.

Puisse-t-il montrer l'intérêt thérapeutique de la psychanalyse, dans son application aux difficultés de développement physiologique, caractériel et mental des enfants.

Lexique sommaire

Anamnèse	interrogatoire.
Anorexie	ne pas avoir envie de manger, refuser.
Castration	frustration de possibilités hédoniques; cf. p. 17, 74 et la suite.
Enurésie	pipi au lit.
Encoprésie	caca dans sa culotte.
Gonades	glandes génitales (testicules, ovaires).
Intercurrentes	occasionnelles.
Hédonisme	recherche du plaisir; cf. p. 27.
Homosexualité, latente, sublimée : cf. note p. 91.	
Homosexualité féminine : cf. note p. 89 et p. 110.	
Libido	« besoin de plaisir », cf. p. 21 « la libido est à la sexualité ce que la faim est à la nutrition ».
Masochisme	cf. note 1, p. 33.
Narcissisme	ici au sens de « sentiment d'intégrité du corps ».
Onirique	de rêve.
Sadisme	cf. note p. 34.
Scotomiser	ne pas voir; par exemple, au sens de « ... ils ont des yeux et ne voient pas... ».
Symptôme	manifestation (de comportement ou de pensée) retenue pour maladive.
Symptomatologie	ensemble des symptômes.

Table

Préface de la présente édition 5

INTRODUCTION 7
— Freud, homme de laboratoire 7
— Josette, trois ans et demi 9
— L'importance des traumatismes infantiles 11

PARTIE THÉORIQUE

I. NOMENCLATURE 17
— Les instances de la personnalité selon la psychanalyse freudienne 18
— Conscient, inconscient, préconscient 19
— Conséquences pour la technique psychanalytique 25

II. ÉVOLUTION DES INSTINCTS 27
1. Les divers stades 27
— Stade oral 29
— Stade anal 33
— Stade phallique 40
— Phase de latence 50
— Stade génital 51
2. Rôle de la sexualité dans le développement de la personne 57
3. Importance de l'époque phallique dans la pathogénie des névrosés. 63
4. Les interdictions courantes faites à la masturbation 67

III. LE COMPLEXE D'ŒDIPE 73
Lutte contre l'angoisse de castration 80
— Sa conséquence : la naissance du complexe d'Œdipe qui déclenche à son tour le complexe de castration 80

— Le garçon 81
— La fille 101

IV. L'ÉNURÉSIE 125

V. ANGOISSE DE MORT ET ANGOISSE DE CASTRATION 131

PARTIE CLINIQUE

I. PRÉSENTATION D'UNE MÉTHODE 141

II. OBSERVATIONS 171
1. Rêve d'un adulte de 25 ans, impuissant 171
2. Rêve d'un enfant de 10 ans, énurétique 172
3. Dessins 173
— Angoisse de castration (garçons) 173
— Complexe de castration (garçons) 176
— Angoisse de castration (filles) 179
— Dessins de Claudine 181
4. Gustave 185
5. Sébastien 189
6. Bernard 198
7. Patrice 202
8. Roland 208
9. Alain 212
10. Didier 215
11. Marcel 226
12. Tote 239
13. Denise 243
14. Claudine 249
15. Fabienne 257
16. Monique 271

CONCLUSION 280

Lexique sommaire 282